KB012179

드라큘라 야근 4

일러스트 아라하라 사야코

satoshi wagahara
ill. aco arisaka

"밤늦은 시간에 죄송합니다,
시스터 예레이."

하쿠만고쿠 유우리

암십자 기사단의 종기사.
아이리스에게 연수를 받게 됐다.
사실 남몰래 아이리스를
동경하고 있다(?).

제 1 장
흡혈귀는 휘둘리고 싶지 않다
007

제 2 장
흡혈귀끼리는 한 번 헤어지면
좀처럼 다시 만날 수 없다
091

제 3 장
흡혈귀도 갚아주고 싶다
159

제 4 장
흡혈귀는 성직자의 과거를 듣는다
215

종 장
흡혈귀는 모두
설명을 하게 만들어 버린다
301

디자인 ■ 키무라 디자인 랩

드라큘라 야근!

DRACULA YAGEUN!

4

와가하라 사토시 지음
아리사카 아코 일러스트
박경용 옮김

아침에 일어나서 아침 식사를 하고 출근한다.

상사나 동료와 커뮤니케이션을 하면서 일을 차근차근 진행하고, 일의 피로와 함께 귀가하여 저녁 식사를 먹고 잠자리에 든다.

한 명의 어른으로서 극히 당연한 생활.

아침 식사를 대강 저녁 5시쯤 먹고, 저녁 식사를 오전 4시쯤 먹는다는 것만 제외하면, 토라키 유라에게 그런 평온한 생활이 이미 1주일 이어지고 있었다.

"불안해."

그런데도 토라키 유라는 취침용 에어매트에 공기를 넣으면서, 차분함을 잃은 기색으로 주위를 힐끔거리며 둘러보고 자잘하게 몸을 흔들고 있었다.

일주일 동안 아이리스가 토라키 앞에 나타나지 않았다.

정확하게 말하자면 외출할 때 얼굴은 본다.

그러나 그렇게 마주친 세 번 중에서 처음 한 번은 아무 말도 없이 방으로 들어가 버렸고, 두 번째는 인사도 대강 넘기고 얼른 도망치듯 어딘가로 나가버렸다. 마지막은 토라키가 귀가하는 소리를 들었는지 방에서 나오더니, 토라키에게……

"어서 와……."

하고는 금방 자기 집에 틀어박혀 버렸다.

"뭔데⋯⋯. 이유가 뭐야?"

집주인도 모르는 틈에 제멋대로 여벌 열쇠를 만들고, 자기가 사온 식재료마저도 토라키의 냉장고에 넣어놓고, 당연하다는 태도로 토라키의 방에서 토라키와 자신의 식사를 만들고, 여러모로 이유를 들어서 출근할 때 언제나 토라키에게 달라붙어 있었는데. 그 아이리스가 얼굴만 보고서 자기 집에 틀어박혀 버린다는 것은 이상한 일이란 생각밖에 안 들었다.

토라키와 아이리스는 만난 이후로 이웃으로서도, 인간 세계의 어둠 속에서 살아가는 팬텀인 흡혈귀와 그 팬텀을 토벌하는 숙명을 진 암십자 기사단의 수도기사로서도, 적절한 거리감이란 것을 취한 적이 한 번도 없었다.

그래서 집합주택의 이웃이라는 거리감에서 흔한, 외출할 때 어쩌다 마주치는 타이밍에서 반드시 아이리스의 상태가 이상하다는 사태는 토라키에게 큰 불안을 주었다.

"교토에서 돌아오고 얼마 동안은, 그렇게 이상하지 않았는데⋯⋯."

2주일 전, 토라키는 고요(古妖) ^{에인션트 팬텀} 야오비쿠니의 자손인 히키 미하루의 친가에서 일어난 트러블에 말려드는 형태로 교토에 갔었다. 아이리스도 토라키와 미하루를 추적하는 형태로 교토에 들어갔다.

암십자 기사단의 수도기사는 일본의 팬텀을 통솔하는 히키 가문이 다스리는 나고야보다 서쪽, 후쿠오카보다 동쪽 지역에 들어서지 않도록 히키 가문과 협정을 맺고 있었다.

아이리스 본인의 말을 믿는다면, 그녀는 토라키가 인간으로 돌아가기 위한 정보를 얻어서 그 진위를 확인하기 위해 교토에 잠입했다고 한다.

수도기사가 반드시 휴대하는 성스러운 무기인 성망치 리베라시온과 성총 데우스크리스를 휴대하지 않고, 일개 여행자로서 교토에 들어갔으니까 문제없다. 본인은 그렇게 우겼지만, 교토에서 일어난 일을 생각하면 문제없을 리가 없었을 것이다.

결과적으로 히키 가문 측은 교토에서 아이리스가 활약한 것도 있어 불문에 부쳐주었지만, 토라키는 암십자 기사단 측이 이대로 아이리스가 친 사고를 눈감아줄 거라고는 도저히 생각하기 어려웠다.

아무리 히키 가문이나 미하루가 입을 다문다고 해도, 토라키는 언젠가 그 사실이 암십자에 들킬 것이라 생각하고 있었다.

암십자가 캐낸다거나 하는 게 아니라, 단순하게 아이리스가 직장의 룰을 깬 것을 끝까지 직장에 비밀로 해둘 수 있는 성격이 아닌 것 같으니까.

그러나 의외로, 교토에서 돌아오고 1주일동안 아이리스는 그 전과 전혀 변함 없는 기색으로 토라키의 집과 직장에 쳐들어와서 평소처럼 행동했다.

토라키도 아이리스의 상사인 나카우라라는 수도기사와 면식이 있는데, 그녀는 미하루의 조모 히키 텐도와 달리 궤변으로 아이리스나 토라키가 한 짓을 눈감아줄 성격이 아니었다. 일본 팬텀의 본거지가 그토록 흐트러지는 소동이 일어났으니, 암십자가 그 사실을 확인하지 않았을 리가 없다.

"……."

토라키는 또 다시 아이리스의 집에 맞닿은 벽과 현관문을 보고서 몸을 떨었다.

언제 암십자 기사단이 집단으로 뛰쳐 들어올지 모른다고 생각하자, 아침 해가 떠도 잠들기가 싫어진다.

교토의 바푸나또 호텔에 있던 완전 암실 같은 것이 있다면, 어쩌면 아침 해가 떠도 잠들지 않을 수 있을까?

"왜 내가 더 아이리스의 상사한테 겁을 먹어야 하는 건데. 젠장."

아이리스가 있어도 없어도 불안하다.

"정말, 암십자는 귀찮은 녀석들이야. 흐아아아……."

매트의 공기가 가득 찬 시점에서 거의 습관처럼 하품이 나와 버린다.

그렇지만 근거 없는 미래에 겁을 먹고 있을 수도 없으니, 토라키는 오늘도 주섬주섬 목욕탕에 틀어박혔다. 문득 조용하고 어슴푸레한 주방을 보고는, 다시 하품을 하면서 목욕탕에 들어가 몸을 웅크리면서 누웠다.

"밥이라도 해주길 바라는 건, 아무래도 좀 제멋대로겠지. ……쿠울."

　교토. 오래 전부터 일본의 중심이었던 오랜 도읍은 지금도 수많은 이매망량, 다시 말해서 팬텀들이 뿌리를 내리고 있다. 그 중심에 있는 것이 미하루의 친가인 히키 가문이었다.

　새해가 밝은 1월 중순, 미하루에게 갑자기 혼담이 들어왔다.

　히키 가문의 당주이자 미하루의 조모인 히키 텐도는 미하루의 의사를 무시하고, 서일본에서 히키 가문과 동격인 명가이며 팬텀으로서 지명도도 빼어난 『놋페라보 일족』 무지나 가문의 무지나 나구모와 결혼을 추진했다.

　토라키에 대한 뜨거운 마음을 전혀 숨기지 않는 미하루는 친가가 정한 혼담에 반발하여, 혼담을 깨려고 토라키에게 『연인』으로서 교토의 친가에 대동해 주기를 요청.

　그때 미하루는, 그때까지 토라키의 싸움에 쓰인 『빚』을 빌미로 썼다.

　미하루의 연인 행세를 하며 혼담을 깨주면 총액 160만엔에 이르는 빚을 청산해준다는 제안을 받고, 토라키는 미하루의 요청을 승낙하여 교토에 가게 되었다.

　이것에 납득하지 못한 아이리스는 암십자와 히키 가문 사이에서 맺어진 협정을 어기고, 토카이도 신칸센에 탑승하여 교토에 발을 들여 버렸다.

　토라키와 미하루, 그리고 아이리스를 기다린 것은 무지나 가문의 당주 살인 사건과 히키 가문에 소속된 팬텀들의 내

분이었다.

도쿄 이케부쿠로 선샤인60의 히키 가문 사무실에서 미하루의 집사로 일하며 토라키하고도 교류가 있었던 카라스마 타카시가, 자기 일족과 다른 귀요 가문을 끌어들여 히키 가문에 반기를 치켜든 것이다.

카라스마는 토라키의 숙적인 무로이 아이카와 공모하여 나구모의 아버지인 무지나의 당주를 살해하고, 더욱이 히키 본가를 괴멸시켜 일본의 인간 사회와 팬텀 사회를 융합시킨다는 장대한 혁명을 꿈꾸고 있었다.

나구모의 재치와, 교토에 들어가려고 성구를 휴대하지 않은 아이리스가 벼락치기로 습득한 강시의 도술을 이용해 간신히 카라스마를 격퇴하는 것에 성공했다.

무지나 당주의 살해범이 판명된 것과 히키 본가가 사실상 괴멸해버린 것이 겹친 탓에, 미하루와 나구모의 혼담은 일단 동결.

텐도가 혼담을 억지로 진행한 것도 단순히 교토의 배신자를 추려내기 위한 일이었다는 것으로 판명되었고, 토라키는 미하루의 반려가 되기에 걸맞은 자격이 있다고 텐도에게 인정을 받았다.

그것에 이의를 제기한 것이 혼담 상대이자 어렸을 적부터 미하루를 좋아하던 나구모와, 나구모의 인도로 교토에 들어온 아이리스였다.

토라키의 시점에서는 아이리스가 왜 교토에 찾아왔는지,

본인의 말을 듣고서도 석연찮은 부분들이 많았다.

그러나 미하루와 나구모, 그리고 교토에 들어온 아이리스에게 강시의 도술을 전수한 리앙 쉬이링은…….

동란의 교토에서 도쿄에 돌아온 지 2주일 뒤.

2월 상순의 일이었다.

※

"최근에 아이리스 씨, 무슨 일이래요오?"

밤 11시 넘어.

프론트 마트 이케부쿠로 동5쵸메점에서 경영자인 무라오카가 귀가한 것을 확인하고, 리앙 쉬이링이 토라키에게 말했다.

쉬이링은 본래 대륙의 팬텀 조직 『리앙 시방』에 소속되어, 도술을 사용하는 강시로서 나타났다. 때문에 팬텀으로서 아이리스에게 붙잡힌 적이 있다.

따라서 아이리스와 토라키의 관계도 잘 이해하고 있으며, 아이리스하고는 토라키와 공통의 지인이긴 해도 결코 친구는 아닌 사이였다.

그런 쉬이링이 언제나 취식 코너에 딱 달라붙어 있어야 할 아이리스가 나타나지 않는다는 화제를 꺼냈다.

문제는, 명백하게 『저는 짚이는 이유가 있거든요~』라는 뜻을 품은 말투라는 것이다.

"……뭔데?"

그래서 토라키의 대답은 무심코 조금 험악한 색을 띠었다.

"왜 그렇게 무서운 표정을 지으세요~."

쉬이링은 그런 토라키의 반응을 예상했는지, 태도를 바꾸지 않고서 슬그머니 다가왔다.

"리앙 씨가 그런 식으로 말할 때는 귀찮으니까 대화하기 싫은데."

"교토에서 돌아온 지 1주일쯤 지났을 때부터였죠. 아이리스 씨가 갑자기 안 보이게 된 거."

대화하기 싫다고 말했는데, 쉬이링은 멋대로 이야기를 시작했다.

"교토에서 싸우기라도 했어요?"

"나는 미하루랑 갔었는데?"

토라키는 일단 발뺌했지만, 당연히 쉬이링에게는 통하지 않는다.

"에이~."

쉬이링의 미소에는 호기심과 악의와 구경꾼 근성이 아주 듬뿍 포함되어 있었다.

"토라키 씨가 미하루 씨랑 신이 나서 교토에 가 버리니까, 무지무지 질투가 난 아이리스 씨가 어마어마한 억지로 논리를 갖다 붙여서 뒤따라간 걸 제가 모를 거라고 생각하세요~?"

"남이 들으면 절묘하게 진짜처럼 들리도록 말하지 마."

뛰어난 거짓말쟁이는 거짓과 진실을 교묘하게 뒤섞어서

사실에 대한 인식을 오인시킨다.

토라키와 미하루가 교토에 간 것은 정말이고, 아이리스가 뒤따라간 것도 정말이다. 하지만 토라키는 신이 나서 가지 않았고, 아이리스도 질투를 동기로 쫓아온 것이 아니다.

"그래요? 어디가 틀렸다는 건가요~?"

쉬이링이 섭섭하다는 기색으로 볼을 부풀리지만, 그 작위적이고 요망한 태도가 또 거슬린다.

"부탁이니까 그런 무책임한 말, 아카리나 다른 사람들 앞에서는 하지 마. 안 그래도 아이리스랑 내 관계를 이상하게 오해하고 있으니까."

"그거 오해 맞아요? 그 아이, 토라키 씨랑 아이리스 씨가 사귀고 있는 줄 아는 것 같은데, 그렇게 생각할만한 일, 한 적 없어요?"

"……아니, 이쪽에도 완전히 책임이 없다고는 안 하겠는데, 그것도 이미 해결을 했어."

프론트 마트 이케부쿠로 동5쵸메점의 오너인 무라오카의 딸 아카리는 아이리스와 처음 만났을 때, 토라키와 아이리스가 사귀는 연인 사이라고 오해를 하게 되었다.

그 오해 자체는, 그 시점에서 아카리를 위험에서 지키기 위해 필요한 방편이었다.

토라키는 우여곡절을 거친 끝에 그 관계를 부드럽게 부정했었다. 그런데 토라키의 행동을 모르는 아이리스가 그 방편을 관철하기 위해 연인 관계라는 것을 거듭해서 긍정해버려기 때문에, 아카리 입장에서는 이야기가 꼬이게 되어 버렸다.

"전에 확실하게 아니라고 말했었는데……."

토라키는 토라키대로 아이리스가 아카리에게 그렇게 말해 버린 것을 모르기 때문에, 어째서 아카리가 그런 오해를 한 건지 전혀 이해하지 못했다.

"교토 가기 전에도 미하루 때문에 이상한 오해를 한 것 같고, 대체 뭐가 어찌된 거야……."

"에이~ 그건 100퍼센트 토라키 씨 책임이라고 생각하는데요~."

"엉? 어째선데?"

토라키로서는 트집 잡는 걸로 들렸지만, 방금 전의 뭔가 속뜻이 있는 표정하고는 딴판으로 비교적 진지한 표정을 지으며 쉬이링이 말했다.

"그거 말인데요, 토라키 씨. 미하루 씨에게 너무 의존하고 있지 않아요?"

"……응?"

"인간으로 돌아가는 것."

쉬이링은 계산대에서 나가더니 계산대 앞의 상품을 조금 고쳐놓고, 다 나가서 이 시간에는 추가 진열이 되지 않는 핫스낵의 가격표를 회수했다.

"저는 토라키 씨랑 만난 지 그리 오래는 안 됐지만요. 토라키 씨 지금, 인간으로 돌아갈 방도, 없잖아요? 딱히 그걸 위해서 뭔가 하는 것처럼 보이지도 않고."

"……."

얼버무릴 수 없는 아픈 부분을 찌르고 들어왔다.

"무로이 아이카와 싸우는 것도, 기본적으로 미하루 씨의 정보망이랑 자금력이 없으면 행동하지 못하잖아요. 미하루 씨한테서도, 시방의 브리핑에서도, 요코하마 항구 이야기를 조금 들었는데요."

"……그렇게 말하니, 귀가 따갑네."

토라키는 어색한 낌새로 쉬이링에게서 눈길을 피했다.

"그래도 변명을 좀 하자면, 20년 전까지는 상당히 활발하게 움직였어. 생각해 보면 그 무렵까지는 그나마 아이카를 상대로도 꽤 선전했었던 것 같고, 당연하지만 미하루에게 의지하지도 않았었어."

"불로불사 특유의, 쓸 수 있는 시간이 기니까 남들보다 시간을 쓰는 방식이 길다는 건가요?"

"그건 아니야. 그렇게 느긋할 틈이 없어. 나는."

쉬이링에게는 딱히 이야기를 한 적이 없지만, 토라키가 인간으로 돌아가는 것은 시간제한이 있었다.

토라키의 동생, 와라쿠가 이미 일흔을 넘겼다.

와라쿠는 토라키가 흡혈귀화한 것이 자신을 지켰기 때문이라고 생각하여, 형을 인간으로 되돌리고자 그 인생을 썼다.

그 결과 경찰 관료로서 정점에 서고, 행복한 가정을 이루기도 했지만, 인간의 숙명으로 지금의 토라키 유라에게 없는 수명이라는 생명의 벽이 다가오고 있었다.

"느긋하게 시간을 쓸 수가 없는데 말이지……. 그 20년 전에 좀 일이 많아서, 갑자기 브레이크가 걸려버렸어. 그 뒤로 좀 지나서 미하루를 만나고, 드디어 다시 싸울 수 있게 된 거지. 그러니까 미하루한테는 정말로 고개를 들 수가 없어."

"……흐~응. 거짓말 같지는 않지만, 은근슬쩍 넘어간 느낌도 있네요."

"아~ 그보다도 이제 슬슬 리앙 씨 퇴근 시간 아냐? 사소한 건 내가 해둘 테니까 이제 돌아가."

쉬이링의 표정에서 의혹의 색은 사라지지 않았지만, 쉬이링이 어떤 의심을 하든 딱히 문제없기 때문에 토라키는 이야기를 여기서 끊었다.

"아, 그래요? 정말로 21시네요. 그러면 기왕 말씀해 주셨으니 퇴근해 버릴까요."

그러자 뜻밖에도 쉬이링이 순순히 물러나서, 손을 휙휙 흔들며 직원실로 들어가 버렸다.

그러나 안도한 것도 잠시였다.

"카페라떼 L 주세요! 핫으로!"

옷을 갈아입고 나온 쉬이링은 계산대에서 손님이 되어 카페라떼를 주문하더니, 그대로 취식 코너에 자리를 잡았다.

"아 진짜……."

"그치만 여러모로 신경 쓰이잖아요~. 토라키 씨의 과거나, 교토에서 무슨 일이 있었는지, 아이리스 씨가 무슨 생각인지~."

"거기서 버텨도 안 가르쳐준다."

"교토에서 무슨 일이 있었는지 정도는 가르쳐줘도 되지 않아요? 저도 일단 히키 가문의 관리를 받고 있어요. 그 대화재 뉴스, 히키 가문 이야기죠?"

"히키 가문 이름은, 뉴스에는 안 나왔던 것 같은데."

미하루의 집사인 카라스마 타카시가 일으킨 교토의 히키 본가 대화재는 규모가 규모라, 당연히 TV나 신문은 물론 인터넷의 온갖 미디어에 동영상과 함께 보도되었다.

사망자나 부상자 따위가 없고, 히키 가문의 이름도 안 나왔다. 사적이나 공장처럼 지역에 커다란 영향을 끼치는 시설이 아니었기 때문에 그 날에만 화제가 됐고 이미 세상에서는 잊혀가고 있었다.

"아뇨. 평범하게 저한테 감시가 붙었거든요."

"어?"

"그 뉴스가 나온 날, 암십자 기사단의 종기사라는 애가 저한테 와서, 그때 말을 했어요. 시방이 뭔가 일을 벌인 게 아닌지 경계한 것 같았어요. 그러니까 저한테도 일단 감시를 붙인다거나 그런 말을 했어요."

"말을 했어요라니. 감시 대상에게 이유를 설명해줬어? 첫째로 히키 가문이 관리하는 팬텀을 상대로 그렇게……."

"아이리스 씨도 저를 감시하고 있으니, 암십자는 암십자대로 틈만 나면 저를 어찌 해보려는 거 아닐까요? 자세하게는 모르겠지만, 일단 그 사람이 아이리스 씨랑 같은 제복 입고 있었던 건 틀림없어요."

누가 어떤 수를 썼는지는 모르지만, 감시 대상에게 사정을 이야기하는 건 얼빠진 이야기처럼 들렸다.

하지만 반대로 말해서 그런 이야기를 해도 될 정도로 쉬이링은 의심받고 있지 않다는 것이기도 했다. 그것하고는 별개로 지금 토라키로서는 괜한 짓을 했다는 감상밖에 안 들었다.

"그리고, 토라키 씨도 미하루 씨도 아이리스 씨도, 돌고 돌아 제 덕분에 여러모로 살았다고 들었는데요?"

"……아~. …………아~."

쉬이링이 하는 말은, 수도기사의 성구를 휴대하지 못하는 대신 아이리스가 습득한 강시의 도술을 말하는 것이리라.

"제 꼭두각시 술법이 없었으면 헤쳐나갈 수 없는 상황이 여러 번 있었다고 들었거든요? 그 도움이 된 만큼은, 포상을 해줘도 되지 않을까요?"

"근무 바꿔준 답례도 할 겸 기념품 분발해서 사 왔잖아."

"비좁은 셰어 하우스에 혼자 사는데 야츠하시 같은 걸 받아도 어쩌란 건가 싶고, 당사자인 아이리스 씨한테 들은 얘기거든요~. 제 술법이 도움이 됐다고 고맙다며 인사하러 왔어요. 기념품도 센스가 좋았고."

기념품의 센스를 탓해도 난처하다. 이쪽은 지난 10년 이상 제대로 된 여행이라고는 가본 적이 없는 흡혈귀니까.

"응? 잠깐 기다려. 아이리스한테 기념품을 받았다니 언제?"

"토라키 씨랑 교토에서 돌아온 다음 날에요. 참고로, 그때는 아직 아이리스 씨도 평범했어요. 편의점에도 평범하게 왔었죠~."

"뭐, 그랬었지."

"교토에서 돌아오고도 1주일은 평범했는데, 최근에 갑자기 태도가 바뀌었죠……. 무슨 일이 있었을까요~?"

"아까 뭔가 아는 것처럼 말하지 않았어?"

"에~? 제가 그런 말을 했었어요~?"

"……."

본래 쉬이링의 이런 태도가 편하지는 않았지만, 이렇게 능구렁이 같은 말투가 때때로 아이카를 떠올리게 해서, 토라키는 괜히 더 상대하기 피곤해졌다.

그리고 쉬이링은 토라키의 이런 동요를 놓칠 상대가 아니다.

"교토에서 아이리스 씨랑 무슨 일 있었어요?"

"무슨 일이냐고 해도 말이지. 기본적으로 계속 미하루랑 함께 다녔고, 아이리스랑 합류한 다음에도 그밖에 누군가랑 같이 다녔어."

눈썹을 찌푸리면서도, 순순히 대답해야 귀찮은 일이 적을 것 같다고 판단하여 솔직히 이야기했다.

"별난 점이라고 하면, 그거야말로 그 녀석이 암십자의 규칙을 어기면서까지 교토에 왔다는 게 제일 그 녀석답지 않은 거 아냐?"

"흐~응."

"뭔데? 뭐가 불만이야?"

"아뇨~. 불만이 있다고 하면 불만투성이긴 한데요."

진작에 다 마신 카페라떼의 컵을 구기면서, 쉬이링이 눈을 내리깔고 토라키를 노려보았다.

"그~런 얘기를 듣고 싶은 게 아니란 말이죠 저는! 좀 더~ 아이리스 씨의 결정적인 약점을 쥐고 싶으니까 물어보는 거예요! 그런 거라고요, 토라키 씨!"

"약점은 또 뭐야? 대체 뭔 소린지 모르겠지만 내가 알 바 아니지."

토라키 생각으로는 전혀 이야기가 연결이 되지 않아서, 진심으로 고개를 갸웃거리는 수밖에 없었다.

"토라키 씨. 아이리스 씨가 교토에 간 이유, 정~말로 모르는 건가요?"

그것을 본 쉬이링은 짜증과 기막힘이 담겼지만, 그와 반대로 새로운 장난감을 발견하여 들뜬 어린애 같기도 한, 어느 쪽인지 알 수 없는 표정을 지었다.

"뭔가 그런 일 없었나요! 이렇게, 아이리스 씨가 어쩌면 이런 것 때문에 교토까지 간 게 아닐까~ 하는 그런 거!"

"……아니, 그건 뭐."

취식 코너를 넘어서 계산대 안에 떨어지지 않을까 싶을 정도로 쉬이링이 몸을 내밀었을 때였다.

입구의 도어 벨 소리가 들리자, 쉬이링은 불만스러운 표정을 지으면서도 재빨리 몸을 물렸다. 토라키도 순식간에 일하는 표정이 되어, 찾아온 손님에게 어서오세요를 말하기 위해 입을 열었는데,

"앗. 다행이다. 아직 있었네."

들어온 것은 어떤 의미로 뜻밖의 얼굴이었다.

""······무라오카 씨?""

두 사람의 고용주이며, 이 프론트 마트 이케부쿠로 동5쵸메점의 오너인 무라오카였다.

"혹시 리앙 씨 벌써 돌아간 게 아닐까 했었는데, 다행이다~."

아직 추위가 심한 심야 시간인데, 이마에 살짝 땀이 맺혀 있었다.

"뭐하고 있었어?"

"아뇨, 아무것도······."

"뭐 됐어. 갑자기 미안한데, 마침 두 사람한테 부탁할 일이 있어."

취식 코너에 완전히 못 돌아간 쉬이링의 어중간한 자세에 의문을 표하면서도, 그 이상으로 긴급한 용건이 있는지 가게 안에 손님이 있는지 없는지도 확인 안하고 말을 이었다.

"내일, 근무 가능해? 두 사람 다 원래는 쉬는 날이라 미안한데······."

"내일이요?"

"저는 괜찮아요. 딱히 예정도 없고."

쉬이링은 그 자리에서 수첩을 꺼냈지만, 토라키는 아무것

도 확인 안 하고 즉답했다.

"토라키 씨는 그래도 되는 건가요? 참……. 저도 가능해요. 조금 빨리 나오는 게 좋을까요?"

쉬이링은 방금 전 이야기를 무라오카는 알 수 없도록 괜히 들먹이면서도 승낙했다.

"정말?! 고마워! 리앙 씨는 오후 한…… 아니, 두 시부터 나올 수 있어?"

"두 시부터요? ……한 시라도, 나올 수 있는데요?"

"……정말? 부탁해도 될까?"

쉬이링이 무라오카의 심상치 않은 분위기를 읽어내고 선의로 말하자, 무라오카는 그야말로 구세주라도 만난 표정을 지었다.

"토라키는……."

"저는 밤이라면 몇 시부터든 괜찮아요. 리앙 씨가 한 시부터라면 저는 일곱 시부터 몇 시든지 가능해요."

토라키가 별 말을 하기 전부터 자신이 나올 수 있는 시간을 제안하자, 무라오카가 고개를 크게 끄덕였다.

"고마워! 고마워! 밤 12시까지면 되니까 부탁해. 심야부터 이른 아침은 이미 근무자가 있으니까. 두 사람 다 정말 미안해! 나중에 꼭 보답할게!"

"아뇨……."

무라오카가 진심으로 안도하여 깊은 한숨을 내쉬었지만, 토라키의 눈에는 그 안도의 이면에 뭔가 무거운 사정이 있는 것 같았다.

내일 13시부터 밤 12시까지, 근무표를 보면 무라오카가 본래 일하기로 한 시간이다.

토라키가 이케부쿠로 동5쵸메점에서 일하기 시작한 뒤로, 무라오카가 이 만큼 확실하게 자기 사정이라는 걸 알 수 있는 형태로 아르바이트의 근무를 운용한 적은 없었다.

쉬이링도 아직 무라오카와 오래 일한 건 아니지만, 전에 없던 무라오카의 모습에 위화감을 느꼈는지 부드러운 어조로 말했다.

"하지만, 그 정도는 전화로 말을 해도 되지 않았을까요? 메일이나 문자를 보내주시면……."

그러나 쉬이링의 배려에, 무라오카는 갑자기 당황했다.

"아니, 그러면 저기, 우리는 여러모로, 그게, 있잖아. 저기, 접객 중이면 미안하고, 밤늦게 전화를 하는 것도 좀 미안하고."

"그, 래요."

"어, 어쨌든 고마워. 내일은 잘 부탁해. 그럼 갈게!"

무라오카는 빠르게 말하더니, 왔을 때처럼 급한 기색으로 돌아갔다.

"무라오카 씨는 여기 말고도 프론트 마트 점포를 가지고 있으니까. 여러모로 사정이 있는 거겠지."

쉬이링이 뭐라고 말하는 것보다 빨리 토라키가 말하자, 쉬이링은 조금 놀라서 고개를 들었다.

"그런가요? 처음 들어요."

"나도 가본 적은 없어. 오오츠카 쪽에 두 점포 있고, 고용된 점장이 관리하고 있다는데."

"그러고 보니 이 가게는 『점장』이 없네요. 전부터 좀 신경 쓰였어요."

"무라오카 씨가 일단 오너 겸 점장으로 되어 있지. 여기만 그런 이유는 나도 제대로 물어본 적이 없어."

"도심에 자기 소유 편의점을 세 점포나 운영하다니, 무라오카 씨 굉장하지 않아요?"

"그래. 분명히 아무나 할 수 있는 일은 아니지."

"그러면 강시처럼 죽을 상이 되기도 하겠네요. 그렇잖아도 격무라고 들었으니까요."

"이보세요."

말투가 미묘하게 실례되는 쉬이링을 토라키가 가볍게 노려보았다.

"……뭐, 됐어요. 어쩐지 맥이 빠졌네요. 오늘은 돌아갈게요."

쉬이링은 독기가 빠져서 일어서더니, 종이컵을 꾸깃꾸깃 쥐었다.

"어쨌든, 토라키 씨는 아이리스 씨의 행동이 이상해진 이유를 잘 생각해 봐요. 그렇잖아도 방약무인한 수도기사니까요. 어쩐지 좀 이상하기만 해도 팬텀 나부랭이로서는 불안해요."

"리앙 씨는 인간이잖아."

"아르바이트의 왕자님이, 언젠가 저를 어둠의 세계로 데려가 줄 예정이거든요."

"그런 왕자도, 그런 예정도 쓰레기통에 버려."

소태 씹은 표정의 토라키를 놀리듯 고혹적인 미소를 지은 쉬이링이 손을 획획 흔들고 돌아갔다.

"정말이지. 대체 뭔데?"

토라키는 탄식하면서도, 어쩐지 쉬이링의 모습에 안심하는 구석이 있다는 것도 자각하고 있었다.

교토에 갔던 것 때문에 미하루와의 관계가 새로운 전개를 맞이할 지도 모르고, 아이리스의 낌새가 이상한 것은 말할 것도 없다.

그런데 토라키의 마음과 생활을 지탱해주는 무라오카까지 상태가 이상한 가운데, 쉬이링만 평소와 마찬가지인 것이다.

"안심할 요소가 아니네."

결코 수많은 손님이 오는 것이 아닌 주택가의 편의점 심야 1인 근무.

그렇지만 수수하게 할 일이 제법 있으니, 집중력이 끊어지면 안 된다.

인간이니까, 가끔 몸이나 정신 상태, 직장 환경의 변화 따위로 행동이나 언동이 변화하는 일도 있을 것이다.

교토 일로 미하루에게 빚을 갚았다고 생각할 수도 없었고, 아이리스가 만들어주는 식사는 고맙게 먹었고, 무라오카는 난처하다면 단순하게 힘이 되어주고 싶은 상대다.

다만 각자 독립된 어른이며 인격인 이상, 아무 말도 안 했는데 토라키가 먼저 접근할 상황은 아니란 것도 사실이다.

뭔가 그쪽에서 말을 하면, 그때 각각의 일에 적절하게 대응하면 되겠지.

심야 시간에 반입된 빵이나 주먹밥을 선반에 진열하면서 토라키는 멍하니 그런 생각을 했다.

그 다음은 딱히 별 이상 없이 시간이 지났다.

무라오카나 쉬이링이 돌아오지도 않고, 아이리스나 미하루가 찾아오지도 않고, 물론 팬텀이 찾아와 덤비는 일도 없었다.

참으로 평화롭게 토라키의 근무 시간이 끝을 맞이하고, 이른 아침 근무 직원과 무사히 교대할 수 있었다.

"하~."

살짝 지평선 너머가 밤의 검은색에서 남색의 기운을 띠기 시작한 이른 아침의 조우시가야를, 기분 좋은 노동 뒤의 피로를 허공에 하얗게 토해내면서 걸으며 집을 향했다.

"응?"

자택인 블루로즈 샤토 조우시가야가 보인 참에, 토라키는 오랜만에 느끼는 위화감을 깨닫고 무심코 입가가 올라갔다.

집에 전등이 켜져 있었다.

"뭐야. 아이리스 와 있네."

출근 전에 확실하게 껐을 전기가 들어와 있다는 것은, 아이리스가 멋대로 들어와서 뭔가 하고 있는 거겠지.

물론 교토 일을 생각하면 카라스마나 아이카와 연관된 팬텀이 잠복하고 있을 가능성도 생각은 할 수 있지만, 그쪽에서 토라키만 노릴 이유가 없었다. 게다가 미하루의 앞마당인 토시마 구에서 전등을 켜놓고 잠복하는 얼빠진 짓을 할 것 같지는 않았다.

창밖에서 조금 기척을 살피자 누군가 안에서 생활음을 내고 있기에 토라키는 경계하지 않고 맨션에 들어갔다.

"……아, 유라……."

"이야, 어쩐지 오랜만이네."

"으, 응……."

그러자, 어째선지 아이리스가 104호실의 문 앞에 있었다. 지금 막 당황하며 집에서 뛰쳐나왔다. 그런 모습이었다.

토라키를 보더니 퍼뜩 정신을 차린 것처럼 눈을 크게 뜨고, 눈을 마주치지 않으려는지 조금 아래를 보았다.

"그런 데서 뭐해?"

"아, 응. 있잖아. 조금 상담하고 싶은 거랄까, 부탁이 있는데……."

그렇게 말하더니, 아이리스는 슬그머니 뒤에 돌리고 있던 손을 앞으로 돌렸다.

그 손에 낯익은, 토라키의 취침용 에어매트가 있었다.

"미안한데, 오늘은 밖에서 잘 수 없어?"

"너는 진짜 용케도 지금까지 우리들의 전제를 뿌리부터 뒤집을 수 있구나."

이제 곧 해가 떠오르는데 흡혈귀한테 밖에서 자라니. 그건 이미 사형선고다.

"그, 그렇지. 역시 그렇지. 다, 다른 수가 없지."

"뭔데……."

"그게, 있잖아. 지금 좀, 방에 들어가지 않았으면 하거든. 그러니까 그 대신에…… 그 대신에, 우리 집 화장실, 써도 돼……."

아이리스는 어째선지 얼굴이 새빨개졌고, 목소리도 점점 작아졌다.

"……."

교토의 바푸나또 호텔에서 우연히 만났을 때부터, 때때로 이런 태도나 표정을 보이게 됐다.

쉬이링이 물어봤을 때는 시치미를 뗐지만, 말하자면 이것이 교토에 가기 전과 후에 토라키가 알 수 있는 가장 커다란 아이리스의 변화였다.

그러나 지금은 그 변화의 이유나 사정을 검토하는 것보다 먼저 확인할 것이 있었다.

"내 집에서 뭘 하는데?"

"아, 아무것도, 아무것도 안 해! 부, 부탁이니까 큰 소리 내지마. 이제 막 잠든 참이야!"

"잠들다니 뭐가? 누가? 일단 비켜봐."

"잠깐, 유, 유라!"

분명치 못한 아이리스를 억지로 밀어내려고 하자, 어째선지 아이리스는 토라키가 어깨를 만지기도 전에 재빨리 몸을 피했다.

　"……내가, 나도 모르는 사이에 인간으로 돌아간 거 아니지?"

　"미, 미안해. 그럴 셈은 아닌데……."

　지금 그 반응은, 아이리스가 일반적인 인간 남성에게 보이는 거부 반응과 비슷하지 않던가?

　"어쨌든 무슨 사고를 쳤는지 설명해. 안 그러면 이유도 없이 자택의 침상에서 쫓겨나는 걸 납득 못한다."

　그렇게 말하며 토라키는 자택에 들어섰지만, 금세 방 안에 다른 누군가가 있는 기척이 나는 걸 깨달았다.

　그러나 그 기척이 움직이지 않았고, 아이리스가 말한 것처럼 희미하게 잠든 숨소리가 들렸다.

　토라키는 조금 발소리를 죽이고, 일본에 막 왔을 때 아이리스가 생활하던 안쪽 방의 장짓문을 소리 없이 열었다.

　그곳에 펴둔 손님용 이불에 누워 어쩐지 괴로운 기색으로 잠들어 있는 인물을 보고, 아이리스가 어째서 그런 무모한 말을 했는지 이해했다.

　"……허……."

　토라키는 불길한 예감에 사로잡히면서 다시 천천히 장짓문을 닫고, 현관 밖에 미안한 기색으로 초연하게 서 있는 아이리스 곁에 돌아왔다.

　"무슨 일인데?"

"밤중에, 갑자기 전화가 왔어. 하지만 전화로는 울기만 해서 대화가 안 되니까……. 거기다 그때 이미 맨션 앞까지 왔다고 하기에, 얼버무릴 수가 없어서, 그래서……."

"몇 시쯤에?"

"12시는 안 됐을 거라고 생각해."

"아아, 그렇게 된 거구나. 젠장……."

"왜 그래?"

"아니, 아무것도 아냐"

"그, 그래서 말이지?"

어쩌면 좋을까 고민하는 토라키의 소매를 살짝 잡고 당긴 아이리스는 또 영문 모를 소리를 꺼냈다.

"있잖아. 미하루에게 오해를 받을지도 모른다고 생각해서, 일단 오늘 일은 미하루한테 연락을 했고…… 그러니까 내 방에서 자도 괜찮아."

이 타이밍에 아이리스는 갑자기 어떻게 연결되는 건지 알 수 없는 말을 했다.

"어째서 미하루 이름이 나오는데? 상관없잖아."

"그, 그치만 어쩔 수 없잖아! 섣불리 행동하면, 미하루가 무슨 짓을 할지…… 무슨, 말을 할지……."

"엉?"

말만 들어보면 아이리스가 그녀답지도 않은 무슨 이유가 있어서 미하루에게 협박을 받아 굴복한 것처럼 보인다.

그러나 아이리스가 조금 볼을 붉히면서, 약간 촉촉한 눈으로 토라키를 쑥스러운 기색으로 올려다보고 있었다. 그 표정이 언동과 전혀 어울리지 않아서 토라키의 혼란은 점점 더 깊어졌다.

"어, 어쨌든 부탁해! 켕기는 일은 아무것도 없어! 정말로 아무것도! 부탁해! 오늘만 우리 집 목욕탕 써!"

"어, 어, 야!"

아이리스는 토라키의 손에 에어매트를 던지더니, 토라키에게 몸통박치기를 하면서 재주 좋게 103호실의 문을 열고 안으로 밀어 넣어 버렸다.

그리고 아이리스의 집 현관에 들어선 토라키의 등 뒤에서, 찰칵 현관 문을 잠가 버렸다.

"야 아이리스! 뭐하는 거야우아아아아뜨거?!"

폭거에 화를 내려고 한 토라키는 문 손잡이를 잡았지만, 손바닥이 작열을 느껴서 무심코 손을 떼고 엉덩방아를 찧어 버렸다.

대체 무슨 수를 썼는지, 문 손잡이가 일반적인 것에서 순은제로 교환되어 있었다.

당연히 잠금 장치도 마찬가지로 은이었다. 흡혈귀인 토라키가 건드리지 못한다.

"야야야야야……."

토라키는 멍해졌지만, 피부로 느껴지는 실온이 급격하게 올라가 동 틀 시간이 가까운 것을 깨달았다.

"거짓말이지. 이거 뭔데?"

여성의 집에서, 게다가 목욕탕에 갑자기 들어가다니, 대단한 폭거다.

설령 자신이 집 주인 여성에게 프라이버시가 다 드러나 있다고 해도.

그러나 안 그러면 죽으니까, 이제 어쩔 수 없다.

서서히 올라가기 시작하는 기온에 떠밀리듯 들어간 목욕탕의 위치는 토라키의 104호실과 선대칭의 위치에 있었고, 내부도 토라키의 목욕탕과 거의 다를 바 없었다.

정중하게 이불까지 쌓여 있었다. 당연히 이걸 쓰라는 것이리라.

"……좀 봐주라…….."

문을 보자, 서두르긴 했어도 최소한 빛이 들어오지 않도록 조치를 했는지 발치의 환기창이 꼴사납지만 테이프 같은 것으로 막혀 있었다. 햇빛이 들어와 재가 되지는 않겠군.

그러나 어둠 속에서 에어매트를 부풀리면서, 토라키는 눈을 뜬 뒤부터 자신을 기다리고 있을 사태를 생각하고 암담한 생각이 들었다.

미하루와, 아이리스와, 그리고 무라오카.

무슨 일이 일어났을 때 대응하면 된다고 생각하고 있던, 가까운 세 사람의 이변이 한 번에 찾아왔다.

눈을 뜨면, 분명 자신 주위에는 교토와 전혀 다른 형태로 동란이 일어났을 것이다.

이 참에 아이리스와 미하루는 그렇다 치자.

당장의 문제는…….

"아카리로군."

토라키의 집에서 자고 있던 것은 무라오카의 딸 아카리였다.

어슴푸레한 방 안에서도, 토라키의 눈에는 명백하게 울다가 빨갛게 부은 아카리의 눈이 확실하게 보였다.

아카리가 도저히 집에 있고 싶지 않은 사정이 생겨서 아이리스를 의지하러 왔을 것이다.

아이리스는 전에 『자기 집』이라고 하면서 들여보낸 토라키의 집으로 그녀를 들이는 수밖에 없었다.

그 정도로 아카리가 궁지에 몰려 있었다.

무엇 때문에?

무라오카 씨가 급하게 근무 시간 이야기를 한 것이 리앙 씨가 근무 마친 직후였다. 아카리가 울어서 퉁퉁 부은 눈으로 아이리스를 찾아오고, 집에 돌아가지 않고 그녀 집에 눌러앉았다.

이 두 가지가 상관이 없다고 생각할 정도로 토라키는 태평하지 않았다.

어둠 속에 잠긴 목욕탕에서도, 흡혈귀의 몸은 태양이 지평선에서 올라온 것을 고하고 있었다.

그래도 토라키는 이 날 최후의 힘을 쥐어짜내 아이리스의 슬림폰에 메시지를 보냈다.

『내일 무라오카 씨 대신, 갑자기 출근하게 됐어.』

송신 버튼을 탭하고서 힘이 다해, 토라키의 몸은 팬텀의 잠에 빠졌다.

아이리스의 집 이불에서, 세탁한 직후 부드러운 세제의 좋은 향기가 난다고 생각한 것이 마지막 기억이었다.

※

이튿날 저녁. 눈을 뜨고 목욕탕에서 나가려고 하던 토라키는 욕조 방향이 다른 것에 한순간 놀랐다가, 금방 오늘 아침 사태를 떠올리고 조심조심 밖으로 나갔다.

"아, 아, 안녕⋯⋯."

그러자 자기 집과 좌우대칭의 주방에 아이리스가 서 있고, 미안한 기색으로 돌아보았다.

"아카리는 오늘 아침 일찍 돌아갔어. 학교 간대."

"⋯⋯아~ 그래. 후아⋯⋯."

토라키는 가볍게 하품을 했다. 오늘 아침 일어난 일을 정리하고 최적의 한 마디를 모색했지만, 방금 일어나서 머리가 좀처럼 잘 돌아가지 않았다.

물어보고 싶은 것, 하고 싶은 말이 잔뜩 있는데, 첫 한 수를 잘못 내면 아이리스의 반응이 크게 바뀔 것 같았다.

토라키는 심플한 디자인의 테이블 위에 준비된 2인분의 식기를 발견했다.

"⋯⋯일단, 나 돌아간다."

"어?"

한순간 아이리스의 표정이 어두워졌지만, 토라키는 아이리스가 뭐라고 말하기 전에 고개를 옆으로 저었다.

"세수도 하고 옷 갈아입어야지. 어젯밤에 일하고 온 옷 그대로 잤으니까……. 아침 식사 만들었잖아?"

"어, 응. 어젯밤에 폐 끼쳤으니까……."

"갔다 와서 먹을게. 먹으면서 무슨 일이 있었는지 얘기해 봐. 이래저래."

"아, 알았어."

큰 결심을 한 표정의 아이리스에게 배웅을 받으며 현관으로 나가려다가, 토라키는 어젯밤 일을 떠올렸다.

"문 열어줘."

"어?"

"손잡이에 괴상한 수작 부렸잖아. 은제 손잡이 같은 거 어떻게 설치한 거야?"

"아, 미안해……. 일단은 그게, 수도기사는 최소한의 방범 대책 같은 걸 해놔서……."

"그거 흡혈귀 아니면 의미가 있냐? 인간 좀도둑이면 문 손잡이를 뽑아갈 것 같은데."

아이리스는 토라키 옆을 지나 문을 열었지만, 좁은 현관에서 묘하게 토라키의 몸에 닿지 않으려는 태도가 괜히 그녀의 부자연스러움을 부각시켰다.

토라키는 결국 철두철미하게 태도가 수상한 아이리스에게 태클을 걸고 싶은 마음을 꾹 참고, 복도로 나서서 쫓겨났던

자기 집으로 돌아갔다.

아마도 아이리스와 아카리가 아침 식사에 사용한 것으로 보이는 식기가 설거지를 한 상태로 탈수대 안에 들어 있었다.

아카리가 이 집을 아이리스의 집이라고 생각한 것은 이제 뭐 됐다.

아카리가 처음 이 집에 왔을 때, 토라키도 그 인식을 딱히 정정하지 않았다.

그러나 아이리스가 토라키를 피하는 태도는 역시 영 이해가 안 되고, 약간이라도 토라키와 거리를 벌리려는 움직임은 아예 수상함을 넘어서 피해망상까지 생길 지경이다.

"나 무슨 냄새 같은 거, 안 나지?"

일하고 돌아온 옷 그대로 잔 자신의 옷이나 몸의 냄새가 신경 쓰여 버린다.

교토 가기 전후로 식사나 입욕이나 세탁 세제 등, 체취에 영향이 있을 법한 생활습관을 변화시킨 기억은 없다.

"일단, 목욕하고 양치하자……."

아이리스 쪽 문제가 아니라, 토라키의 생활습관을 단순히 사람으로서 받아들일 수 없기 때문에 아이리스의 태도가 변화한 것이라면 눈 뜨고 봐줄 수가 없다.

그러고 보니 처음 만났을 때 「기분 나쁘다」라는 말을 들었었지. 의외로 그걸 신경 쓰고 있을지도 모르겠다.

이제부터 출근할 거니까. 토라키는 샤워를 하고 양치를 한 다음 새삼 아이리스의 집 인터폰을 눌렀다.

"느, 늦었네."

"옷 갈아입고 뭐고 하느라 시간 좀 걸렸어. 미안해. 기다렸지?"

"어, 아니. 그건 괜찮아……. 드, 들어와."

"어어…… 어어?"

안으로 들어간 토라키는 『아침 식사』치고는 너무나도 과한 메뉴 구성을 보고 당황했다.

언뜻 보기만 해도 빵이 세 종류에 샐러드가 두 종류.

철판 위에서 김을 올리며 기름을 탁탁 튀기는 햄버그에는 브로콜리와 감자와 당근 글라쎄가 딸려 있었다.

이제는 익숙한 클리어 수프도 오늘은 묘하게 건더기가 많다. 교토에 가기 직전에도 이렇게 호화롭지는 않았다.

"이, 일단 디저트도 있어."

"오오……."

"저기, 너, 너무 많이 만든 것처럼 보이지만, 어제 아카리가 왔으니까 분발해서 식재료를 너무 많이 산 것뿐이야. 저기, 상하게 둘 수는 없잖아?!"

"아, 그래 알았어. 먹을게."

묘하게 말이 빠른 아이리스를 진정시키고, 테이블 앞에 앉았다.

"그, 그렇지! 뭔가 마실 거 필요하지. 나는 아직 못 마시지만, 수도기사에게 매달 지급되는 와인이 있으니까 그걸……."

"나 좀 있다가 출근하거든?"

대체 어째서 이렇게 혼란에 빠진 건지는 모르지만, 방치하면 돔 페리뇽마저도 나올 기세였다.

"됐으니까 앉아. 이제 충분하고 남으니까!"

"아, 응……. 그, 그러면……."

아이리스도 드디어 토라키 정면 자리에 앉더니, 하얀 냅킨을 무릎에 올리고 식사를 시작했다.

그러나 정면에 앉았으면서도, 어째선지 토라키랑 눈을 마주치지 않는다.

"……."

토라키는 명백하게 상태가 이상한 아이리스에게 그 이유를 캐물어봐야 태도가 더 딱딱해질 것 같다고 생각했다. 일단 아이리스가 평상시처럼 있을 수 있는 화제부터 물었다.

"아카리, 돌아갈 때 어땠어? 애당초, 정말 집에 돌아갔어?"

아이리스는 퍼뜩 고개를 들었다가 토라키와 눈이 마주쳐서, 다시 눈을 한층 더 크게 떴다.

그러더니 금방 커다란 숨을 내쉬고, 천천히 말했다.

"6층 건물의 다갈색 맨션까지 배웅했어. 여기서 걸어서 10분쯤 되는 곳. 오토록을 지나서 갔으니까, 아마 거기가……."

"구석에 하얗고 빨간 자판기 있는 맨션이라면 틀림없어."

"그래, 거기야. 그러니까 집에 확실히 돌아갔을 거야. 그 다음에 잠깐 숨어서 봤는데, 학교 교복으로 갈아입고 나가는 걸 봤어."

"그래. ……일단은, 내가 물어봐도 되는 얘기야? 사실 오늘 갑자기 출근하게 된 것도, 무라오카 씨가 근무 빠지는 것 때문인데."

그 물음에는, 아이리스도 의연하게 즉시 대답했다.

"아카리는 『어차피 언젠가는 토라키 씨도 알게 될 거야』라고 했지만, 미안해. 내가 말할 수는 없는 이야기야."

"그래."

아이리스는 기사라는 것만 눈에 띄지만, 수도사 또한 그녀의 본업이었다.

성직자에게 따르는 책임감. 이 말이 타당한지 아닌지 토라키는 모르겠지만, 아이리스의 프라이드에 걸고 간단히 비밀을 말할 수는 없을 것이다.

그러나 토라키로서는 그 정도까지 들으면 대답을 들은 거나 마찬가지였다.

"내가 신경 써야 할 거 있어?"

할 수 있는 일, 이라고 하지 않는다.

말해버리면 너무 파고들게 된다.

"아버님…… 무라오카 씨한테 시간이 필요할 때, 교대해주면……."

그러자 아이리스도 조금 말하기 어려운 기색이면서도 작게 덧붙였다.

"알았어. 뭐, 그게 한계지."

토라키도 생각하던 일이고, 그 정도밖에 할 수 없다고 생각하고 있었으니 쉬운 일이었다.

"……그리고, 만약 또 아카리가 집에 있기 싫을 때, 집을 좀 빌려주면……."

거기까지 가면 쉬운 일이 아니다.

"그건 이유를 들어서 옆방으로 이사했다고 하든지 해봐. 그럴 때마다 내가 집에서 쫓겨나야 되냐."

"그, 그치만 그런 건 아무리 그래도 너무 부자연스럽잖아!"

"딱히 지금도 아카리가 자연스럽다고 생각한다는 보증이 없거든?"

토라키의 집은 생활에 필요한 최소한의 것밖에 없지만, 이렇게 아이리스의 집에 와보니 두 사람의 방이 얼마나 다른지 확실하게 알 수 있다.

아이리스의 집은 토라키의 집과 선대칭의 구조이며, 가구도 언뜻 최소한으로 둔 것처럼 보인다.

그러나 예를 들어 테이블만 봐도 가격이 저렴하다는 이유만 가지고 고른 토라키와 달리, 색이나 형태의 취향으로 골랐다는 게 보이는 시크한 디자인이었다.

가전의 디자인이나 메이커, 식기 등의 디자인도, 사치품은 아니지만 토라키보다는 확실하게 돈과 시간을 들여 고른 것이다.

그리고 역시 수돗가 같은 곳이다.

싱크대에 있는 수세미, 욕실에 있는 샴푸나 세안 용품 등이 토라키는 사지 않는 디자인이나 메이커였다.

그런 부분의 위화감이 쌓여서, 104호실이 아이리스의 집이 아니라는 것을 언젠가 아카리에게 들킬 것 같았다.

"그건 괜찮을 거야. 유라의 목욕탕 샴푸나 비누는 가까운 약국의 제일 저렴한 거지?"

"응? 어."

"나는 성직자니까 그런 건 사치를 부리지 않는다고 하면 납득할 거야. 당신 집 주방도 이미 셀 수도 없을 만큼 써서 익숙하고, 가택수색 덕분에 어디에 뭐가 있는지 대충 알아."

"너 그걸 아카리한테 변명하기 위한 복선이었다고 말할 셈이야?"

설마 아카리가 트러블을 안고 굴러들어왔을 때를 대비해, 아이리스와 암십자가 토라키의 집과 프라이버시를 죄다 망라한 것은 아닐 거다. 그것이 아카리를 위한 일이 된다는 것도 토라키로서는 너무나 심경이 복잡하다.

"애당초, 그런 일이 있을 때마다 내가 쫓겨나서 네 집에 굴러들어가는 건 사양이거든."

"그, 그건, 저기…… 그렇게 될 것 같을 때를 위해서, 조금만 당신 옷 같은 걸 내 집에 두는 건 안 돼?"

고식적인 수단으로 어떻게든 현재 상황을 바꾸지 않고 넘어가고자 하지만, 토라키에겐 토라키의 생활이 있다.

"이제 슬슬 됐잖아. 솔직히 말하라고."

"뭐, 뭐를?!"

토라키는 섬세하게 맛이 밴 당근 글라쎄를 포크로 찌르면서, 다소 버릇없이 아이리스와 자신을 가리켰다.

"아카리는 우리가 연인으로 사귀고 있는 줄 알잖아?"

"헤윽?!"

그러자마자 아이리스가 확실하게 얼굴이 새빨개지고, 등줄기를 부르르 떨면서 굳어 버렸다.

"뭔데?"

"앗, 앗, 아아니, 그게, 그런, 가보네!"

"무슨 일인지 모르겠지만, 사귀고 있는 걸로 할 거면 어느 정도 솔직하게 말하면 되잖아. 그 무렵에는 일본에 막 온 참이라서 살 곳이 정해지지 않았으니까, 잠깐만 같이 살았다고."

"그, 그, 그, 그런 건, 오, 오, 오, 오해를 부르잖아!"

"오해고 나발이고 사실밖에 없지 않냐?"

"그, 그, 그건, 그게, 그렇지만!"

"너도 그때 아카리 상대로 우리가 사귀고 있다는 뉘앙스를 풍기는 말투를 썼잖아. 그 뒤로 부정하지 않았으니까, 아카리 상대로는 사귀고 있다고 하는 편이 나중을 위해 서로 편하지 않아?"

토라키로서는 극히 현실적인 제안을 한 거였지만, 아이리스는 머리가 떨어져 나갈 기세로 고개를 옆으로 흔들었다.

"안 돼 그건 그런 건 안 돼안 돼안 돼! 부, 분명히 한 번은 말하기도 했지만…… 그때랑 지금은 상황이 달라! 섣불리 그런 말을 했다가 누구 귀에 들어가면……!"

"그때랑 뭐가? 누구 귀에 들어가는데? 나랑 너랑 아카리가 다 같이 아는 사람 없잖아."

"무라오카 씨나, 무라오카 씨를 거쳐서 미하루나 쉬이링한 테!"

"무라오카 씨랑 미하루는 면식만 있지 잡담을 나누는 사이가 아니잖아. 리앙 씨도 우리 집에 오지만 않으면 안 들키니까 기회가 없고."

"그, 그, 그건 그럴지도 모르지만, 만에 하나가 있어!"

"아니 없어. 그리고 왜 아까부터 미하루가 종종 나오는데? 미하루는 그런 걸 이해 못할 정도로 시야가 좁지도 않고, 굳이 따지자면 둘러댄 거라도 그런 걸 용납하지 않을만한 건 암십자의 기사장 정도 같은데."

"그, 그러니까! 만에 하나라도 미하루에게 알려지면 그렇게 될 것 같아서, 그러면, 여러모로 힘들잖아!"

"으응?"

아이리스 생각에는 성립되는 이야기가, 토라키에게는 성립되지 않는다.

미하루에게 알려지는 것이 어째서 나카우라에게도 알려지게 되어 버리는 것일까?

『토라키와 아이리스가 사귀고 있다』라는 내용의 임시방편이 나카우라에게 직접 알려지면 귀찮아지는 건 이해가 된다.

암십자 기사단 일본지부 도쿄 주둔지 기사장 나카우라 세츠코. 그녀는 아이리스보다도 오래 전부터 수도기사이며, 팬텀에 대해서 무조건적인 혐오를 드러내고 틈만 나면 관리하에 두려고 한다.

그러나 그만큼 일본의 팬텀을 다스리는 존재인 야오비쿠니 일족의 미하루와 지극히 궁합이 나쁘고, 어지간한 일이 없으면 쌍방이 협력을 취할 거란 생각은 도저히 안 들었다.

"어, 어쨌든, 아카리 일은 가능한 폐 끼치지 않을게! 유라는 얼른 출근해!"

"야. 아직 다 먹지도 않았고 출근까지 앞으로 1시간이나 있거든."

"그, 그러면 얼른 먹고 시간 앞으로 돌려!"

"네가 여태 말한 것 중에 제일 엉망진창인데."

토라키는 쓴웃음을 지으면서 나이프와 포크를 움직였다.

"그래서."

"뭔데?"

"지난주쯤 무슨 일 있었냐?"

"아무것도 없었어!!"

이 또한, 대답을 들은 거나 마찬가지였다.

"아무것도 아냐! 그게, 미하루도 텐도 씨도 교토에 간 걸 정말로 비밀로 해줬고, 딱 한 가지 암십자의 작은 일을 맡았지만 거기서도 아무 일 없었어!"

아무 말도 안 했는데 미하루뿐 아니라 미하루의 조모, 텐도의 이름까지 나왔다. 이걸로 아이리스가 이상해진 원인 중 하나가 미하루라는 게 확실해졌다.

그러나, 그것과 별개로 『암십자의 작은 일』이란 말이 신경 쓰였다.

"아 그래 알았어! 그러냐. 요즘에 편의점 안 온다 싶더라니, 그쪽 일을 하고 있었구나! 다 알았어!"

"그래 맞아! 그쪽 일! 나도 수도기사…… 제대로 정기사 자격을 가지고 있으니까, 언제나 유라한테 달라붙…… 감시하고 있을 수는 없어!"

"그래 알았어."

"정말이야! 정기사니까 때때로 종기사의 연수 임무 감독을 하는 일이 있어!"

"그래 알았어."

"전혀 안 믿지!"

토라키가 건성으로 대답을 하자, 아이리스가 점점 열 받는 기색이 어쩐지 재미있다.

미하루는 그렇다 치고, 암십자의 임무에 대해서 토라키가 이러쿵저러쿵 말할 것도 아니니 성실하게 들어도 어쩔 수 없다.

"후우, 잘 먹었다."

"잠깐, 얘기 듣고 있었어?!"

"그다지. 내가 암십자의 임무에 대해 들어서 뭘 어쩌라고? 그리고 밥이 맛있었거든."

"진지하게…… 어? 아, 그래?"

아이리스는 한순간 화를 내려다가, 금방 그 다음 말이 귀에 들어왔는지 놀라서 어째선지 쑥스러워했다.

"뭐, 그쪽 일이 바쁘다면 어쩔 수 없지만, 편의점에도 또 와라. 아이리스가 없으면 리앙 씨가 귀찮다고."

"……쉬이링이, 내가 없는 사이에 이상한 말 안 했지?"

"그녀는 기본적으로 이상한 말밖에 안 하잖아?"

"그것도 그렇네."

그걸로 납득하는 것도 좀 그렇다고 생각했다.

"뭐, 평소랑 비슷한 것 같아. 나랑 마찬가지로, 요즘 네가 없는 거 신경 쓰고 있던데."

"……지금 하는 일이 끝나면 또 평소처럼 갈 거야. 다만, 종기사 연수를 봐야 하니까, 매일은 아니겠지만."

연수라는, 생각지 못한 단어가 또 튀어나왔다.

작은 일이라는 것은 그 연수를 말하는 걸까?

"흐~음. 암십자의 연수라는 건 어떤 일을 하는데?"

"종기사가 된 시점에서 기본적인 능력은 높아. 다만 전투 기술이나, 내부 조사 기술이나, 이론 같은 걸 좀 더 현장에 맞춰서 체험하는 거야."

"허~ 내부 조사나 이론은 그렇다 치고 전투 기술 같은 걸 가르치는 장소가 있구나."

"있어. 그제는 토시마 구의 공공센터에서 했어."

"공공센터는 그런 데도 쓰이는 거냐?!"

"쓰지. 나는 토시마 구에 살고, 직장도 토시마 구에 있잖아."

"……그건 그렇긴 한데."

틀린 말은 아니다. 하지만 인간 세계의 이면에 숨은 팬텀을 쓰러뜨리는 조직을 『직장』이라고 하는 것도, 그런 조직이

공공센터에서 전투 훈련을 하는 것도 위화감이 있었다.

"종기사라는 건, 전에 우리 집 가택수색 때 왔던 꼬맹이들 같은 녀석한테 전투 훈련을 시키는 거야?"

"그 애들은 종기사라도 이제 막 들어온 애들이야. 지금 내가 보고 있는 건 좀 더 크고, 정기사 승격이 정해진 애야. 승격 전에 마지막 연수, 같은 느낌이네."

"아아, 그렇군. 하지만 그 뭐냐. 전투나 이론은 모를까, 네가 내부 조사 연수 같은 거 할 수 있어? 남자랑 만나도 괜찮고?"

"……낮에는, 아슬아슬하게 어떻게든 되니까!"

"……네 아슬아슬이라는 건 한없이 아웃에 가까운 아슬아슬이잖아."

"제, 제대로 하고 있어! 만약 그 애랑 만나도 이상한 말은 하지 마!"

"만약이고 뭐고, 그 녀석에 대해 알지도 못하는데 뭐라고 말할 수 있을 리 없잖아. 만에 하나 만나도 이상한 의심을 받거나 시비 털리기 싫다. 연수 콤비라며? 필요하면 이 틈에 소개를 하든가."

토라키로서는 진심으로 그렇게 말했는데, 아이리스는 갑자기 심각한 표정이 되어 고개를 옆으로 저었다.

"……그건 안 돼."

"응? 어째서? 암십자 입장에서 안 되는 거야?"

"그런 건 아니지만…… 내 입장으로는 이런 걸 말하면, 안 좋을 것 같다고 생각하거든……. 걔는, 팬텀에 대해서 태도가 강경해. 마주치면 유라가 싫어하는 일을 할지도 몰라. 그리고…….”

아이리스가 작게 한숨을 쉬더니, 눈을 깔았다.

“그리고…… 역시, 유라 말이 맞을지도 몰라.”

“뭐가?”

“아마, 나를 그다지 좋아하지 않는 것 같아. 걔는, 『파트너 팬텀』 제도에 회의적인지……. 어쩌면 유라나 나를 싫어할지도 몰라.”

아이리스는 초연하게 어깨를 떨구었다.

“그래. 뭐 신경 써준 거라면 고맙네.”

“아니, 그건 괜찮아…….”

어깨를 떨구고 있던 아이리스였지만, 토라키가 솔직하게 감사하는 말을 듣고 조금 쑥스러운 기색으로 시선을 떨구더니 안절부절못하기 시작했다.

그때 아이리스의 집 인터폰이 울렸다.

“뭐야? 택배야?”

“그런 예정 없는데, 무슨 일일까?”

아이리스가 일어서서 인터폰의 수화기를 집었다.

“네.”

태연한 표정이었던 아이리스의 얼굴이, 다음 순간에 굳어졌다.

“에?! 앗?! 어, 어째서?”

“응?”

아이리스가 갑자기 당황하기 시작하고,

"그, 그랬어! 미, 미안, 금방 나갈 건데, 자, 잠깐만 기다려!"

아이리스가 힘차게 수화기를 놓고 굳어진 형상으로 토라키에게 바짝 다가가더니, 현관 밖을 경계하듯 작은 소리로 말했다.

"지, 지금 당장 어디 숨어줘!"

"어?"

"큰 소리 내지 마! 지금 얘기했던 애가 왔어!"

"뭐, 뭐야?! 연수하고 있다는 애……!"

"그래! 당신이랑 같이 밥 먹고 있는 걸 보게 되면 무슨 말을 할지 몰라! 안쪽 방…… 아니, 목욕탕! 목욕탕 들어가 있어!"

"아, 아니 기다려 너 그거…….”

"얼른!"

아이리스는 이야기도 제대로 안 듣고 토라키를 일으켜 세우더니, 그대로 목욕탕에 밀어 넣었다.

목욕탕에 밀려 들어간 토라키는 문밖에서 절대 나오지 말라고 못을 박는 강한 노크 소리가 들리자, 포기하고 소리를 내지 않도록 앉아 작게 중얼거렸다.

"아이리스 바보 녀석…… 이래서야 정말 내부 조사 같은 거 할 수 있나……?"

"기, 기다렸지!"

아이리스가 현관의 문을 열자, 어슴푸레한 공용 복도에 자그마한 사람이 바른 자세로 서 있었다.

암십자 기사단 수도기사의 정장인 흑백의 투톤 컬러 복장을 입은 인물이, 살짝 고개를 숙였다.

"아, 안녕? 시스터 유우리."

"밤늦은 시간에 죄송합니다, 시스터 예레이."

아이리스가 유우리라고 부른 수도기사의 팔에는 종기사 자격이 있다는 것을 나타내는 완장이 있었다.

눈매가 옆으로 길쭉하면서 엄격한 분위기의 눈동자로 아이리스를 똑바로 바라본다. 입가도 굳게 다물었으며, 전체적인 분위기가 딱딱하다.

짧고 검은 머리칼의 인상과 어우러져서, 아이리스는 유우리에게 강철 같은 인상을 품고 있었다.

"대체 무슨 일이야?"

아이리스가 물어보자, 유우리는…….

"……폐를 끼쳤나요?"

"어? 뭐, 뭐가?"

"조금, 당황하신 것 같아서요."

젊은 나이의 일본인치고는 허스키하게도 들리는 목소리에, 아이리스는 한껏 동요했다.

"그, 그래?"

"네. 누군가랑 이야기를 하는 것처럼 들렸는데요?"

"아~ 아~ 그게, 말이지."

아이리스는 양손의 손가락을 깍지 끼면서 휙휙 고개를 옆으로 흔들고, 문득 깨달았다.

"미, 미안해. 마침 지금 목욕하려고 했던 참이야. 그 전에는 그게, 전화 통화를 하고 있어서, 그래서……."

"목…… 앗, 그, 그랬었나요? 바, 바쁜 시간에 실례했습니다!"

"따, 딱히 그렇게까지는 아니고……. 그래서, 대체 무슨 일이야?"

"네. 시스터 나카우라가 이후 임무에 대해 시스터 예레이와 잘 상담을 하라고 하셨어요. 그래서, 어떤 상담을 해야 하나 생각하다가, 그게……."

지금까지는 싹싹하게 말하던 유우리가 처음으로 말을 망설였다.

"그게, 주둔지를 나와서 좀 생각해 보니까, 저는 시스터 예레이의 연락처를 모른다는 걸 깨달았어요. 갑자기 찾아오는 건 실례가 될 거라 생각은 했지만, 그게……."

유우리는 거기까지 말하고, 힐끔 아이리스의 눈을 보더니 결심한 것처럼 말했다.

"저기! 시스터 예레이!"

"앗, 네?"

"저랑, 연락처 교환을 해주세요! 그 정도 용건으로 찾아온 게 버릇없는 일이라고 생각하지만, 내일 당장 긴급 사태가 일어났을 경우는 문제가 되니까요……!"

상당히 필사적인 어조지만, 아이리스는 그 기세에 눌려 승낙했다.

"무, 물론 좋아! 어, 어쩐지, 미안해. 오히려 내가 이런 걸 제대로 확인했어야 하는데……."

아이리스가 조금 미안한 기색으로 슬림폰을 꺼내자, 유우리는 격하게 고개를 옆으로 저었다.

"아, 아뇨! 이쪽이야말로 여러모로 많이 배워야 하는 몸이니까, 시스터 예레이를 번거롭게 하기 전에 이렇게 했어야 했어요."

"그, 그래?"

두 사람은 슬림폰을 꺼내 서로의 전화번호와 메신저 앱의 계정을 교환했다.

"감사합니다! 잘 간직할게요!"

연락처를 잘 간직한다, 라는 개념을 아이리스는 몰랐지만, 일본에서는 평범한 일인 걸까?

"그, 그래. 뭐, 적당히……."

아이리스가 말하면서 슬림폰을 넣으려다가…….

"앗."

마찬가지로 슬림폰을 넣으려던 유우리의 슬림폰과 부딪쳐서 서로 떨어뜨려 버렸다.

"아, 아차!"

"히약?!"

아이리스도 유우리도 어떻게든 공중에서 슬림폰을 붙잡았

지만, 당황하여 공중에서 반응하는 와중에 서로가 서로의 손에 닿으면서 두 개의 슬림폰을 네 손으로 받아내는 형태가 되어 버렸다.

"위험해라……. 미안해. 부딪쳐 버렸네……. 저기, 얼굴이 빨간데, 괜찮아?"

아이리스가 묻자, 유우리는 어째선지 얼굴이 빨개져서 거친 숨결을 내쉬고 있었다.

"앗, 저기, 시, 실례했습니다. 시, 시스터 예레이의 손이 닿아서, 노, 놀라 버려서."

"어, 아, 미, 미안해……."

그 말에 아이리스는 조금 상처받은 표정을 지었다.

분명히 상당히 단단하게 손을 마주 잡는 형태가 되어 버렸지만, 그렇게 놀랄 일일까?

"아, 아뇨, 제가 놀라서 실례를 했을 뿐이에요. 죄송합니다!"

유우리의 표정이 험악하고, 아직 얼굴도 빨갛다.

"일단, 연락처는 받았네. 고마워, 시스터 유우리."

"아…… 네. 송구합니다!"

유우리의 얼굴이 한층 더 굳어지면서, 거의 화를 내는 표정으로 다시 인사를 했다.

"또 다음 성무에서 만나. 오늘은 수고했어."

"네! 저, 저기, 그런데, 시스터 예레이."

"왜?"

"소문으로 들었습니다만, 시스터 예레이 댁 이웃에는……."

"……그래, 내 파트너 팬텀이 살고 있어."

"윽!"

도쿄 주둔지에는 다 알려진 사실이라고 생각했는데, 새삼 확인하는 의도가 뭘까?

"지금은 부재중인 것 같습니다만…… 동향 파악은……."

"아르바이트를 하러 간 게 아닐까?"

"오는 길에 프론트 마트 동 이케부쿠로 5쵸메점의 상태를 확인했습니다. 현시점에서 출근한 기색은 없었어요."

"어?"

생각지 못한 대답에 아이리스는 조금 놀랐다.

유우리가 그것까지 체크하고 왔을 줄은 생각도 못했다.

"……그렇다고 해도, 뭔가 문제가 발생하지 않는 한 우리들이 그의 행동을 제한할 권리는 없어. 유라 토라키에 대한 것은 앞으로 신경 쓰지 말아요."

"그, 그렇지만, 흡혈귀가 시스터 예레이의 손을 번거롭게 하는 것이 아무래도……."

"시스터 유우리."

"윽!"

물러서지 않는 유우리를, 아이리스가 조금 타일렀다.

"용건은, 끝난 거죠?"

유우리는 조금 눈빛을 흔들고, 이어서 조금 핏기를 잃은 기색으로 황급히 고개를 숙였다.

"……네, 죄송합니다. 실례했습니다…… 아."

그때 뭔가를 깨달았는지 움직임이 멈추었다.

"왜 그러죠?"

"……저기, 혹시 손님이 와 있나요?"

"헤?"

파트너 팬텀에 대해 물어봐서, 선배답게 고압적인 대응을 해봤던 아이리스가 세운 감정의 벽이 한순간에 무너졌다.

"어어어어어어어어째서? 따따따딱히 아무도 안 왔는데?!"

"네, 그런가요……. 죄송합니다. 그만 실례하겠습니다. 또 다음 임무에서, 지도를 부탁드립니다."

약간 의심하는 표정을 지으면서도, 유우리는 다시 한번 꾸벅 작게 인사를 하고 물러갔다.

아이리스가 공용 복도에서 유우리의 모습이 사라질 때까지 배웅하고, 문을 닫은 채 숨을 죽이길 15분.

드디어 목욕탕 문을 열었다.

"미안해. 아마 돌아갔나 봐."

"지금 대화를 들은 다음에 출근하는 거 엄청 싫은데."

토라키는 화가 난 건지 기가 막힌 건지, 대단히 복잡한 표정을 짓고 있었다.

"……그렇겠네."

아이리스도 그것에 미안한 기색으로 동의했다.

얼굴은 안 봤지만, 유우리라고 불린 종기사는 젊기 때문인지 꽤나 딱딱한 성격이라는 것을 어조나 대화 내용으로 금방 짐작할 수 있었다.

단순히 아이리스와 연락처를 교환하기 위해 왔을 뿐일 텐데 일부러 토라키의 근무지를 체크하면서 오는 걸 보니, 자신의 판단으로 움직이려는 의지가 강한 인간이리라.

　그런 유우리가 이 뒤로, 토라키가 나타날 때까지 프론트마트 이케부쿠로 동5쵸메점을 감시할 것은 상상하기 어렵지 않았다.

　그저 감시만 하는 거라면 나은 편이다. 얼굴을 모른다는 걸 이용해 손님으로 나타나 취식 코너에 달라붙어 있거나, 경우에 따라 예전 가택수색 때처럼 일하고 있는 누군가에게 토라키에 대해서 물어보는 일도 있을 수 있다.

　나카우라 정도로 말이 안 통하는 인간이면 나중에 성가셔지는데, 그 이상으로 지금 토라키는 신경 쓰여서 어쩔 수가 없는 것이 있었다.

　"야, 아이리스."

　"어?"

　"지금 그 녀석, 시스터 유우리라고 불렀지?"

　"그래."

　"…………남자 아니었어?"

　아이리스는『시스터』라고 불렀지만 토라키의 귀가 포착한『시스터 유우리』의 목소리와 어조는, 변성기 이전 소년의 목소리였다.

　의심스런 표정을 짓는 토라키에게, 아이리스는 자연스럽게 긍정했다.

"그래. 그는 시스터 유우리야. 풀네임은, 분명히 유우리 햐쿠만고쿠."

"어? 뭐?"

그. 시스터. 그리고 햐쿠만고쿠라는 성의 울림.

본인을 보지 못한 토라키의 혼란을 조장하는 말이 귀에 들어왔다.

"한자는…… 어떻게 쓰더라…….."

"기다려기다려기다려 한자 같은 것 이전에 기다려봐."

토라키는 주름이 잡힌 미간에 손을 대더니, 하나씩 확인하고자 다시 신중하게 말을 골랐다.

일단 처음 확인해야 하는 것은, 이거다.

"너, 남자 괜찮냐?"

아이리스는 극도의 인간 남성 공포증이다.

팬텀을 상대로는 초인적인 전투 능력과 담력을 발휘하지만, 인간 남성을 상대로는 대화조차도 제대로 못 한다.

그것은 상대가 유해한지 무해한지 상관없기 때문에. 고소공포증이나 폐소공포증처럼 마음가짐으로 어떻게 되는 것이 아니라고 토라키는 이해하고 있었다.

그렇기에 설령 암십자 기사단의 동료라고 해도, 아이리스가 집까지 찾아온 인간 남자에 대해 어느 정도 평상시처럼 대한 것이 뜻밖이었다.

"그래. 그건 나도 뜻밖이었는데…… 아마 시스터 유우리가 아직 어린애라서 그런 거 아닐까? 분명히 열네 살이라고 했어."

"젊다거나, 그런 걸로 되는 거냐. 여러모로 하고 싶은 말이 있긴 한데, 남자 수도사라도 『시스터』라고 불러?"

"전에 수도기사가 거의 다 여성이라는 이야기는 했었지?"

역사상 팬텀을 상대한 교전기록 탓에, 암십자 기사단의 실전 부대인 수도기사의 태반이 여성이라는 이야기는 들었다. 분명히 그때 약간이지만 남성이 있다는 이야기도 했던 것 같다.

"남성 기사는 정말로 조금밖에 없으니까, 암십자의 수도기사는 남성 기사도 『시스터』라고 부르는 습관이 있어."

그것은 조직의 시스템적으로 이해 못 할 것도 없었다.

"마지막 질문이다. 사람 이름 가지고 뭐라고 하는 건 예의가 아니라는 건 알고 있지만, 아까 그거 본명이야?"

"본인이 그렇게 말했는걸."

아이리스는 자연스럽게 말하더니, 슬림폰을 꺼냈다.

"아, 방금 교환한 연락처에…… 자, 이렇게 써."

아이리스의 슬림폰에 들어 있는 문자는 정말로 햐쿠만고쿠라는 울림 그대로였다.

『햐쿠만고쿠 유우리(百万石優璃)』.

70년 이상 살아오면서, 틀림없이 처음 보는 성이었다.

"너희들 룰로 따지면 시스터 햐쿠만고쿠 아냐?"

"어쩐지, 자기 패밀리 네임을 좋아하지 않나 봐. 그래서 유우리라고 불러달라고 했어."

"호오~."

보기 드문 성이라는 것은 그것만으로 주목을 받는 원인이 된다.

하물며 햐쿠만고쿠. 일본사에 대한 지식이 있으면 금방 호쿠리쿠 지방의 대다이묘를 상상해 버릴 법한 성이라면, 흔해빠진 성을 가진 사람은 알 수 없는 고생을 겪는 법이리라.

"처음에 계속 시스터 햐쿠만고쿠라고 불렀더니 참다 못해 말을 했었어……."

목욕탕 앞의 복도에 주저 앉은 아이리스는, 한심스런 표정이었다.

그리고 소년 시스터 햐쿠만고쿠에겐 미안하지만, 토라키도 「시스터 햐쿠만고쿠」라는 호칭을 듣고서 대체 무슨 의미인지 한 번에 이해할 자신이 없었다.

"그 애, 방금처럼 너무 뜨거워져서 앞서나가는 구석이 있거든. 그래서 연수를 하다 보면 좀 위태로워."

"네가 위태롭다고 할 정도면 보통이 아니네."

"무슨 뜻이야?"

고스란히 그 뜻이다. 아이리스도 토라키가 말하고자 하는 걸 자각은 하고 있는지, 불만스런 표정을 지으면서도 그 이상 캐묻지는 않았다.

"그리고…… 들렸을 거라고 생각하는데, 역시 나 미움받는 것 같아……."

"응? 뭐가?"

"둘이서 소리쳤잖아. 그거, 서로 슬림폰이 부딪쳐서 떨어뜨렸을 때 내 손이 그 애 손에 닿아 버렸어. 그래서 걔가, 놀라서 얼굴이 새빨개져서 화난 목소리로…….”

토라키는 희미한 위화감을 느끼고, 눈썹을 찌푸리며 신음했다.

“그게 그런 거야?”

“뭐가?”

“……아니, 뭐 나는 눈으로 본 게 아니니까 괜한 추정은 금물이겠지.”

“그러니까 뭐가?”

“아무것도 아냐. 그보다 나 이제 슬슬 출근해야 하니까 일단 집에 돌아갈게.”

“아, 벌써 시간 그렇게 됐어? 미안해. 이상한 식으로 붙잡아 버렸네.”

토라키는 일어서서 현관으로 갔다.

“그러면, 잘 먹었어.”

“아니, 요즘에 만들어주질 않았으니까.”

“지금까지 만들어준 것만으로도 고마우니까 됐어. ……아, 그렇지.”

토라키는 현관에서 신발을 신다가 문득 떠올리고, 문을 여는 아이리스를 보았다.

“무라오카 씨가, 아니다. 알바 근무가 안정되면, 잠깐 집을 비우는 일이 있을지도 몰라.”

“어? 그래?”

"그래. 착각은 말고. 그렇게 멀리 가는 것도 아니고, 그럴지도 모른다는 정도의 이야기다. 다만, 아무 말 없이 행방을 감췄다가 교토처럼 따라오면 곤란하니까 일단 말해둔다."

교토 일을 꺼내자마자 아이리스가 다시 얼굴을 붉혔다.

"그건! 그러니까 그런 게 아니고!"

"그런 게 뭔데? 어쨌든 여러모로 안정된 다음이야. 일단 오늘은 알바 간다. 또 봐."

"어, 어어. 응, 그렇네. 그러면 다녀와. ……왜 그래?"

토라키가 공용 복도에서 돌아보며 우두커니 선 것을 보고, 배웅하려던 아이리스가 고개를 갸웃거렸다.

토라키는 공용 복도의 출구 쪽, 이어서 아이리스 집의 현관, 그리고 자기 발치를 몇 번인가 보고, 그리고 힘이 빠져 웅크려 앉아버렸다.

"유라? 왜 그래?"

"이거, 다 들켰네."

"어? 뭐가?"

"아까, 햐쿠만고쿠 유우리가 손님이 있냐고 물어봤잖아."

"그래, 그러고 보니…….."

"내 신발, 본 거 아냐?"

"어? …………앗?!"

햐쿠만고쿠 유우리가 물러가며 고개를 숙였을 때, 부자연스럽게 움직임을 멈춘 순간이 있었다.

틀림없이 여성이 혼자 살고 있을 아이리스의 집 현관에 남성의 신발이 있는 것에 위화감을 느꼈을 것이다.

그리고 아이리스 자신도, 다음에 그와 만났을 때 자기 방에 남자 신발이 있다는 것의 변명을 떠올릴 자신이 없어서 머리를 감싸며 그 자리에 웅크리고 말았다.

"어떡하면 좋을 것 같아?"

"낸들 알겠냐?"

두 사람은 머리를 감싸며 신음했다.

그리고 토라키는 한 가지 예감을 품었다.

"이거, 분명히 가게에 와 있겠지."

　　　　　　　　　　※

태양이 지평선으로 떨어지고 사람들이 만들어낸 빛이 지배하는 거리 속에서, 토라키는 거리에 생긴 그림자를 최대한 경계하면서 출근했다.

흡혈귀의 눈은 밤의 어둠을 날카롭게 꿰뚫어보지만, 구조는 인간과 그리 다르지 않아서 광원이 가까운 어두운 장소를 보기 어려운 것은 마찬가지였다.

그래서 가로등이 만들어낸 전봇대 그림자나 교차로 앞 따위에 그 햐쿠만고쿠 유우리가 숨어 있을지도 모른다는 두려움이 앞선다.

아이리스와 나카우라 말고 다른 기사를 1대 1로 상대한 적이 없기 때문에, 종기사라지만 전투 능력이 낮을 거라고 단정할 수가 없다.

아이리스의 말로 짐작해 보면, 아무리 젊어도 능력은 정기사와 손색없는 힘을 가지고 있다고 생각해야 할 것이다.

그야말로 길거리에서 성망치 리베라시온을 휘두르며 습격해 오면 한 방에 간다.

결국 가게가 보일 때까지 아무 일도 일어나지 않아서 경계 자체는 기우로 그쳤지만, 마침 가게 앞을 빗자루로 청소하던 쉬이링이 토라키를 발견하고 다가왔다.

가게 쪽을 경계하는 표정으로 다가오는 모습이 쉬이링답지 않았다.

"토라키 씨. 조심하세요. 암십자의 수도기사가 와 있어요."

"역시 그랬군."

아무리 그래도 갑자기 습격을 할 정도로 생각이 짧지는 않았지만, 쉬이링이 경계하는 수준으로는 당당하게 찾아온 모양이다.

"무슨 일 있었어요?"

"뭐, 이래저래."

토라키는 쉬이링과 함께 가게 안으로 들어갔다. 취식 코너 안쪽에 검은 코트를 입은 인물이 커피의 종이컵을 손에 든 채, 들어온 토라키와 쉬이링을 슬쩍 노려보았다.

아마도 저 녀석이, 햐쿠만고쿠 유우리일 것이다.

열네 살이라고 들었는데, 중학생 남자치고도 가녀리고 몸집이 작아 보였다.

소년답게 앳된 생김새도 남아 있지만, 그래도 취식 코너 의자에 앉아 있는 태도에 빈틈이 없다.

　허리에는 낯익은 파우치가 있다. 아마도 리베라시온이 들어 있을 것이다.

　토라키는 모른 체하며 직원실로 가서 쉬이링에게 물었다.

　"쟤가 수도기사라는 걸 어떻게 알았어? 언뜻 봐서는 모를 것 같은데."

　"어떻게긴요."

　쉬이링이 어깨를 으쓱거렸다.

　"교토의 히키 가문이 불탄 날, 저를 살피러 온 기사가 있었다고 말했죠? 그게 저 애거든요."

　"어?"

　토라키를 경계하는 거라면, 얼굴을 알고 있는 쉬이링이 있는 가게에서 기사의 제복을 숨겨도 어쩔 수 없을 것 같은데.

　그러나 아이리스 말로는 『위태로운』 성격이라지만, 아무리 그래도 그런 것에 머리가 돌아가지 않을 정도로 감정에 휘둘릴 것 같지는 않았다.

　그는 처음부터 정체가 들키는 것을 알고서 찾아왔다고 봐야 할 것이다.

　쉬이링을 만날 때까지는 만약 햐쿠만고쿠 유우리로 보이는 인물이 가게를 찾아와도 모르는 척 할까 생각하고 있던 토라키였지만, 그런 상태라면 이야기를 얼른 끝내는 편이 노동환경적인 의미에서 스트레스가 쌓이지 않을 거라고 판단했다.

토라키는 유니폼으로 갈아입고 근무 카드를 찍었다.

"조심하세요."

쉬이링이 보기 드물게 진지한 어조로 배웅해 주었다.

토라키는 가볍게 손을 흔들고 가게 안으로 돌아와, 쉬이링과 콤비로 계산대에 있던 저녁 시간 근무자와 교대했다.

그 직원은 교대하고 금방 돌아갔지만, 쉬이링은 직원실에 남았다.

햐쿠만고쿠 유우리가 뭔가 뒤숭숭한 짓을 했을 때 가세할 셈일까?

토라키가 출근한 지 15분만에 손님이 완전히 빠지고, 가게 안에 토라키와 쉬이링, 그리고 햐쿠만고쿠 유우리만 남았다.

"이제 슬슬, 괜찮을까요?"

타이밍을 잰 것처럼 말을 걸어온 취식 코너 소년의 목소리는, 틀림없이 아이리스의 집 목욕탕에서 들은 햐쿠만고쿠 유우리였다.

"토라키 유라 씨죠?"

음색이 딱딱하다.

그러나 생각과 달리, 소년은 살짝 고개를 숙이며 자기소개를 했다.

"처음 뵙겠습니다. 저는 햐쿠만고쿠 유우리. 암십자 기사단 도쿄 주둔지의 종기사입니다."

"……안녕. 토라키 유라야. 너에 대해선 들었어. 아이리스의 파트너라며?"

토라키도 상대가 적대하지 않는다면 온건하게 대화를 나누기로 했다.

일단 햐쿠만고쿠 유우리가 무슨 속셈으로 가게에 찾아왔는지 모르니까 어느 정도 견제가 필요할 것이다. 그래서 이쪽도 그쪽을 알고 있다는 식으로 말을 골랐는데…….

"파, 파트너?!"

그 선택의 효과가 예상 밖의 효과를 거두었다.

"그, 그건. 파트너라니. 저는 아직 그렇게 대단한 힘이…… 호, 혹시 시스터 예레이가 그렇게 말씀하신 건가요?! 그건 시스터 예레이의 평가인가요?!"

"어? 어, 어어 그래. 그런 느낌으로 들었어……. 어, 야, 왜 그러는데?!"

햐쿠만고쿠 유우리는 갑자기 얼굴에 손을 대더니, 취식 코너에서 힘차게 달성감을 담은 포즈를 취했다.

"서, 설마 시스터 예레이가, 저를 그렇게, 평가해 주다니……!"

"……뭐?"

햐쿠만고쿠 유우리는 눈이 촉촉해지고, 볼을 붉히고 있었다.

"어어, 햐쿠만고쿠…… 군?"

"네!"

토라키가 부르자 퍼뜩 제정신을 차린 햐쿠만고쿠 유우리가 황급히 자세를 바로잡았다.

"죄송합니다. 흐트러졌네요. 그리고, 가능하면 저는 이름으로 불러주세요."

그 말을 듣고, 아이리스에게 그가 자기 성을 좋아하지 않는다고 들은 것을 떠올렸다.

"알았어. 유, 유우리 군?"

어쩔 수 없이 이름을 불렀다.

"네. 고맙습니다."

토라키가 문득 직원실 쪽 문을 보자, 고개를 내밀고 있는 쉬이링도 의문스런 표정으로 유우리의 움직임을 보고 있었다.

"……토라키 유라 씨. 저를 경계하고 있겠지만, 저는 오늘 당신한테 순수하게 부탁하고 싶은 일이 있어서 왔어요. 아니, 그럴 셈이었어요."

"부탁할 일? 그럴 셈? 어쩐지 애매하네."

"하지만 그렇게 말할 수밖에 없어요. 왜냐면 토라키 씨와 시스터 예레이가…… 설마, 그런 관계였다니……."

"……응?"

"토라키 씨도 흡혈귀니까, 암십자인 제가 이런 걸 부탁하면 싫을 거라고 생각했습니다. 그리고 저 자신도, 가능하면 당신에게 이런 부탁을 하고 싶지 않았어요. 하지만, 아까 시스터 예레이의 댁을 방문했을 때, 제 의사와 상관없이, 이미 상황은 정리되어 있었다는 것을…… 확신했습니다."

에둘러 말하는 유우리는 어째선지 조금 쑥스러운 기색으로 토라키에게서 눈길을 돌렸다.

"저기…… 혹시 토라키 씨, 아까 제가 시스터 예레이의 댁을 방문했을 때, 안에 계시지 않았나요?"

"……왜 그렇게 생각해?"

"남성의 신발이 현관에 있었어요. ……그것이 주둔지에 있던 토라키 씨 댁의 가택수색 파일에 있던 것과 일치했으니까요."

"뭐야 그거 무서워."

그 가택수색 때 신발 디자인까지 기록이 되었던 건가.

"그런데 시스터 예레이가 그때 그것을 숨기기에, 혹시 시스터 예레이는 토라키 씨와 사귀고 있다고 남에게 알려지는 것이, 부끄러운 것이 아닐까…… 해서."

"아니, 아마 그건 그런 게 아니고…… 응?"

"네."

"……지금 뭐라고 했어? 나랑 아이리스가, 사귄다고?"

"그렇잖아요? 집까지 들어가고, 같이 식사도 하고, 모, 모, 모, 목욕까지, 함께……!"

"어?! 같이 목욕?!"

"그, 그렇잖아요. 시스터 예레이가 좀처럼 나오지 않은 건, 목욕하려던 참이었다고……."

유우리의 얼굴이 새빨개졌지만, 토라키는 다른 의미로 얼굴이 빨개질 것 같았다.

"잠깐잠깐잠깐! 그때 아이리스가 말한 건 그런 뜻이 아니고, 단순히 나랑 같이 있는 걸 네가 보고 오해할 것 같으니까 둘러댄 것뿐이야!"

"수, 숨기지 않아도 되거든요? 토라키 씨도 그때 목욕탕에 있었죠? 저는, 시스터 나카우라 정도로 완고하지 않습니다. 인간과 팬텀의 커플도 이 세상에 잔뜩 있다고 들었어요……. 제가 경애하는 시스터 예레이의 마음을 사로잡은 남자가 있다는 것은, 밉살맞기는 하지만, 그것도 시스터 예레이가 선택한 것이라면…… 저는, 깔끔하게 물러나겠어요!"

처음에는 험악하고 긴장한 표정이었던 유우리가, 이제는 복잡하게 표정을 찡그리고 볼에 홍조를 띠면서 분한 기색으로 그렇게 말했다.

대체 이놈은 뭔 말을 하는 거냐.

설마 아이리스가 아카리에게 둘러댄 말이 이런 형태로 새로운 오해를 낳을 줄은 몰랐다.

이런 시시한 착각이 원인이 되어 나카우라에게 귀찮은 거짓말이 들켜 버리면 참을 수 없다.

그리고 언동으로 짐작해보면, 유우리는 아이리스를 싫어하기는커녕 호의를 품고 있는 모양이다.

일반적으로 봐서 14세의 소년이 연상의 여성 상대로 그렇게 간단히 호의를 표명하지 못할 테니까, 그 탓에 슬픈 오해와 어긋남이 태어난 것이리라.

"토라키 씨?! 이건 그냥 넘어갈 수가 없는데요?! 어느새 그런 사태가 벌어진 건가요?! 이거 미하루 씨가 들으면 피바람이 몰아칠걸요?!"

"우와앗?!"

그러나 토라키가 오해를 풀기 전에 어느샌가 등 뒤까지 다가온 쉬이링이 귀기 서린 형상으로 토라키에게 캐물었다.

"아니야! 나랑 아이리스는 그런 게 아니라는 거 알잖아……!"

"에이~. 부정하는 방식이 오히려 수상한데요. 어떻게 생각해요? 유우리 군?"

"어쩔 수 없습니다, 리앙 쉬이링 씨. 시스터 예레이는 팬텀과 적대하는 암십자의 수도기사. 말하자면 이것은 금단의 사랑…… 그렇게 간단히 인정할 수는 없을 테니까요."

"왜 의기투합하고 있냐!"

방금 전까지 있는 힘껏 유우리를 경계했던 주제에, 쉬이링은 유우리 쪽에 붙어서 놀리듯 의심하는 눈으로 토라키를 보고 있었다.

그리고 한 편으로 유우리는 말이 진행될수록 목소리가 떨리고 울상이 되어갔다.

"하지만 저는…… 시스터 예레이 댁의 모습과, 지금 토라키 씨의 말을 듣고 확신했습니다. 시스터 예레이, 는…… 토라키 씨를 깊이 신뢰하고, 토라키 씨도 시스터 예레이를 깊게 생각하고 있다고……."

"어, 야?"

"어머나~."

왜 우냐고. 토라키가 생각할 틈도 없이, 쉬이링이 쓴웃음을 지으며 위로하듯 유우리의 어깨를 쓰다듬었다.

"그, 그렇지만 그게 아니면, 토라키 씨가 저를 미리 알고 있을 리가…… 없잖아요!"

소년이 쥐어짜낸 비통한 목소리에 토라키는 진심으로 기가 차고 있었다.

유우리로서는 자신의 시야 바깥에서 일어난 일을, 눈에 들어온 재료를 검토해서 필사적으로 생각한 끝에 이 결론에 이르렀을 것이다.

그리고 그 결론은, 아카리가 토라키와 아이리스 사이를 의심하지 않는 걸로 알 수 있듯 생판 남이 대단히 도달하기 쉬운 결론인 것 같았다.

"좋네요~. 청춘이네요~. 유우리 군은 아이리스 씨 좋아하는 거네요."

"……첫사랑이었어요!"

초면인 팬텀 앞에서 그런 말을 하지 마라 쫌.

"저, 암십자에 대한 인상이 조금 좋아졌을지도 몰라요~. 유우리 군 귀여워!"

"그, 그만하세요! 저는 이래봬도 어엿한 암십자의……!"

그대로 끌어안을 것 같은 쉬이링에게서, 유우리는 얼굴을 붉히면서도 몸부림치며 떨어졌다.

토라키의 시점으로는 암십자 기사단이란 조직에 대한 인상이 더욱 악화됐다.

미성년에게 대체 뭔 일을 시키고 있냐. 가만 생각해 보면 아이리스도 아직 스무 살 안 됐지? 쉬이링 상대로 의연한 태도를 못 보이는 걸 보니 역시 남성 기사는 팬텀에 대한 대적 성능이 낮은 걸까? 여러모로 생각해 버리지만, 지금 할 말은 일단 하나다.

"말해두는데, 나랑 아이리스는 전혀 사귀는 거 아니다."

"어……."

"에이……."

유우리는 퍼뜩 고개를 들고, 쉬이링은 갑자기 재미없다는 표정을 지었다.

"너는 나를 얼마나 알고 있지?"

쉽게 착각을 하고 그대로 내달려 버리는 위태로운 성격.

지금 사실을 사실대로 정정해두지 않으면, 얼마나 귀찮게 발전할지 모른다.

허를 찔린 유우리는 그래도 수도기사답게 감시 카메라를 힐끔 올려다보고서, 음성이 기록되지 않게 작은 소리로 대답했다.

"……고요 스트리고이, 무로이 아이카의 자식. 본래 인간이던, 흡혈귀……."

"그 신상으로, 인간이랑, 그것도 암십자의 수도기사랑 사귈 수 있을 것 같냐?"

"아……."

"아~……."

"나 자신도 계속 인간으로 돌아가고 싶다고 생각한다. 인간으로 돌아갈 때까지 특정한 파트너를 만들 생각도 애당초 없어. 이건 아이리스도 잘 아는 거다."

"저, 정말인가요?"

"정~말인가요……?"

유우리와 쉬이링은 완전히 같은 말로 반응했지만 명백하게 다른 생각을 하고 있다는 걸 손에 잡히듯 알 수 있었다.

"매사를 정확하게, 냉정하게 파악해라. 안 그러면 동료한테…… 이 경우는 아이리스한테 폐가 된다고. 네 나이면 여러모로 고민해버리는 것도 어쩔 수 없지만, 프로가 되면 주변 사람들도 너를 제 몫을 하는 사람으로 취급한다는 걸 자각해라."

말하면서 토라키는, 어째서 팬텀인 자신이 장래의 적에게 이런 말을 해야 하는지 의문에 사로잡혔다. 이건 아이리스나 나카우라가 할 일인데.

"그, 그런 건…… 팬텀인 당신이 말하지 않아도 알아요!"

유우리는 유우리대로 건방지게도 그런 말로 대답한다. 기껏 배려를 해줬는데 손해만 봤다.

그러나 한 명의 어른으로서, 남자로서, 14세 소년의 정신적 폭주를 보고만 있을 수는 없었다.

이 정도 나이의 남자는 그렇지 않아도 상상 속 자신과 현실 속 자신의 메우기 어려운 갭을 자각하고, 그러면서도 동성의 어른에 대한 적개심이 강한 법이다.

일일이 이 정도로 짜증을 내기에는, 토라키는 나이를 너무 먹었다.

"그래서, 유우리 군은 내가 아이리스의 남자친구인지 아닌지를 확인하려고 일부러 온 건가?"

"아니요! 부탁하고 싶은 게 있다고 했잖아요!"

그러고 보니 그랬던 것 같다. 아무래도 여러모로 촌극이 끼어들었기 때문에 토라키의 머리에서는 깔끔하게 잊혀 버렸다.

"그러고 보니 그랬었지. 그래서, 뭔데? 암십자가 나한테 명령이 아니라 부탁이라니."

"그건……."

유우리는 주머니에 손을 넣고, 화려한 디자인의 봉투를 꺼냈다.

"지금 말씀하신 게 정말이라면, 당신에게 이 역할이 걸맞지 않다고 생각은 하지만……."

"엉?"

유우리가 내민 것은 토라키도 잘 아는 유명한 여행 대리점의 봉투였다.

"이 안에 여행권 20만엔 어치가 들어 있습니다. 사실은 이걸로, 당신이 시스터 예레이를 데리고, 어딘가 도쿄에서 벗어나 멀리 여행을 가도록 할 셈이었어요."

"여러모로 태클을 걸고 싶은데. 일단은, 여행? 아이리스를 데리고 도쿄를 벗어나? 뭔 소리야? 너희 암십자는 팬텀의 장거리 이동을 싫어하지 않았어?"

유우리는 한순간 눈만 움직여 쉬이링을 살피면서 말했다.

"이제 곧 암십자는 어느 팬텀의 토벌 작전을 수행할 겁니다. 그 작전이 시스터 예레이의 귀에 들어가지 않도록 하고 싶어요."

"그게 뭐야?"

"더 이상은 말 못 해요. 이건 암십자의 결정이고, 시스터 나카우라도 알고 있는 겁니다."

"잠깐잠깐잠깐잠깐. 나랑 아이리스랑 둘이서 여행을 가라고? 방금도 말했지만 우리는 사귀고 있는 게 아니거든? 아니면 설마, 나카우라가 나랑 아이리스가 사귀는 줄 알고 있는 건 아니겠지?"

그 나카우라가 그런 생각을 한다고? 털끝만치도 믿어지지 않는다. 행운인지 불행인지 유우리는 고개를 옆으로 저었다.

"당연히 생각할 리가 없잖아요. 다만, 현재 시스터 예레이 주변에 그런 일이 가능할 법한 사람이 당신밖에 없으니까 어쩔 수 없는 선택이었습니다. 시스터 나카우라는 알고 있지만, 내심 반대하고 있을걸요. 『암십자의 결정』이란 것은 도쿄 주둔지가 아니라, 영국 본부의 결정입니다. 도쿄 주둔지로서는 거스를 수가 없으니 어쩔 수 없는 조치란 거죠."

토라키는 물론, 쉬이링의 표정에 약간 긴장이 흘렀다.

영국 본부, 라는 것은 전세계 수도기사들의 중앙이 의사결정을 했다는 것이다.

"뭘 그렇게 빙 돌아서 가는 건데? 작전에 참가시키기 싫으면, 아이리스한테 그렇게 명령하면 되는 거잖아."

"물론 그렇게 할 셈이지만, 조심할수록 좋으니까요. 아무래도 좋잖아요. 시스터 나카우라가 당신에게 여러모로 폐를 끼치고 있죠? 이건 그에 대한 사과라고 생각하세요."

유우리가 말하고, 아직 어쩐지 적의가 남은 미소를 지었다.

그 미소의 밝음에 반비례하듯, 토라키는 의심스런 기색으로 표정을 찡그렸다.

그 나카우라가 흡혈귀인 토라키에게 『사과한다』는 발상이 나올 리 없다.

횡단보도 중간에서 파란 신호가 깜박일 때 돌아가지 않고 마저 건넜다는 정도의 도로교통법 위반을 하면, 그걸 구실로 덤벼들 만큼 안티 팬텀. 토라키는 나카우라를 그렇게 평가하고 있었다.

자칫하면 길거리에서 쓰레기를 버리기만 해도 흔적 하나 없이 제거하려 들 거다.

토라키의 인권을 짓밟으며 프라이버시를 시시콜콜한 것까지 캐내고서 당당한 그 나카우라가, 설령 상위 조직의 명령이라도 20만엔 어치의 금품을 사과라는 명목으로 건넬 리가 없다.

이 이야기에는 1억퍼센트 이상의 확률로 뭔가 뒷사정이 있다.

거기에 아이리스의 이름까지 얽혔다. 사실 아이리스가 교토에 간 것이 들켰고, 그것을 토라키 탓으로 돌려서 아이리스와 함께 암십자의 룰 위반으로 매장될지도 모른다.

"거절해도 상관없어요. 그 경우, 당신에게 맡기려고 한 역할을, 내가 대신 하면 되는 거니까요."

소년이라서 그럴까? 종기사라서 그럴까? 단순히 미숙해서일지도 모르지만, 논리가 파탄나 있었다.

"지금 그 이야기를 들은 내가, 아이리스에게 아무 말도 안 할 거라고 생각하냐?"

"네. 생각합니다."

유우리는 반쯤 도발하는 어조로, 하지만 어째선지 입가를 꾹 다물며 일그러뜨렸다.

"왜냐면…… 결국 토라키 씨는, 시스터 예레이가 소중한 것 같으니까요!"

"뭐야?"

"하지만, 설령 작전을 알고 있어도 시스터 예레이나 당신이나 아무것도 못 해요. 무슨 일이 있어도 시스터 예레이는 작전에 참가 못 합니다. 만약 당신들이 뭔가 방해를 하려고 하면 본국의 수도기사들이 가차 없이 당신을 토벌할 테니까요. 그러니까 가능하면 시스터 예레이를 위해서도 당신 자신을 위해서도 이 의뢰를…… 받아들여 준다면 암십자로서도 도움이 됩니다."

"지금까지, 내가 네 말대로 하고 싶어질 요소가 하나도 없는데."

토라키는 기분 틀어진 것을 숨기지도 않고 말했지만, 유우리는 어울리지 않는 동작으로 어깨를 으쓱거리기만 했다.

"뭐, 이쪽이 너무 갑자기 찾아왔죠. 시스터 예레이도 우리들에게 당신의 행동을 제한할 권리가 없다고 말씀을 하셨어요. 오늘은 이만 실례하겠습니다."

"야! 이거 잊었어!"

취식 테이블 위에 여행권 봉투를 두고 갔기에, 토라키는 떠나려는 유우리에게 말을 걸었다. 그러나 유우리는 돌아보기만 하고 받으러 돌아오지 않았다.

"맡겨둘게요. 제 연락처도 들어있으니까, 만약 의뢰를 받을 생각이 들면 행선지만 연락해주세요."

"가지고 돌아가. 나는 일 없다."

토라키는 유우리를 향해 봉투를 던지려 했지만, 쉬이링이 그 사이에 끼어들어 막았다.

"토라키 씨, 카메라 있는 데서 그런 건 안 돼요."

"……."

음성도 기록되는 카메라라서 현재도 상당히 위험하다. 분명히 손님에게 뭔가 던지는 영상은 앞으로 무슨 일이 있으면 문제가 될 수도 있다.

마음을 고친 토라키를 보고 안심했는지, 쉬이링이 평소의 장난스런 웃음을 짓고 말했다.

"토라키 씨가 필요 없으면, 제가 그 여행권 받아서 아이리스 씨랑 여행 다녀올게요~."

""…….""

"자, 잠깐 두 사람 다 그런 눈으로 보지 말아주세요~. 괜찮지 않아요? 토라키 씨도 이렇게 말하고, 아이리스 씨만 어디 멀리 데리고 가면 되는 거잖아요~?"

쉬이링은 토라키와 유우리가 보내는 진심으로 기가 막힌 시선에 끼었지만, 그래도 매달리는 걸 보면 대단하다.

토라키로서는 딱히 그래도 상관없다고 생각하지만, 아이리스가 쉬이링과 여행을 가는 건 싫어할 거라고 생각했다.

다만 뜻밖이었던 것은 유우리가 확실하게 분노한 표정으로 쉬이링을 노려본 것이다.

"목숨이 아까우면 괜히 끼어들지 마세요, 리앙 쉬이링. 리앙 시방에 소속되어 있던 동안 당신이 저지른 죄는, 우리들도 확실하게 파악하고 있어요."

"어, 에에~. ……저렇게 정색하다니……."

쉬이링 본인도 놀란 모양이다.

지금 그건 쉬이링 본인도 그렇게까지 진심으로 말한 게 아니다. 말하자면 약간 우쭐해져서 농담을 한 정도였고, 딱히 유우리나 암십자에게 비아냥거린 것도 아니다.

그러나 유우리는 그것을 흘리지 않고, 진지한 분노를 드러냈다.

"이 이야기는 토라키 유라와 시스터 예레이만 대상으로 하는 겁니다. 다른 누군가가 나설 수 없어요."

"알았어요 네네네. 죄송합니다. 누나가 너무 우쭐했어요. 이거면 되나요!"

쉬이링이 항복하며 양손을 들자, 유우리는 기가 막힌 건지 한숨을 한 번 쉬고 가게를 나섰다.

유우리가 나간 다음, 토라키는 피로가 몰려와서 취식 코너에 앉아버렸다.

"……망할 꼬맹이. 귀엽지 않구만."

쉬이링이 불만스럽게 허리에 손을 대면서, 기분 틀어진 표정 그대로 앉은 토라키를 보았다.

"……점원 아저씨~ 그래도 돼요? 이런 데 앉아서 땡땡이치다니."

"정말…… 암십자를 상대하는 건 지쳐."

"인기남은 괴롭네요~."

"적당히 좀 해. 다들 멋대로 말한다니까. 이런 걸 나더러 어쩌라고."

토라키는 유유리가 두고 간 여행권 봉투를 지긋지긋하단 기색으로 보았다.

안을 열어보자, 분명히 진짜로 보이는 1만엔짜리 여행권이 20장 들어있었다.

"써버리면 되잖아요. 그쪽은 어떻게든 토라키 씨랑 아이리스 씨를 보내고 싶은 모양이니까요. 진상이 어떻든 그쪽이 사과라고 하니까, 지금까지 끼친 민폐료라고 생각하면 켕기지도 않잖아요~?"

켕기진 않는다. 그러나, 마음이 무겁다.

사과든 뭐든, 천적이 주는 물건으로 가는 여행 따위, 진심으로 즐길 수 있을 리가 없다.

"혹시 미하루 씨를 신경 쓰세요?"

"……뭐, 내가 여자랑 둘이서 여행을 간다는 걸 알면, 귀찮아지기는 하겠지."

이 순간까지 미하루를 생각하지도 않았으면서, 암십자가 눈여겨보는 미하루라면 이 일을 거절하는데 딱 좋은 구실이란 생각이 들었다.

그러나 미하루는 의외로 비즈니스적으로 생각하는 경우가 많으니까, 영국의 암십자 기사단 본부가 연관되어 있다는 걸 알면 태도가 바뀔지도 모른다.

"암십자가 강하게 말했다고 하면 미하루 씨도 그렇게 심한 잔소리는 안 할 것 같은데요~? 아예 같이 따라가면서 돈을 보태고, 훨씬 호화롭게 해줄 것 같아요."

쉬이링도 마찬가지 생각에 이르렀던 것 같지만, 상상하는 결론이 토라키와 다른 모양이다.

설령 순순히 여행에 간다고 해도, 아이리스와 미하루는 결코 사이가 좋지 않았다. 셋이 함께 여행을 하면, 신경이 마모되기만 하고 치유되는 건 아무것도 없을 것 같았다.

"애당초 내가 아이리스를 데리고 여행을 한다는 전제 자체가 이상하잖아."

"그런가요? 아이리스 씨는 꽤 기뻐할 것 같은데."

또 이 얘기다. 토라키는 지긋지긋한 기색으로 숨을 내쉬었다.

"이놈이고 저놈이고 제멋대로 말을 한다니까."

"멋대로 말하는 건 맞지만요. 토라키 씨는 토라키 씨대로 상당히 문제가 있는 것 같은데요~?"

"뭐가?"

"하아~. 다 알면서 시치미를 떼는 거면 정말 저질이고, 모르는 거면 그 나이 먹고서 뭐 하는 거냐는 느낌이에요."

눈썹을 찌푸리고 표정을 찡그린 쉬이링이 기가 막힌 기색으로 말하더니 몸을 삭, 돌렸다.

"뭐야?"

"아, 손님 올 것 같아요. 오늘은 계속 이 다음에 혼자니까, 느긋하게 생각해 보세요. 그러면 수고하세요."

나가는 쉬이링과 교대하듯 손님이 들어와서, 토라키는 쉬이링의 말을 깊이 생각할 틈도 없이 업무를 시작하게 되었다.

밤을 조금 지난 시간이라 귀가 러쉬가 시작되고, 혼자서 처리하기에는 약간 버거운 손님의 파도가 3시간 정도 이어졌다.

"후우, 좋지 않은데. 이 페이스로는 미묘하게 찐빵 개봉 사이클이……"

밤 10시 반이 됐는데 스팀 케이스에 남은 고기 찐빵이 하나밖에 없었다.

30분만 더 늦은 시간이었다면 고민하지 않지만, 겨울의 이 시간이라면 아직 아슬아슬하게 여러 개의 찐빵을 사려는 손님이 나타날 가능성이 있다.

다만, 냉동 찐빵 포장은 여섯 개 한 팩.

만약 하나 열어서 스팀 케이스 청소 시간까지 두 개밖에 안 팔리면, 다섯 개 손실이 난다.

그러나 시간에 여유가 있을 때 스팀을 시작하지 않으면, 냉동 찐빵을 금방 제공할 수가 없다.

　"으～음. 어쩌지? 팥은 아직 세 개 있으니까 어떻게 되나?"

　토라키 유라가 흡혈귀로서 생각해야 하는 일이 완전히 의식 밖으로 떠나 버렸다.

　까놓고 말해서 일에 집중하여 사생활의 여러 가지를 생각하지 않으려고 하는 것뿐이다.

　"잠깐. 오늘 납품이 어땠더라? 그거에 따라 오늘 포장을 뜯을 수가……."

　"뜯어도 돼. 내일도 잔뜩 오니까."

　혼잣말에 대답이 들리기에 놀라서 돌아보자, 가게 입구에 무라오카가 서 있었다.

　"됐어. 뜯어 버려. 손실 나면 내가 살 테니까 토라키가 가지고 돌아가."

　"무라오카 씨……? 이 시간에 무슨 일이에요?"

　오늘은 올 리 없는 무라오카가 거기 서 있었다.

　추위 탓인지 안색이 그다지 좋지 않다.

　"응, 갑자기 이것저것 맡겨 버렸으니까, 난처한 일이 없을까 생각해서 들렀어."

　"괜찮아요. 찐빵 뜯어도 된다면 이제 고민할 일 없죠. 기껏 근무시간 바꿨으니까 집에 돌아가서 주무세요."

　"아아, 응, 그렇네. 한 잔만 마시고. 핫커피 S 줄래?"

　선술집에 들어온 것처럼 설렁설렁 계산대 앞으로 온 무라오카가 카운터에 5백엔 동전을 놓았다.

"아, 어, 네."

자기 가게 것이라도 계산은 한다.

토라키는 그의 말대로 핫커피 S를 타서 무라오카에게 건넸다.

"고마워."

무라오카는 다시 설렁설렁 취식 코너에 가서 대충 앉더니 천장을 올려다보았다.

"……어쩐지, 토라키네 여자친구한테 폐를 끼쳤나 보네."

커피는 한 모금도 안 먹고, 그 날 먹은 식사 얘기를 하는 것 같은 어조로 말했다.

토라키는 약간 주저했다.

"아이리스는 그게 반쯤 일 같은 거라고 하니까요. 나머지 절반은, 그 녀석도 친구가 적으니까 친구랑 같이 노는 감각일 거라고 생각해요."

아이리스는 토라키의 여자친구가 아니다. 그렇게 말할 수 있는 분위기가 아니었다.

"일, 친구, 그래. 친구라……. 어른이 돼서 친구 만드는 법은 잊어버렸으려나. 일도 마지막으로 노력해서 새로운 걸 익힌 게, 언제였더라."

무라오카가 작게 한숨을 쉬고서, 토라키를 보았다.

"나 말이야. 솔직히 이 커피, 맛이 내 취향 아냐."

이것은 말의 도움닫기다. 토라키는 대답하지 않고 다음 말을 기다렸다.

"이거, 지금까지 말은 안 하고 있었는데, 여러모로 생각해서, 지금이라면 역시 토라키밖에 없을 거라고 생각했거든."

"네?"

힘껏 도움닫기를 한 무라오카의 말은 그러나, 어쩐지 비통함에 메말라 있었다.

"토라키 말야. 우리 정사원으로 취직할 생각, 없어? 만약 있으면, 이 가게 점장을 맡기고 싶은데."

선샤인60에 있는 히키 가문 사무실.

집무실로 이어지는 응접실 소파에서 고개를 숙이고 있던 토라키는 문이 열리는 소리에 고개를 들었다.

"미하루, 갑자기 미안…… 어?"

미하루와 만나려고 찾아와, 히키 가문의 직원으로 보이는 인간, 혹은 팬텀의 안내로 응접실에 온 토라키는 당연히 미하루가 올 거라고 생각했다.

"어머나."

그런데 문으로 들어온 선객은 여성 두 사람이었다.

한 명은 토라키도 아는 얼굴이지만, 또 한 명은 모르는 상대였다.

그리고 아는 쪽은 토라키를 보고 뜻밖이라는 듯, 그리고 약간 불쾌한 기색으로 표정을 찡그렸다.

"안녕? 나카우라 수녀. 당신도 미하루한테 용건 있어서 왔어?"

"……네. 지난번 교토 이야기를 들으러 왔죠. 오늘은, 시스터 예레이와 함께 오지 않았나요? 토라키 유라."

나타난 것은 암십자 기사단의 도쿄 주둔지 기사장, 나카우라 세츠코였다.

"언제나 함께 다니는 것도 아니고, 요즘 들어 그다지 만나지도 않았어. 당신네 신인 연수를 맡았다고 들었는데? 당신이 더 잘 알 거 아냐."

"네. 그러고 보니 그랬죠."

태연한 표정을 지으며, 나카우라는 작게 고개를 끄덕였다.

"시스터 나카우라. 이쪽은?"

나카우라 옆에 있는 여성도 수도복을 입고 있으니, 역시 암십자의 수도기사일 것이다.

검고 긴 머리칼에, 파란 눈동자와 옅은 갈색의 피부. 나이는 마흔 정도일까? 나카우라보다 훨씬 키가 큰 여성이었다.

허스키한 목소리가 유창한 일본어로 말하면서 토라키를 보았다. 그 여성의 얼굴에는 온화함과 성실함이 보였다.

"흡혈귀 유라 토라키입니다, 시스터 올포트. 시스터 예레이의 파트너 팬텀이죠."

그만큼, 토라키에 대한 나카우라의 적의가 보다 부각되었다.

"아, 그렇군. 소문은 들었지."

시스터 올포트라고 불린 여성은 나카우라의 소개에 흥미롭다는 웃음을 지었다.

"히키 패밀리의 후계자와 직접 면담을 할 수 있다니, 미스터 토라키는 이름난 팬텀인가?"

"고요 스트리고이의 자식이라 한때 경계했습니다만, 능력은 특별한 것도 없고, 범용한 흡혈귀와 다르지 않아요."

"당신 소개는 틀린 게 하나도 없긴 한데, 어쩐지 악의가 담겨 있어."

나카우라의 밉살맞은 어조도, 이렇게 되면 웃음만 나온다.

"그러나 그 기사장 말이 대부분 맞아. 그냥 시시한 흡혈귀지. 나카우라 수녀가 존댓말을 쓰는 걸 보니까 당신 암십자의 높은 사람인가? 그런 거물이 경계할 정도는 아니지."

토라키는 앉은 채 건성으로 보충했지만, 시스터 올포트는 웃음을 지은 채 말했다.

"겸손하시군. 유라 토라키. 이름을 듣고서 생각났어. 분명히 당신은, 미하루 히키의 약혼자였지?"

토라키는 그렇다 치고 미하루는 확실하게 일본 팬텀의 거물이니까, 그 동정을 나카우라나 암십자의 상층부가 체크하는 것 자체는 신기하지 않다.

신기하지는 않지만, 앞으로 난처해질 것 같았다.

암십자에게 알려진 것을 미하루가 알았을 경우, 그것마저도 뭔가 기정사실로 삼으려 할지도 모른다.

"……."

"응? 왜 그러지?"

무엇보다도, 흡혈귀를 눈앞에 두고서도 자연스러운 태도와 태연자약한 자세. 이 올포트란 수녀가 보여주는 모습에 토라키는 최대한의 경계를 품었다.

아이리스나 유우리, 나카우라와 대치했을 때는 이런 감상을 느끼지 않았다.

정체를 모르겠다.

여기가 히키 가문의 사무실이라 무장해제를 한 것일까? 올포트 수녀가 입은 수도복에는 데우스크리스를 숨기고 있을 법한 흔적은 어디에도 안 보이고, 리베라시온이 들어 있는 파우치도 보이지 않았다.

　그러나 만약 그것이 있었다면, 토라키는 지금처럼 상대가 서 있고 자신은 앉은 채, 팬텀으로서 올포트에게 굽힘없이 대응할 수 있었을까? 자신이 없었다.

　"……당신이 얘기했어? 교토 일."

　토라키는 나카우라를 보았다. 미하루에게 교토 일을 들으러 왔다고 했으니 토라키가 교토에 간 것도, 어째서 교토에 갔는지도 알고 있을 것이다.

　"최소한 공유해야 할 정보니까요."

　나카우라는 당연하게 토라키의 물음에 긍정했다.

　"그보다도 토라키 유라, 주제를 아세요. 이 분은 당신 정도의 팬텀이 쉽사리 대화를 나눌 수 있는 상대가 아닙니다."

　그쪽이 먼저 말을 걸었으면서 이런 말을 한다.

　"괜찮습니다, 시스터 나카우라. 그는 딱히 저에게 경의를 표해야 할 입장이 아니니까요."

　오히려 올포트 수녀가 토라키를 배려하여 말리는 지경이었다.

　"자기소개가 늦었군. 나는 제인 올포트. 암십자의 기사단장을 맡고 있어."

　그리고 자기소개를 하면서 일어서지도 않는 토라키에게

손을 내밀었다.

"기사단장?"

"그래요!"

"우왓!"

뭔가 마음에 걸려서 반복하자, 나카우라가 갑자기 큰 소리를 냈다.

"시스터 올포트는 암십자 기사단의 실질적인 수장이신 분입니다! 당신 따위 마주친 순간에 토벌돼도 신기하지 않아요!"

"지금 나는 살아 있는데?"

"시스터 나카우라. 너무 거창해요. 어디까지나 현장 부대의 수장인 것뿐이지, 계파의 수장인 추기경은 본국에 계십니다. 여러모로 우연이 거듭되어 젊은 나이에 분수에 안 맞는 큰 역할을 맡게 되었을 뿐이죠. 그러니 미스터 토라키도 그렇게 경계하지 말아줘."

경계는 하고 있었다. 스스로는 초면인 인간을 어떻게 접해야 할지 몰라 조심하는 수준으로 꾸며서.

그러나, 지금 제인 올포트의 말에서 어쩐지 그 이상의 것을 느끼지 않을 수 없었다.

"이봐, 단장 양반. 이 기사장 말야. 만날 때마다 아무것도 안 했는데 내 생활에 트집을 잡는다고. 좀 더 겸허해지라고 지도해줄 수 없어?"

"시스터 올포트. 흡혈귀의 헛소리를 듣지 마세요."

"하하하, 미스터 토라키. 시스터 나카우라는 실적이 있는

우수한 수도기사야. 뭐 조금 완고한 구석이 있다고 생각하지만, 공명정대한 기사라는 건 틀림없지. 시야를 길게 가지고 좀 봐줘."

대립하는 두 사람 사이에서 의견의 균형을 잡으며, 쌍방의 체면을 세워주면서 현재 상황에 변경을 주지 않는다. 이것을 자연스럽게 해낸 제인 올포트는 본인이 말하는 것보다 훨씬 『기사단장』이라는 지위에 걸맞은 인물이라는 인상을 토라키는 받았다.

"그래서, 그건 그렇다 치고, 실제로 미하루 히키와 결혼을 전제로 사귀고 있는 건가? 텐도 히키에게도 인정을 받았다는 이야기를 들었는데?"

사귄다느니 결혼이라느니, 흡혈귀의 입장에서는 아무 의미 없는 화제였다.

그런 것보다도, 아이리스가 협정을 어기고 교토에 가버린 것은 알고 있는 걸까?

"결혼 같은 거 할 리가 없잖아. 미하루가 맞선 상대를 차기 위해 날 방패막이로 쓴 거야."

"뭐, 그럴 거라고 생각했습니다."

"뭐야아. 재미없군. 이런 걸 꽃가마라고 하지 않던가? 반대였던가? 현당주인 텐도 히키하고도 가까워졌다고 하던데."

나카우라도 올포트도 멋대로 말하지만, 꽃가마라는 건 토라키와 미하루가 서로 좋아한다는 걸 전제로 해야 한다. 현 시점에서 그 이야기는 성립되지 않는다.

올포트는 자신이 교토에 대해 여러 가지 알고 있다는 것을 밝혀서 떠보는 것이리라.

반대로 나카우라와 올포트가 교토 일에 아이카나 카라스마가 연관되어 있는 것을 아는지 모르는지 신경 쓰였지만, 둘 다 토라키가 그것을 알고 있다는 걸 알게 되면 괜히 불신감을 품게 될 것이다.

"텐도 씨한테는, 교토에 있는 동안 신세를 졌을 뿐이야."

"그런가요? 그러면, 시스터 올포트. 우리는 그만 가죠."

"아아, 그렇네요. 미스터 토라키. 새삼스럽지만 앞으로 기억해줘. 우리는 이만 실례하지."

"그래."

토라키는 괜한 언질을 주지 않으려고 짧게 대답했다.

진심을 털어놓자면 앞으로 다시는 연관되고 싶지 않지만, 아이리스가 가까이 있는 이상 그럴 수도 없으리라.

"아. 한 가지만 말해두지. 지금 도쿄에는 나뿐 아니라 본국에서 온 수도기사가 다수 머무르고 있어. 당신의 생활을 소란스럽게 만들고 싶지는 않지만, 부디 눈에 띄지 않도록 해주면 좋겠군."

히키 가문과 관계가 있다고 알려진 이상 제인 올포트와 친하게 지낼 필요는 없지만, 필요 이상으로 적대하는 것도 좋은 생각은 아니다.

좋은 생각은 아니지만…….

"나는 계속 누구한테 폐 끼치는 거 없이 조용히 살고 있어. 방금 전에도 말했지만 괜한 짓을 해서 내 생활을 소란스럽게 만드는 건 그쪽 기사장이지."

아무리 그래도 짜증이 나서 말대꾸를 해버렸다.

악수를 둔 걸까? 토라키는 표정을 찌푸렸지만, 나카우라는 개의치 않고 어깨를 으쓱거리기만 했다.

제인 올포트도 조금 쓴웃음만 짓고, 그 이상 아무 말 없이 물러갔다.

"그러면…… 어머나! 토라키 님?! 벌써 오셨던 건가요?!"

나카우라와 제인이 나가는 것과 동시에, 집무실 쪽에서 미하루가 나타났다.

지금까지 제인 올포트와 나카우라를 상대하고 있었을 미하루에게서 긴장이나 경계의 기색은 전혀 없었다.

그래서일까? 미하루를 본 순간, 토라키는 커다랗게 숨을 내쉬고 긴장이 풀렸다.

미하루의 존재를 든든하게 생각하고 안도해 버렸다.

"그래, 오랜만이네."

교토 역에서 헤어진 이후 처음이라 미하루와 만난 것은 2주일만이었다.

"약속 시간까지 앞으로 15분 정도 남았는데…… 쓸쓸함을 견디지 못하고 와주신 거군요?"

평소라면 미하루의 이것은 그냥 아침 인사 같은 것이지만, 오늘은 긍정하는 것도 괜찮을 것 같았다.

"쓸쓸했던 거랑은 좀 다르지만, 지금 막 암십자의 높으신

분이 거하게 겁을 주더라. 긴장한 게 풀리기는 했다."

"……그 두 사람이랑 마주쳐 버리신 거군요. 뭔가 이야기 하는 소리가 들렸습니다만……."

미하루는 배려하는 걸 넘어 아예 비장한 표정이었다.

"암십자가 하는 말을 신경 쓰실 필요 따위는 없어요. 뭣하 면 이 다음 예정을 모두 캔슬하고 저랑 둘이서……."

비장하긴 하지만, 괜히 일부러 눈동자만 움직여 올려다보 며 다가오는 미하루.

토라키는 교토의 바푸나또 호텔 일을 떠올리고, 반걸음 미 하루와 거리를 두었다.

"이 다음에 알바 근무가 있어. 그리고, 아직 그 녀석들이 근처에 있다고 생각하니 뭘 하든 진정되질 않는다."

"나카우라 수녀를 지옥에 떨어뜨릴 이유가 또 하나 늘었어 요."

팬텀이 성십자 교도를 붙잡아 지옥에 떨어뜨린다는 건 터 무니 없이 얄궂은 말이지만, 미하루의 경우 진심으로 들리 니까 고약하다.

"……너는 괜찮았냐? 그 녀석들이랑 밀실에서 셋이 있는 거."

"기사단장 제인 올포트 말인가요? 딱히 초면은 아니니까요."

"그랬어?!"

"전에 만난 것은 아직 제가 어렸을 때입니다. 당시 도쿄에 있던 할머님을 방문했을 때, 그녀는 부단장의 입장이었어요."

암십자와 히키 가문은 서로 아군은 아니지만, 완전히 적인 것도 아니다.

그런 사이의 조직끼리 정상 회담, 이라는 걸까?

"그때의 얕은 인연을 따라서, 귀찮은 일을 떠넘기러 온 거죠. 토라키 님이 신경 쓰실 일은 아니랍니다. ……아니지만, 일하느라 바쁜 제가 쓸쓸하지 않도록 찾아와주신 건가요?"

아무리 생각해도 『일하느라 바쁜』 사람이 아닌 기색으로 다시 미하루가 다가오기에, 토라키는 방금 전에 올포트를 상대할 때와 다른 의미로 경계해 버렸다.

"아, 아아. 아니 그게, 바쁜 와중에 미안하지만 부탁할 게 있어서 왔다. 요전의 빚도 갚은 건지 아닌지 미묘한 상황이라 미안한데."

"어머나. 토라키 님이 그런 말씀을 해주시다니 드문 일이네요. 어떤 부탁인가요?"

"뭐, 최종적으로는 내가 인간으로 돌아가기 위한 것을 입수하고 싶어서 말야."

"그, 렇, 군, 요?"

미하루가 괜히 턱에 검지를 대면서, 이번에는 의미심장한 태도로 토라키와 떨어지더니 응접실을 한 바퀴 빙 돌았다.

"제가 요전처럼, 변제를 핑계로 무리한 요구를 할 거라고 생각하지는 않으세요?"

"지금은 그렇지. 너는 내가 인간으로 돌아가고 싶다는 걸 알고 있어. 하지만 돌아가지 못할 거라고 생각하잖아."

토라키의 대답에 미하루는 재미있다는 듯 미소를 지었다.

"어머나, 알고 계셨어요?"

"『흡혈귀가 인간으로 돌아간 일이 없다』고 하니까. 나보다 훨씬 많은 흡혈귀를 본 히키 가문이라면, 경험으로 그걸 더 잘 알잖아?"

"맞는 말씀이군요. 그런데 그것은, 아이리스 예레이에게서 들으셨나요?"

"아니. 아이리스는 나한테 들을 때까지 인간으로 돌아가려는 흡혈귀가 있다는 걸 알지도 못했던 것 같았어. 지금 그건……."

토라키는 크게 숨을 들이쉬고, 조금 긴장한 기색으로 말했다.

"나한테 흡혈귀로서 살아가는 법, 싸우는 법을 가르쳐준 『선생님』한테 들은 거야. 너랑 만나기 전까지는, 그 녀석이랑 같이 아이카를 추적하던 시기도 있었지."

"흡혈귀, 선생님."

미하루가 진심으로 당혹하는 표정을 토라키는 처음 보았다.

당연한 일일지도 모른다. 미하루에게 이 얘기를 한 적이 없다.

알고 있는 것은 동생인 토라키 와라쿠 뿐이었다.

"그래. 20년 전에, 갑자기 사라졌어. 너나 암십자하고 일단은 연계를 하기 시작한 지금, 다시 한번 나 자신을 단련할 필요가 있다고 느꼈거든. 너랑 아이리스에게 짐덩이로 취급되는 건 사양하고 싶으니까. 요전의 교토에서도 카라스마 씨랑 정면으로 싸운 건 내가 아니라 너랑 나구모였잖아."

"……그건, 어쩔 수 없는 일이죠. 아이리스 예레이라면 모를까, 히키와 무지나의 다툼에, 토라키 님이 손을 번거롭게 할 필요는…….”

“그건 내가 너에게도 할 수 있는 말이잖아? 내 사정으로, 네 시간과 돈을 계속 낭비시켜도 되는 게 아니니까. 그거야말로 네가 나에게 잘해주는 걸 이용해서.”

흔들림 없이 말하는 토라키에게 미하루는 위화감을 품었는지, 조금 불안한 표정을 지었다.

“무슨 일이 있었나요?”

“그게. 뭐 여러모로. 직접적인 계기는 쉬이링이 한 말이겠지. 내가 인간으로 돌아가고 싶다고 하는 것치고는, 대부분의 일을 미하루에게 의지하기만 하고, 스스로 뭐 하는 게 있느냐 하는 거였는데.”

“토라키 님은 저만 의지해 주시면 돼요. 데미 강시 따위가 하는 말을 신경 쓸 필요 없습니다. 불쾌하시다면 히키 가문의 힘으로 리앙 쉬이링을 처리해도…….”

“진심인 눈으로 말하지 마.”

지금 당장이라도 쉬이링을 처리하러 갈 법한 미하루를 보며 토라키는 몸을 부르르 떨었다.

“너는 그렇게 말을 하지만. 만약에 우리가 결혼을 한다고 해도…….”

“모든 예정을 캔슬하고 지금 당장 식장과 신혼집 선정을 하러 가요!”

“만약이라고 했잖아!”

이대로 토라키를 끌고 결혼식장에 밀어 넣을 법한 미하루를 말리고, 토라키는 물었다.

"만약에 결혼을 한다고 해도! 내가 뭐든지 너한테 맡기고 일도 가사도 아무것도 안 하고 늘어져 있으면 어떨 것 같아?"

"그런 토라키 님도 멋지다고 생각해요."

미하루가 망설임 없이 즉답하자, 토라키는 반대로 불안을 느꼈다.

자칫 잘못해서 정말 미하루와 결혼하게 될 경우, 어딘가에 구속 감금되지 않을까?

"그런 나는, 내가 싫어. 인간으로 돌아가든 못 돌아가든, 나는 최소한 자신에 대한 건 자신이 할 수 있는 남자이고 싶다. 그러니까 미하루나 아이리스의 도움 없이도 아이카와 맞설 수 있을 정도의 힘이 필요해."

"그렇다면 제가 상대를 해드릴 테니, 히키 가문의 방식으로 무도나 전투 훈련을……."

"흡혈귀의 싸움 방식은 흡혈귀에게 배우는 게 제일이야."

어떻게든 자기 필드에 끌어들이려는 미하루를 있는 힘껏 피해내면서, 토라키는 드디어 본론에 들어갔다.

"빚은 반드시 갚는다. 그러니까 흡혈귀를 한 명 찾아줘."

토라키의 진지한 어조에 미하루도 정색했다. 그것이 진지하게 생각해주는 건지 토라키의 의뢰가 어렵다고 느끼는 건지는 판단이 안 된다.

"……그러면, 어떡할까요? 탐정에게 사람 찾기 의뢰를 하

NOVEL

면, 하루당 비용이 꽤 든다고 들은 적이 있습니다만."

"부탁할게."

160만엔을 빌미로 교토에 가는 걸 거절하지 못한 토라키에게 굳이 돈 얘기를 하는 걸 보면, 미하루도 참 대단한 성격이다.

"뭐, 견적과 청구서 작성은 이야기를 들은 다음이 되겠죠. 안으로 오세요. 히키 가문의 데이터베이스를 검색해볼게요."

지금까지 몇 번이고 발을 들인 미하루의 집무실.

미하루는 집무 책상 위에 있는 PC를 기동했다.

"설마 검색 사이트로 찾는 건 아니지?"

"그걸로 찾아서 발견되는 일도 제법 많아요. SNS를 하고 있는 팬텀도 많고. 룸웰의 아미무라 일당에 대한 정보는 증거를 확보하기 위해 동영상 사이트나 SNS가 활약했습니다."

"시대가 변했네."

팬텀의 자기과시 욕구는 종종 좋지 않은 결과를 불러오지만, 팬텀이 SNS를 하면 안 된다는 룰은 없다. 그걸로 동료들과 연결을 얻는 자도 있을 것이다.

"토라키 님은 안 하시나요? SNS."

"나는 그런 건 잘 모르겠어."

"나이 드신 분처럼 말씀하시네요."

"나이 드신 분이잖아."

잡담을 나누는 가운데, 미하루는 가볍게 키보드를 쳤다.

"현실적인 문제로 나는 세상에 오픈하고 싶은 정보가 없거든. 흡혈귀로서 살아가는 이상, 자신의 정보를 널리 공개해도 좋은 일 하나도 없다. 그리고 태반의 SNS는 자기 계정이 없어도 내용을 검색할 수 있잖아?"

"편의점 일에 사용하는 일도 있잖아요? SNS를 팔로우하면 경품이 당첨되는 캠페인을 하거나, 가게에서 계정을 만든다거나."

"손님이 물어봤을 때 설명할 수 있으면 되잖아. 애당초 내가 일하는 시간에는 일부러 그런 걸 물어보러 오는 손님이 없으니까 안 해도 문제없었어. 가게 계정도, 아마 없지 않을까? 나는 들어본 적 없다."

"요즘 세상에 드문 일이네요."

"그러는 너는 해?"

"하고 있어요."

토라키에게는 너무나도 뜻밖의 대답이었다.

"설마 밖에서 밥 먹기 전에 사진을 찍어서 올리고 그러냐?"

"제가 그러면 그냥 돈 자랑이 되어 버리잖아요. 업무적으로 운용하고 있어요."

평소에 대체 어떤 것을 먹고 다니는지 물어보고 싶지만, 설마 교토에서 갔던 요정이나 한 잔에 천 엔쯤 하는 커피가 미하루에게는 전혀 특별한 게 아니라는 걸까?

"그러면, 기다리셨습니다. 히키 가문의 팬텀 데이터베이스는 보안이 견고해서 여는데 시간이 걸려요. 찾으시는 흡혈귀는 어떤 분인가요?"

"오래 산 흡혈귀야. 일본인은 아니고."

"해외의 팬텀이라면 커버할 수 있을지 모르겠습니다만, 이름이 뭐죠?"

"아 그래."

토라키가 그 이름을 말했다.

"재커리 힐."

토라키의 위치에서는 미하루의 얼굴이 모니터에 가려 보이지 않았다.

그래서 토라키가 그 이름을 말했을 때, 마우스를 쥔 미하루의 손이 멈추고 그녀가 살짝 눈을 홉뜬 것을 깨닫지 못했다.

"……미하루?"

"아뇨. ……재커리 힐, 이군요. 스펠링은 아시나요?"

"그게 좀 아쉬운데, 정확한 철자를 몰라. 일본어가 완벽했으니까 의식한 적이 없었거든……. 평소에는 재크라고 불렀어. 그것도 Z, A, C, K일거라고, 생각은 하는데, 그건 나도 일단 검색을 해봤지만, 그럴 듯한 인물이 나오질 않았다. 재커리든 재크든, 딱히 보기 드문 이름이 아니더라고."

토라키가 자신의 부주의함에 기가 막힌 듯 머리를 긁적이자, 미하루는 상냥하게 웃으며 고개를 끄덕였다.

"데이터베이스 안에서 『재크』의 경우, 마지막은 K가 아니라 H가 더 많은 것 같아요. 수도 꽤 많으니 이 안에서 특정하는 건 어려울 것 같습니다. 외견적인 특징은?"

"20년 전 이야기니까 지금도 그럴지는 모르겠는데, 겉보기에는 인간으로 따지면 40대에서 50대쯤이고, 수염이 덥수룩한 무뚝뚝한 아저씨야. 여름이든 겨울이든 롱코트를 입고, 머리칼은 헝클어진 은발. 안 어울리는 선글라스를 늘 쓰고 다녔어."

"특징이 있는 것 같지만, 비슷한 차림을 한 사람이 꽤 많을 것 같아요. 한여름에 목격되지 않는 한 눈에 띄지 않겠죠."

"본인은 그걸 노린 것 같더라. 어설프게 숨는 것보다, 당당하게 자기가 좋아하는 일을 하는 게 뜻밖에 눈에 안 띄는 법이라던가……. 아 그렇지. 하모니카를 엄청 못 불어!"

"하모니카요?"

"그래. 어쩐지 멋있어 보이니까 가지고 다닌다고 했었지. 멋 부리면서 불긴 하는데 엄청 못 불었거든……. 말하다 보니까 나도 이걸로 찾을 수 있을 것 같지가 않아지네. 이래가지고 어떻게 될까?"

"근거 없는 위안은 안 할게요. 힐이란 성도 대단히 많고, 재커리가 본명이라는 보증도 없고, 『재크』라는 것이 애칭이 아니라 본명일 가능성도 있어요. 목록 안에는 흡혈귀인지 아닌지 알 수 없는 미분류 팬텀도 많습니다. 이것 모두를 조사하는 건 나름대로 시간이 걸리니까, 느긋하게 기다려 주세요."

"미안해. 부탁할게."

"일단 여쭤봅니다만, 기한을 정해두신 건 있나요?"

"뭐야? 힘을 써주려고?"

찾기 어려울 거라고 말하고 있는데, 기일을 정하면 그때까지는 어떻게든 해주는 걸까?

"물론 빠르면 빠를수록 좋지만…… 뭐, 한 달쯤 뒤에 진척을 보고해주면 좋겠다."

"어머나, 생각보다 느긋하시네요?"

"20년이나 방치해뒀는데 그리 간단히 발견될 거라고 생각 안 해. 그리고, 방금 말한 것처럼 리앙 씨가 한 말은 계기에 지나지 않아. 빚을 만들고 싶지 않다고 말하는 내가 너를 의지하는 건, 간단히 남에게는 말할 수는 없지만, 팬텀 같은 건 전혀 상관없는 게 원인이야."

"혹시, 근무처에 무슨 일이 있었던 건가요?"

"뭐, 그런 셈이지."

조금 불분명하지만, 뭔가 숨기기보다는 쑥스럽다는 인상이 강한 토라키를 보고 미하루는 탄식했다.

"알겠습니다. 가능한 서두를게요. 그렇지만 팬텀을 찾는 거라면, 반드시 좋은 보고를 할 수 있다고 장담할 수 없다는 건 양해해 주세요."

"그래, 알았어. 어떤 결과가 되던 빚은 반드시 갚을게."

"네, 기대하고 있을게요."

미하루가 고개를 끄덕이더니, PC를 그대로 두고 일어섰다.

"이 뒤에 근무가 있다고 하셨는데, 바쁘신가요?"

"그렇지 뭐. 한동안 쉬는 날 없이 일하게 될 것 같아. 그러니까, 진척 보고는 한 달 뒤가 딱 좋을 거야. 그 무렵은 이쪽

상황도 변했을 테니까."

"그런가요. 차라도 함께 할까 생각했습니다만, 바쁘시다면 포기하는 편이 좋겠어요……. 엘리베이터 홀까지 배웅하겠습니다."

"그래, 미안하네."

토라키는 토라키대로, 뜻밖에 미하루가 여러 가지 의미로 매끄럽게 용건을 받아준 것에 놀랐다. 하지만 오랜만에 자신이 자신의 상황을 반걸음, 아니, 발톱만큼이라도 전진시켰다는 감각을 느끼고 있었다.

전진했기에, 지난 20년 가까이 주저하던 자신을 후회하는 마음도 솟았다.

너무나도, 겁을 먹고 있지 않았나? 시간을 낭비한 것이 아닌가?

아니, 그럴만한 이유는 있었다.

지금 이것이 마지막 찬스다.

동생이, 토라키 와라쿠가 건강한 틈에 조금이라도 그를 안심시키기 위한.

"또 보자."

"네, 조심하세요."

토라키를 배웅한 미하루는 엘리베이터의 문이 닫히는 것과 동시에, 짓고 있던 미소를 문득 엄격하게 긴장시켰다.

"재커리 힐……."

토라키에게 의뢰 받은 이름을 중얼거렸다.

"우연하게…… 같은 이름이 아니겠죠. 설마 나카우라 수녀가 토라키 님과의 관계를 알고 있던 걸까요……?"

그리고, 분한 기색으로 발을 굴렀다.

"아아 정말! 토라키 님과 암십자의 순서가 반대였다면, 암십자의 의뢰 따위 거절해줬을 텐데! ……이렇게 되면, 암십자보다 빨리 준비를 해야죠! 카라스마!!"

미하루는 격정에 몸을 맡기며 그 이름을 외쳤다.

"아."

그리고 신뢰하는 집사이자 부하였던 카라스마 타카시는 이제 여기 없다는 것을 떠올렸다.

"아무리 돈이 있어도, 잘 안 되는 건 안 되는 법이네요……. 하아."

미하루는 터벅터벅 집무실로 돌아와서, 계속 켜둔 PC를 방치하고 서랍 속에서 파일 하나를 꺼냈다.

표지에는 암십자 기사단 영국 본부 발행이라는 것을 가리키는 『DARK CROSS KNIGHTS』의 각인.

표지를 펼치고 1페이지째에, 그 종이가 끼어 있었다.

너덜너덜한 롱코트에 선글라스. 깊숙하게 눌러쓴 모자는 촬영용일까?

"300년 살아온 흡혈귀, 전격 일본 방문, 인가요? 정말이지, 이토록 당당하게……."

20년 사이에 흐트러진 은발은 잘 정돈된 올백이 되었고, 수염도 다듬었다. 녹슨 하모니카는 황금색으로 반짝이는 색소폰으로 변한 모양이다.

"전설적인 JAZZ 밴드 『ZACH』 긴급 일본 공연 결정!"

해외 재즈 밴드의 공연 고지 포스터.

국내 세 군데의 유명 재즈 하우스에서 막이 열리는 그 밴드의 간판이 바로, 토라키가 찾고 있던 흡혈귀 재커리 힐이 틀림없었다.

미하루는 토라키가 오기 직전, 암십자 기사단과 『암십자 기사단의 성무 보조 계약』을 맺어 재즈 밴드 ZACH의 교토 공연을 감시하게 됐다.

계약 상대는 도쿄 주둔지나 나카우라 개인이 아니라, 암십자 기사단 영국본부 기사단장 제인 올포트였다.

히키 가문과 암십자는 근본적으로는 양립할 수 없는 사이지만, 세계 제일의 팬텀 대항 조직과 필요 이상으로 반목할 수 없었다.

교토의 히키 가문 본저가 카라스마에게 파괴된 지금, 히키 가문의 힘이 떨어진 것은 일목요연했다.

그 틈에 암십자가 서일본에 발을 들이지 못하게 하기 위해서도, 이 의뢰를 받지 않을 수 없었다.

물론 그건 그거대로 후쿠오카나 나고야의 주둔지가 교토에 접촉하면 된다. 이번에 굳이 도쿄 주둔지의 나카우라가 도쿄에 있는 미하루에게 이 의뢰를 하러 온 것은 세 가지의 커다란 이유가 있었다.

첫째, ZACH 일본 공연의 마지막이 도쿄 공연이라는 것.

둘째, 암십자 기사단이 이 재커리 힐을 생사를 따지지 않고 노리고 있다는 것.

그리고 마지막 셋째는······.

"······."

미하루는 페이지를 넘기면서 그 표기 장소에서 손을 멈추었다.

『지명수배 팬, 흡혈귀 재커리 힐. 수도기사 유니스 예레이 살해 용의자.』

유니스 예레이.

암십자 기사단의 수도기사들 중에서도 일기당천을 자랑하는 『예레이의 기사』 아이리스의 선대.

흡혈귀로서 토라키를 가르친 스승이, 아이리스 예레이에게는 어머니의 원수다.

이것을 입에 담아 말했을 때 제인 올포트의 표정을 미하루는 대단히 인상 깊게 기억하고 있었다.

미소의 가면, 이라는 말이 그토록 어울리는 인간도 없으리라.

올포트는 실무가로서 미하루 앞에 섰지만, 그 차분한 기사단장의 얼굴 이면에 재커리 힐에 대한 끝 모를 증오와 원한이 응어리져 달라붙어 있었다.

미하루는 책상 의자 등받이에 추욱 몸을 맡기고, 천장을 우러러보며 탄식했다.

"억수로 마음이 무겁대이······ 우짜라카나."

그저 인간관계가 어색하다는 것뿐이 아니다.

토라키에 앞서 찾아온 올포트와 나카우라가 말로 못을 박기도 했고, 본국 암십자의 의뢰서에도 중요사항으로 기재되어 있는 준수해야 할 계약 조항이 있었다.

『ZACH의 존재 및 밴드 리더인 재커리 힐의 정보가 수도 기사 아이리스 예레이 귀에 들어가는 것을 굳게 금지한다.』

"딱히 아이리스 예레이 편을 들어주는 기는 아니지만서도……."

미하루는 턱을 괴면서, 모니터에 표시된 히키 가문의 데이터베이스를 보았다.

"사람으로서 괜않나? 그거."

그곳에는 토라키 유라의 데이터와 나란히 재커리 힐의 데이터가 표시되어 있었다.

미하루는 관리자 권한으로 토라키와 재커리의 특별 기입 사항에 상호의 사제관계를 입력하려고 했지만…….

"관두재이."

미하루는 브라우저를 껐다.

"유명 재즈 플레이어가 방문한다고 해도, 일본에서는 음악 전문지나 전문 사이트라도 들여다보지 않으면 일단 깨닫지 못할 것 같네요. 반대로 그녀가 조금만 관련 단어를 검색하기라도 하면, 금방 들킬 것 같기도 한데요……."

암십자가 어떻게 아이리스에게만 정보를 차단할 생각인지는 신경 쓰이지만, 떠오르는 건 지급되는 슬림폰에 필터를 거는 정도일까?

시시하다는 기색으로 코웃음을 치면서 PC의 전원을 난폭하게 끄고, 잠시 조용히 생각했다.

"……애당초, 남의 약점을 찔러서 고압적으로 말하는 게 처음부터 마음에 안 들었어요. 토라키 님을 위해서도…… 조금, 휘저어 줄까요?"

미하루는 슬림폰을 꺼내더니, 씨익 웃었다.

"일본에 뿌리 내린 지 100년도 안 되는 암십자 따위가, 히키 가문을 제치고 일본에서 쉽사리 거물 팬텀을 체포할 수 있다고 생각하면 안 되죠."

그리고 목적한 연락처를 탭한 미하루는 슬림폰을 귀에 댔다.

"늦어요. 제가 거는 전화는 세 번 콜이 끝나기 전에 받으라고 말을 했었죠? ……일이요? 바보 같은 말 마세요. 제가 당신의 일 스케줄을 파악하지 못한다고 생각하나요? 당연히 일에 지장이 없는 시간에 전화를 한 겁니다."

미하루는 암십자의 계약서를 난폭하게 던지면서 의자에 곧게 앉아서 말했다.

"간단한 일입니다. 지금 당장 사무실로 오세요."

※

『팬텀 중에서도, 흡혈귀만큼 얄궂은 생물이 없지.』

찬바람이 부는 가운데, 토라키의 뇌리에는 과거에 들은 남자의 목소리가 울렸다.

미하루에게 그런 부탁을 했기 때문일까?

갑자기 옛날 기억이 솟아올랐다. 조우시가야로 돌아가는 길에 토라키는『재크』에 대해 떠올리고 있었다.

『언뜻 보기에 인간이랑 다를 바 없다. 인간과 같은 걸 먹고 마신다. 그러나 결국은 햇빛 아래서는 살아갈 수 없고, 피에 대한 갈망을 억누르지 못한다. 겉모습의 성장이나 노화가 멈추기는 하지만, 본래 인간인 흡혈귀의 태반은 인생을 다 살지 못하게 되거든.』

20대 중반에서 외견적인 변화가 멎은 토라키는 그때 이미 남자가 하는 말의 진의를 이해하고 있었다.

동생인 와라쿠의 모습이 명확하게 토라키보다도 연상이 되었을 때, 갑자기 이 세상 모든 것이 자신을 잊어간다는 공포에 사로잡힌 것이다.

『친구도 연인도 가족도, 모두 먼저 죽어버린다. 흡혈귀가 되었다고 갑자기 정신까지 괴물급이 되는 게 아냐. 그 상실감이 몇백 년이나 이어지는 걸 견디지 못한 녀석은 삶에 질리게 된다. 그러다 어느 날 아무도 자신을 아는 녀석이 없어졌을 때, 자신의 심장에 나무 말뚝을 박게 되지.』

남자는 그렇게 말하고 자조했다.

『그리고, 그런 가운데 나처럼 아픈 게 싫고, 죽는 게 무섭고, 질질 끌면서 살아남아 버리는 녀석이 있는 거야. 대개 오래 사는 인간이었던 흡혈귀는, 스스로 죽지도 못하고, 그렇다고 인간으로 돌아가지도 못하는 어중간한 놈들이지. 요컨대 태만한 겁쟁이란 거다.』

타고난 흡혈귀는 다른 거냐고 물어보자, 남자는 어깨를 으쓱거렸다.

『타고난 흡혈귀가 어떤지는 본인에게 물어보는 수밖에 없지. 고요라고 불리는 녀석들 정도 아닐까? 나도 고요란 녀석들은 손에 꼽을 정도밖에 만난 적이 없지만 말야. 하하핫.』

뭐가 재미있는지, 남자는 한 차례 웃었다.

『그러니까 너는 행운이다. 더할 나위 없이 운이 좋아.』

남자는 토라키의 어깨를 두드렸다.

입도 옷도 피투성이인, 토라키의 어깨를.

『충동에 휩쓸려 가까운 인간의 피를 빨았지만, 그 녀석이 흡혈귀화하지 않았어.』

피를 빨린 탓인지 기절해버린, 동생이 목에서 흐르는 피와 같은 색으로 입을 물들인 토라키의 어깨를.

『너, 지금까지 살면서 몇 명의 피를 빨았지?』

"심각한 표정인데. 무슨 일 있었어?"

갑자기 현실의 소리가 들려서, 토라키는 고개를 들었다.

깨닫고 보니 이미 맨션 앞까지 돌아와 있었고, 어떤 우연인지 복도 입구에 와라쿠가 서 있었다.

"한 명……."

"응?"

"……아아, 아무것도 아냐. 왜 그러고 있어? 날도 추운데."

와라쿠는 토라키의 집 열쇠를 가지고 있다.

토라키가 집을 비운 시간에 찾아왔다면, 딱히 이렇게 추운 곳에서 기다릴 필요는 없을 것이다.

　뭔가 심각한 이야기라도 있는 건가 싶어 한순간 어두운 상상을 했지만, 와라쿠는 주름투성이 얼굴에 난처함을 담아 맨션 안을 돌아보았다.

　"왜 이러고 있는가 하면 말이지. 형 집에서 모르는 젊은 여자 목소리가 나거든."

　"어?"

　"전에 멋대로 들어가서 아이리스 씨한테 겁을 줘버렸으니까 들어가길 망설이고 있었는데, 아이리스 씨 목소리가 아니야."

　나이에 걸맞은 외견과 박력을 갖춘 동생은 안경 안에서 의심스런 눈으로 젊은 형을 노려보았다.

　"현역 경찰관료의 가족이 미성년자 약취로 체포되는 건 웃어넘길 수 없어. 나랑 요시아키의 경력에 흠집이 난다고."

　"야 좀 부탁하자."

　무슨 일이 일어났는지는 대강 상상이 되지만, 아무리 그래도 이런 사태가 일어날 거라고는 예측 못했다.

　"아마, 편의점 오너의 딸일 거야……."

　"뭐야? 형 설마 신세 진 사람의 딸을……."

　"박진감 넘치는 반응 보이지 마. 형을 좀 신용해 봐라."

　"옛날이야기를 읽어 보면, 흡혈귀의 스트라이크 존은 꽤 넓다던데."

이런 이야기를 할 수 있으니 유라와 와라쿠다.

"미성년이잖아. 그런 이유로는 경찰이 납득 안 해."

"보호한 건 아이리스야."

"형 집이잖아. 만에 하나 문제가 갈 데까지 가면 검찰이 납득하질 않는다니까. 정말이지."

이 설명을 또 해야 하나. 경찰을 뛰어넘어 기소 직전까지 이야기를 비약시킨 와라쿠에게 암담한 마음을 품은 토라키였지만, 토라키가 뭐라고 말하기 전에 와라쿠가 한숨을 쉬었다.

"형은 아이리스 씨한테 무르군."

"뭐?"

"아이리스 씨가 일본에 막 왔을 무렵, 형의 집에 며칠 더 부살이를 했을 때 있었던 일을 여태까지 끌고 온 거겠지."

"아……."

"이케부쿠로의 번화가에서 있었던, 히키 아가씨나 무라오카 오너의 딸이 얽힌 사건에서 흡혈귀에 대한 걸 말 못한 채, 오해를 질질 끌고 왔다는 거구만."

"……."

설명을 하는 것도 귀찮지만, 아무 말도 안 했는데 이 정도로 정확하게 분석을 당하는 것도 꽤나 짜증이 난다.

"그래서?"

와라쿠의 재촉을 받아, 토라키는 주변을 경계하면서 작은 소리로 말했다.

"······아카리라고 하는데, 아마, 부모님이 이혼하려고 하는 것 같아."

"그렇군."

와라쿠는 많은 것을 듣지 않고도, 다 짐작한 것처럼 작게 말하며 고개를 끄덕였다.

"얼마 전에 아카리의 어머니가, 남편한테 정이 떨어져서 집을 나갔거든. 그 뒤 한동안 별 일 없었는데, 아마 집 나간 부인이 뭔가 액션을 일으켰어. 아카리가 아이리스한테 달려가고, 무라오카 씨는 자기가 일하기로 한 시간 근무를 알바한테 바꿔달라고 했다."

"그건 이미 갈 데까지 간 거 아닌가?"

와라쿠는 입가를 살짝 올리고, 코트 안쪽 주머니에 손을 넣으려 했다.

"여기는 맨션 부지 안이야. 담배는 관둬."

"남일 같지 않은 얘기를 들으면 피고 싶어지거든."

"네가 왜 남일 같지 않은데. 키미에 씨랑 계속 사이좋았잖아."

키미에란, 10년 전에 죽은 와라쿠의 아내 이름이었다.

"어떤 부부라도, 한두 번은 이혼의 위기에 이를 법한 다툼이 있는 법이야. 편견일지도 모르지만, 편의점 경영자는 생활이 곧 일 같은 거잖아. 아카리란 애는 몇 살인데?"

"열여섯이야."

"부모가 눈을 떼도 간단히 죽지 않는 나이까지 아이가 성장했으니, 지금까지 쌓인 거나, 그때까지 폭발하지 않은 것이 뭔가를 계기로 갑자기 불이 붙은 걸지도 모르지."

"무라오카 씨네는, 장사 자체는 잘 되고 있을 거야. 아카리는 분명히 사립 고교에 다니고 있다. 맨션도 전에 분양이라고……."

"아무리 연봉이 높고 복리후생이 충실해도, 눈앞의 갓난아기는 울음을 그치지도 않고 자기가 독감 걸렸을 때 남편이 쉬면서 시간을 만들 수 있는 게 아니잖아. 그런 게 한계까지 쌓인 것일 거야. 아마도."

"……꽤 구체적인 감상이네."

"경찰관은 비슷한 고민을 품게 되거든."

거의 버릇처럼 다시 품속에 손을 넣으려다가, 와라쿠는 고개를 옆으로 젓고 손을 내렸다.

"그러니까, 이야기를 되돌리면 지금 형의 방에는 못 들어가겠군."

"뭐 그렇지. 왜? 밖에서 못할 얘기야? 밥 먹을 시간은 있는데."

"아아, 아니. 그게 말이지."

토라키가 권하자 와라쿠는 보기 드물게 주저했다.

"오늘은 굳이 따지자면 형이 아니라 아이리스 씨한테 용건이 있었어."

"아이리스한테? 네가?"

"그래. 그녀와 대화를 하려면 형이 필요하잖아?"

"뭔데? 나는 덤이냐?"

토라키가 웃자, 와라쿠도 희미하게 웃었다.

"아이리스의 연락처 알려줄게. 지금 그 녀석은 암십자의 신인 연수라는 걸 하고 있다더라. 미묘하게 바쁜 모양이니까 훌쩍 찾아와도 못 만날 수 있어. 나도 요즘 들어 만나지 못한 날이 많다."

와라쿠는 어깨를 으쓱거리고, 고개를 옆으로 저었다.

"형. 남의. 게다가 여성의 연락처를 본인의 허락도 없이 가볍게 남에게 알려주지 말라고. 미움 받아."

"너랑 아이리스는 모르는 사이도 아니고, 동생한테 가르쳐 주는 것 정도는 상관없잖아."

"대상이 가족이면 괜찮은 게 아냐. 그런 걸 본인의 양해도 없이 하는 남자라고 생각하게 만들면 손해라는 거지."

하려는 말을 이해 못하는 건 아니다.

그러나 이쪽은 연락처는 물론이고, 냉장고 안의 썩은 잼부터 신발 디자인까지 수많은 낯선 수도기사에게 공유되어 버렸다. 동생에게 연락처를 가르쳐주는 정도는 긴급 연락처 공유 수준의 필수사항이 아닐까?

요전에 비슷한 이야기를 했었다. 그렇잖아도 토라키와 아이리스의 공통 지인이 적다. 그 중에서 연락처를 공유하고 있을 법한 상대는 현재 시점에서 쉬이링 정도밖에 없었다.

미하루와 쉬이링이 아이리스와 자주 연락을 나누는 이미지가 애당초 생기질 않고, 토라키는 아카리의 직접적인 연락처를 모른다.

남은 토라키와 아이리스 공통의 지인이라면, 이제 히키 텐도와 무지나 나구모, 나카우라와 유우리 정도밖에 없다.

"……역시 오히려 알려둬야 할 것 같은데."

"하다못해 아이리스 씨 본인한테 확인을 한 다음에 해."

거기까지 한순간에 생각한 다음 새삼 슬림폰을 꺼내려 했는데, 와라쿠는 쓴웃음을 지으며 고개를 옆으로 저었다.

"그녀가 수도기사로서 뭔가 안건을 품고 있다면, 그게 진정된 다음에 오도록 하지. 그렇게 서두를 일도 아냐. 미안하지만 내가 이야기를 하고 싶어한다고 형이 말을 전해줘. 오늘은 이만 돌아갈게."

"그래?"

"형이랑 밥을 먹으면 언제나 라멘이잖아. 이제 슬슬 늙은 이의 위에는 힘들다고."

"나도 라멘만 먹고 다니는 거 아니거든?"

"다음에 가지. 오늘은 에츠코가 만들어둔 걸 처리해야 하니까."

그렇게 말하고, 와라쿠는 훌쩍 걷기 시작했다.

"그러냐…… 아, 에츠코한테 안부 전해줘. 조심해서 돌아가라."

"그래."

그대로 돌아보지도 않는 동생의 늙은 등을 보고, 어째선지 토라키는 말로 표현하기 어려운 불안을 느꼈다.

"와라쿠!"

몇 걸음 앞에 있는 동생의 등을 향해 달려간 토라키는 무심코 가늘어진 그 손목을 붙잡았다.

"뭔데? 형."

"아, 그게……."

왜 불러 세운 건지는 스스로도 알 수 없었다.

옛날 일을 떠올렸기 때문일까? 물리적으로 발길을 멈추면 마치 시간이 멈출 것 같은 착각을 느낀 것은 분명했다.

"나 말야. 미하루한테 재커리를…… 재크를 찾아달라고 부탁했다."

돌아본 와라쿠가 그 이름에 복잡한 인상으로 표정을 찌푸렸다.

흡혈귀인 형과 오래도록 지낸 와라쿠는 당연히 재커리를 알고 있었다.

그리고 그가 재커리의 존재를 어찌 생각하는지는, 미소인지 혐오인지 알 수 없는 복잡한 주름의 형태로 모두 응축되어 있었다.

"그리운 이름이군. 행방을 감춘 지 벌써 20년쯤 됐나?"

"요전에, 미하루에게 교토에 끌려가서 험한 꼴을 봤다고 했잖아. 그리고 암십자도 언제 또 제멋대로 굴지 알 수 없으니까, 다시 수련을 좀 해볼까 해서."

"그렇군. 미안, 요즘 관절이 많이 굳었어. 이제 좀 놔줘."

"아, 미, 미안하다……."

와라쿠를 상당히 강한 힘으로 끌어당긴 것을 깨닫고, 토라키는 황급히 손을 놓았다.

"수련도 좋지만, 무모한 짓은 하지 마. 형이 무모한 짓을 하면 난처한 녀석이 많으니까."

"그럴, 까? 많은가? 너랑 아이리스랑 무라오카 씨 정도밖에 없지 않아? 아니 뭐, 난처하게 만들고 싶은 건 아닌데……."

황급히 변명을 하는 젊은 형의 말에, 와라쿠는 살짝 눈썹을 올리고 작게 미소를 지었다.

"알면 됐어. 그럼 갈게."

"어, 그래."

그렇게 말하고, 와라쿠는 약간 가벼운 발걸음으로 돌아갔다.

어쩐지 평소와 다른 와라쿠에게 말로 표현하기 어려운 불안을 느끼면서도, 지금 당장은 아카리가 있는 이상 방으로 돌아갈 수 없는 현재 상황을 어떻게든 해야 한다.

"와라쿠 말로는 아이리스가 있는지 아닌지도 알 수가 없네……. 괜히 말을 걸었다가 또 아카리한테 이상한 오해를 받아도 난처하고……. 어쩔 수 없군. 오늘은 이만 일하러 가자."

출근 시간까지 약 1시간. 밖에서 때우기에는 참으로 애매한 시간이지만, 귀찮은 일을 품고 있는 것보다는 얼른 가게에 가서 근무 시간까지 잡지라도 읽고 있는 편이 좋다.

그렇게 생각하여 맨션에 등을 돌렸을 때였다.

"앗! 토라키 씨?! 마침 잘됐어!"

그 등에 아카리의 큰 목소리가 뛰어들어서, 토라키는 움찔 몸을 떨었다.

"어, 아, 아카리?!"

"지금 아이리스 씨가 없어! 그러니까 미안! 문단속 좀 해줘!"

"어?"

아카리는 전혀 멈추지 않고, 어마어마한 기세로 돌아보지도 않고 토라키 옆을 지나 달려가 버렸다.

"오, 오? 그래…… 어, 뭔데?"

위태로운 발걸음으로 아카리가 달려가는 것은 가게 방향이었다.

한 손에 슬림폰을 쥔 것 같은데, 이 추운 날씨에 코트도 안 걸치고, 대체 무슨 일일까?

"아, 열쇠……!"

토라키는 아카리 말을 떠올리고, 아이리스와 아카리가 점거하고 있던 집으로 들어갔다.

바닥에 본 적 있는 더플코트가 굴러다니기에, 토라키는 그것을 주우며 집 안을 빙 둘러보았다.

아카리가 가출용으로 커다란 짐을 가지고 오지도 않았고, 집 안이 평소와 달라진 기색은 없었다.

이번에는 단순히 아카리가 아이리스를 찾아왔고, 무슨 용건 때문에 아이리스가 자리를 비운 참에 와라쿠와 토라키가 마주친 것뿐일까?

"……음~."

그러나 그렇다면 그거대로 신경 쓰이는 점이 있다.

와라쿠가 온 시점에서 아이리스가 없었다면, 와라쿠가 들은 아카리의 목소리는 대체 뭐였을까?

누군가와 전화를 하고 있어서, 그 이야기 내용이 원인으로 뛰쳐나간 걸까?

그러나, 이 블루로즈 샤토 조우시가야의 방음 성능은 은근히 제법이다. 토라키의 생활시간이 다른 사람과 정반대인 것을 제쳐두고서도 실내의 소리가 밖으로 새는 일은 없을 것이다.

와라쿠가 문 앞에서 아카리가 있다는 것을 깨달을 수준으로 아카리가 혼자서 소리를 지를만한 일이 있었던 걸까?

"......."

방금 전 아카리의 어조는 딱히 어두운 느낌이 없었지만, 그래도 코트를 입는 것도 잊고서 달려갔으니 어지간히도 서두르고 있었다는 것이다.

토라키는 코트를 든 채 바로 옆의 현관으로 나가더니, 일단 문단속을 하고 빠른 걸음으로 아카리가 갔을 길을 걸었다.

일단 가게로 간다. 거기 없으면 아이리스에게 아카리가 어딘가에 뛰쳐나갔다고 연락한다.

빠른 걸음에서 가벼운 달리기가 되고, 가게가 보일 무렵에는 토라키 자신도 달리고 있었다. 가게의 유리 너머에 아카리의 옆모습이 보이자, 안도의 한숨을 쉬면서 발을 멈추었다.

"정말이지 놀라게 하기는. 프로트로 뭐 사려는 건가?"

쓴웃음을 지으면서 토라키가 보는 곳.

아카리가 서 있는 곳은 프론트 마트 멀티미디어 포트, 애칭『프로트』앞이었다.

음악 이벤트나 스포츠 이벤트의 티켓, 복권 등을 구입하거나, 투어 여행이나 검정시험 신청을 하는 등 여러 가지 서비스를 제공하고 있는 프론트 마트의 독자적인 멀티미디어 단말이다.

도쿄 돔과 가깝기 때문인지, 때때로 이벤트에 맞추어 이케부쿠로 동5쵸메점의 프로트를 이용하는 손님은 많다.

아카리는 전부터 음악 라이브 이벤트에 부지런히 다녔으니까 뭔가 가고 싶은 이벤트를 발견해서 가만 있지 못해 예약하러 달려왔다. 그런 걸지도 모른다.

긍정적인 행동이라고 안심한 것도 잠시. 가게에 들어서자 아카리의 모습이 아무데도 없었다.

"어쩐지, 직원실에 들어가 버렸어요. 엄청 풀이 죽었던데요."

토라키의 당황한 표정을 깨달았을 것이다. 계산대에서 쉬이링이 말했다.

"그 코트, 아카리 씨 건가요?"

"어? 아아, 이거……."

"저 혹시 미성년자 약취의 증거를 목격한 건가요?"

"진심인지 농담인지 판단이 안 되는 톤은 관두자."

"어머나~ 설마 고용주의 딸을 건드리다니."

"아이리스한테 부탁해서 토벌해버린다 진짜."

표정을 찌푸리면서 직원실에 들어서자, 휴식용 의자와 테이블에 아카리가 알기 쉽게 늘어져 있었다.

"아카리."

"……."

토라키가 불러도 무시한다. 어쩔 수 없군.

"왓, 뭐야."

늘어져 있는 아카리의 머리 위에 가져온 더플 코트를 일부러 난폭하게 떨어뜨렸다.

"감기 든다."

"……에이~."

아카리는 머리 위에서 내려온 코트를 돌돌 말아 무릎 위에 올리더니, 그것을 끌어안고 다시 웅크려 버렸다.

"있잖아 토라키 씨. 돈 빌려줄 수 있어?"

그리고 토라키를 보지 않고 중얼거리듯 말했다.

당연히 아카리도 진심으로 하는 말이 아니니까, 토라키는 신중하게 말을 골랐다.

"일단, 이유를 들어보자."

"티켓이, 생각보다 비싸서."

"프로트에서 또 뭔가 라이브 티켓 사려고 했어?"

"또라고 하는 거. 토라키 씨. 뭔가 가시를 품은 말투네? 룸웰 일은 딱히 내가 잘못한 거 아닌걸! 그리고 내가 라이브 좋아하는 거, 애당초 부모의 영향이야!"

"호오? 그랬어?"

"우리 부모님, 재즈 좋아하거든. 그러니까 초등학생 때부터 꽤 자주 재즈 하우스에 같이 갔었어."

"호오! 무라오카 씨 재즈 듣는구나."

무라오카의 개인적인 취미 얘기를 들은 적이 없는 토라키는 처음으로 순수하게 놀랐다.

적어도 지난 3년 동안 무라오카에게서 음악과 관련된 화제를 들은 기억은 없었다.

그거야말로, 전에 아카리가 POSA 카드를 샀을 때, 아카리의 휴대전화로 POSA 카드 요금이 청구되는 게 마음에 안 든다고 했던 것 정도였다.

"아빠, 그래 보여도 옛날에는 색소폰 같은 것도 했다고 하거든?"

"우와! 무라오카 씨가 색소폰?!"

"응. 엄마랑 만난 것도 재즈 하우스랬어. 내가 피아노 치는 것도 그 영향이고."

"아카리의 피아노는 재즈 피아노야?"

"발단은 그랬지. 배우는 건 평범하게 바이엘이랑 클래식이야. 다만 그걸로 기초를 해두면, 어떤 곡을 치고 싶어지든 괜찮다는 거지. 하지만…… 그게."

추욱. 테이블에 엎드렸다.

"설마 이런 소동의 계기가 되어 버리다니……."

아카리가 작게 코를 훌쩍였다.

"훌쩍……. 실제로 말야."

"그래."

"이혼 서류 같은 영문 모를 종이를 가져왔으니까, 이제 초읽기야."

아카리의 부모님인 무라오카 부부 별거의 결정적인 이유는, 아카리의 피아노 콩쿠르를 무라오카가 일 때문에 빼먹은 것이었다.

그리고 그 날 가게에서 파는 커피 맛이 자기 취향이 아니라고 투덜거리며, 지금 아카리와 같은 자리에 앉아서 무라오카가 말한 것과 아카리의 말이 겹쳤다.

『집 나갔던 아내가 말야. 이혼 서류 가지고 돌아왔어. 오늘 대신 근무해준 시간에, 변호사한테 다녀왔지. 현재 절찬 협의 중.』

감정의 기복 없이 한 그 말을 토라키는 어떻게 받아들여야 할지 몰랐다.

아이리스와 만나기 전날의 밤.

무라오카가 일을 이유로 아카리의 피아노 콩쿠르를 바람 맞힌 일이 원인이 되어 부부는 별거 상태가 되어 버렸다.

그 다음 일은 딱히 토라키가 물어보는 일도 없었지만, 무라오카나 아카리의 모습을 보면 가족이 화해한 기색은 없었다.

화해는커녕 기어이, 올 때가 와 버렸다는 것일까?

『친권 같은 건, 아카리가 벌써 고교생이니까, 막상 이혼을 하면 어느 쪽으로 갈지 최종적으로 고르는 건 아카리래. 난처하다니까. 우리가 친 사고를 딸이 마무리를 짓게 만들다니.』

무라오카가 토라키를 보는 눈은, 방금 전 아카리처럼 어쩐지 있을 수 없는 희망에 매달리는 눈이었던 것 같다.

『너무 새삼스러운데, 이제부터 가족의 시간을 더 만들기 위해서 이 가게도 신뢰할 수 있는 누군가한테 맡길까 하거든……. 뭐 토라키가 도저히 안 된다면 모집도 해볼 거고, 굳이 따지자면 금방 어떻게 될 거라고 생각하진 않지만, 뭐 긍정적으로 생각은 해봐.』

　그러나 만약 이혼이 성립되어 아카리가 어머니 쪽을 선택할 경우『가족』이란 대체 어떻게 되는 걸까?

　그 염려가 목구멍까지 올라왔지만, 그런 말을 할 수 있을 리 없었다.

　"놀라지 않네? 아이리스 씨한테 뭔가 들었어?"

　극히 평범한 잡담이라도 하는 것처럼 아카리는 가볍게 물었다.

　토라키는 의연하게 고개를 옆으로 저었다.

　"아이리스는 성직자야. 부모가 인질로 잡혀도 심각한 상담을 남한테 말하지 않아."

　"부모라니."

　아카리는 밝게 웃었다.

　"잘 아네."

　"내가 들은 건 네 아빠한테서야. 사원이 돼서 가게 점장을 맡을 생각 없냐고 하더라. ……가족의 시간을 만들기 위해서라고."

"아~. ……그래. 그렇구나. 그래 그렇지. 뭐 엄~청 새삼스럽지만 하나의 해답일지도 몰라~. ……그래서, 토라키 씨는 받을 거야?"

"보류해달라고 했지. 지금은 도저히 받을 수 없는 이유가 있어."

말할 것도 없이, 낮에 외출할 수 없다는 제약이 있기 때문이다.

"토라키 씨 프리터^{#1}잖아? 정사원이 좋지 않아? 금방 될 수는 없어?"

밝은 어조지만, 어쩐지 매달리는 것 같은 낌새로 들려버린다. 토라키가 사정을 알고 있기 때문일까?

아카리의 입장에서 그렇게 말하고 싶어지는 마음을 시릴 정도로 알 수 있었다.

"미안. 건강상의 문제라서. 좀 어려워."

햇빛에 닿으면 재가 되고 최악의 경우 죽는다는 것은 틀림없이 건강상의 문제로 분류될 것이다.

"어, 앗. 미안. 가볍게 물어볼 일이 아니었네……. 어쩐지, 미안……."

아카리는 뭔가 짐작한 것처럼 퍼뜩 깨닫고, 침울하게 고개를 숙였다.

"안 되, 겠지. 이러니까 아빠랑 엄마의 싸움에 괜히 기름

#1 프리터 프리 아르바이터. 특정한 회사에 정직원이 아니라, 계약직 아르바이트로 생계를 꾸리는 사람.

을 부어 버리는 거야. 나쁜 뜻이 있었던 건 아닌데……."

"됐어. 하지만 아카리, 그거야말로 내가 가볍게 물어보면 안될 만한 걸, 말하려고 하지 않았어?"

아카리는 계속 담아두고 있었다.

한 번, 아이리스 앞에서 쏟아냈을 것이다.

그러나 지금 그녀가 직면한 문제는 한 번 쏟아낸 정도로는 도저히 진정되지 않는다.

마음의 댐이 아주 사소한 일로 폭발 직전까지 부풀어 올라서, 몸과 함께 붕괴 되어 버릴 정도로 아카리를 괴롭히고 있을 것이다.

"이런 건…… 그치만…… 친구한테는 말할 수가 없는걸…… 욱!!"

아카리는 갑자기 그 자리에 웅크리고, 얼굴을 누르며 오열을 흘리기 시작했다.

아카리의 마음이 삐걱대는 소리가 회색 직원실에 희미하게 흘렀다. 토라키는 그저 듣고 있었다.

울음소리라고 할 정도로 거창한 건 아니다. 그저 오열이 완전히 잦아들지 않는 그 소리를.

"……토라키 씨, 시간, 괜찮아?"

뭔가를 떨쳐내려고 고개를 든 아카리의 코와 눈가는 조금 빨개져 있었다.

"잠깐은 괜찮아."

"그래. 훌쩍…… 아~. 티슈 어딨지."

테이블 위에 찌그러진 티슈 박스를 손으로 끌어당겨, 화려하게 코를 풀고서 아카리는 토라키를 또 올려다보았다.

"그렇지. 맨션의 문, 잠갔어?"

그리고 굳이 다른 각도의 화제를 꺼내기에 토라키도 거기에 응했다.

"잠갔어. 일단 물어보고 싶은데, 왜 내가 그 집 열쇠 가지고 있다고 생각했어?"

아카리의 시점에서 생각하면, 아이리스랑 사귀고 있는 토라키가 아이리스의 집 여벌 열쇠를 가지고 있다고 상상하는 것은 그 정도로 엉뚱한 것이 아니었다.

그러나, 아카리의 대답은 토라키의 예상을 크게 넘어서는 것이었다.

아카리는 고개를 갸웃거리는 표정을 지은 다음에, 의문스럽게 눈썹을 찌푸렸다.

"그야 거기 토라키 씨 집이잖아? 무슨 말이야?"

"……알고 있었냐?"

"알고 있었던 건 아니지만, 중간에 깨달았어. 전기요금 영수증 같은 것도 선반 위에 있었고."

아이리스가 하는 일이니 그런 별 것도 아닌 이유로 사실이 드러나는 게 아닐까 하는 예감은 들었다.

그렇지만, 이렇게 빨리 들키는 것도 괜찮은 걸까 태클을 걸고 싶어졌다.

"식기나 가구를 고른 것도 어쩐지 아이리스 씨 취향 같지 않다고 할까? 그런 거 있잖아.『뜻밖의 취향』같은 게 아니라, 『어? 이 사람이 이걸 골라?』같은, 엉뚱한 느낌 막 드는 거."

토라키도 친구가 많지는 않지만, 그 감각은 어쩐지 알 것 같았다.

"정말, 토라키 씨도 말야~ 그렇게 말을 해놓고서 말야~."

"어?"

"결국 아이리스 씨랑 완전 사귀고 있고, 동거까지 하고 있잖아. 미안해. 엄청 방해꾼이라."

"아…… 어…… 뭐, 그런 걸로 해두자."

정황증거로 생각하면, 백이면 백 그 결론에 이를 것이다.

이미 아카리 안에서, 토라키가 아이리스와 사귀고 있다는 걸 부정했던 것은 없었던 일이 됐을 것이다.

다만 그렇다면, 교토에 가기 직전의 경위부터 또 괜히 캐물을 거라고 생각하여 경계한 토라키였지만, 아카리는 한 차례 놀린 다음에 풀이 죽어서 어깨를 늘어뜨렸다.

"우리 부모님도 그렇게 사이좋을 때가 있었겠지~ 하고 생각하면, 어쩐지 싫어져. 나는 이제 평생 남친 안 만들지도 몰라."

"……아카리."

"그건 그렇고, 아빠도 나도 참 타이밍 안 좋네. 엄청 바보 같애."

"그만큼 일이 크니까 어쩔 수 없지 않아……? 그보다도 요전에 우리 집에 묵은 것에 대해, 엄마나 아빠는 뭐라고 안 해?"

"아빠는 눈치채지 않았을까? 엄마는, 아이리스 씨가 영국인이라는 걸 알고서, 영어 배우면 어떠니~. 건성으로 그러더라."

그건 분명히 건성일지도 모르지만, 달리 할 말이 없었을지도 모른다.

"사실 내 집이라는 게 들키면, 엄마도 아빠도 화낼지 몰라."

"괜찮을 거야. 토라키 씨만 있다면 미성년 유괴가 되지만, 여친이 있으면 보호가 된다고 하니까. 세상에서는."

와라쿠가 했던 경고를 떠올리고, 토라키는 쓴웃음을 지었다.

"안심해. 오늘은 집에 돌아갈 거니까. 아무래도 여러 날 묵을 준비도 안 했고, 아빠랑 엄마의 스케줄을 확인해두지 않으면, 기껏 티켓을 사도 의미가 없으니까. 프로트의 추가 판매분은 아직 있는 것 같으니까, 제대로 계산을 해서 사야지……."

"아아 그거냐? 아빠랑 엄마가 좋아하는 거라고 했었지. 이걸 놓치면 아직 기회가 있어?"

"그건 모르겠어. 본래 귀중한 티켓이거든. 그래서 프로트로 도쿄 공연이 추가로 판매되는 뉴스를 보고 엄청 소리 질렀으니까, 이웃에서 뭐라고 할지도 몰라."

그게 와라쿠가 들은 아카리의 목소리였던 걸까?

뭐라고 외쳤는지는 모르지만, 와라쿠도 꽤 놀랐을 것이다.

"재즈는 전혀 안 들으니까 몰랐는데, 어디서 하는 거야?"

"평범하게 룸웰이 하던 것처럼 라이브 하우스에서 하는 일도 있어. 하지만 사고 싶은 티켓 라이브는 다른 거야. 이번에 사려는 건 『블루북』이라는, 도쿄에서 최고 랭크의 재즈 하우스에서 하는 티켓이거든."

거기까지 말하고, 쓴웃음을 지었다.

"뭐, 그래서 그만큼 비싸더라고."

부모님 분량만이라도, 두 사람을 맺어준 재즈의 스테이지 티켓을.

무라오카는 이혼 협의가 본격적으로 시작됐다고 했지만, 아카리의 어머니도 딸이 이 정도로 궁지에 몰려 있다면, 생각을 고칠지도 모른다.

그러나 토라키가 거기까지 참견할 수도 없고, 아카리에게 물어볼 수도 없다.

결국은 지켜보는 수밖에 없고, 그 이상은 해선 안 된다.

"그러……면."

아카리는 마치 싸움에 대비하는 것처럼 크게 숨을 내쉬었다.

"가게에 오래 있다가 아빠랑 마주치면 어색하니까, 이제 슬슬 돌아갈게. 아이리스 씨한테 안부 전해줘. 물론 나도 메시지 보내겠지만. 그리고, 코트 고마워. 냉정하게 생각해보면 여기서 코트 없이 집에 돌아가는 거 힘들었을 거야."

"……그래."

"아, 그리고!"

일어선 아카리는, 허리에 손을 대고 괜히 토라키를 노려보았다.

"토라키 씨 말야. 전에 아이리스 씨랑 안 사귄다고 말을 했었잖아. 꼬맹이도 아니고, 창피하다고 거짓말하는 건 관두는 게 좋아. 그런 게 쌓이다가, 우리 부모님처럼 돼도 모른다."

"……아~."

그 집을 토라키의 집이라고 간파한 그 순간, 아카리 머릿속에서 토라키와 아이리스가 연인 사이라는 사실이 영원히 확정된 모양이다.

앞으로 예를 들어 토라키와 아이리스의 정체가 밝혀지지 않는 한, 진실과 전혀 상관없이 아카리가 본 사실은 그런 것이 될 것이다.

"알았어. 선처할게."

토라키가 체념하고 곧장 지금 같은 대답을 한 것도, 여기까지 오면 그러면 된다고 생각해 버렸기 때문이다.

그리고 토라키 자신은 이제 각오를 다졌으니 이제부터는 아이리스에게 달렸다.

어째선지 아이리스와 이 화제를 이야기하면 미하루의 이름이 나오는 게 기묘하지만, 반대로 생각하면 토라키와 아이리스와 아카리의 공통 지인은 무라오카밖에 없다. 그걸로 뭔가 인간관계에 이변이 생기는 것도 아니다.

"부탁이니까, 너무 아이리스한테 동거가 어쩌고 하지 말아 줘. 눈치 챘을지도 모르지만, 그 녀석 그런 거에 면역이 없으니까."

"으음~. 어떡할까~."

드디어 나이에 걸맞은 장난스런 표정을 짓자, 토라키는 살짝 안도했다.

"그러고 보니, 그 아이리스가 어디 갔는지는 들었니?"

"급한 일이 생겼다고 했어. 교회에서. 수녀한테 그런 식으로 급한 일이 생기기도 해?"

"……글쎄."

어떤 식이었는지는 모르지만, 토라키는 의심을 표정에 드러내지 않는데 고생했다.

당연히 아이리스의 일에서 긴급 사태 따윈 팬텀과 연관된 것 말고는 있을 수 없다.

하물며 지금 아이리스는 한창 신인 연수를 봐주고 있는 참이다.

그런데 소집이 걸렸다는 것은 그에 걸맞은 큰 소동이나 거물 팬텀을 사냥하는 성무가 발동한 것이 아닐까?

영국 본국의 기사단장 같은 거물까지 도쿄에 들어왔을 정도다.

아이카나 고요까지는 아니더라도, 토라키가 헤아릴 수 없는 미지의 팬텀이 어딘가에 있을지도 모른다.

그러나 자기 신변에 소동이 쏟아지지 않는 한, 토라키하고는 상관없는 일이었다.

슬림폰을 꺼내보니, 근무 시작까지 앞으로 30분 정도.

아이리스는 물론, 암십자의 뒤숭숭한 움직임을 감지하면 맨 먼저 연락을 해줄 법한 미하루도 딱히 연락은 없지만, 만에 하나라는 게 있다.

"돌아갈 거면 바래다줄게. 벌써 어두워졌으니까."

"어? 됐어. 어린애도 아니고. 아직 그렇게 늦은 시간도 아니잖아?"

오후 7시가 안 됐으니, 분명히 고교생이 밖에 혼자 다녀도 그렇게 문제가 되지 않는 시간이리라.

"일단 조심하는 거지. 하루뿐이라지만 우리 집에서 잤으니까, 만에 하나의 일이 있으면 보호자 책임은 나랑 아이리스가 져야 돼."

"헤~ 그런 거야?"

아카리를 재촉하여 직원실을 나서고, 쉬이링에게 한 마디 걸었다.

"아카리 집까지 바래다주고 올게. 근무 시작 시간 아슬아슬하게 돌아올 거야."

"네에~. 조심해 가요~. 아카리 씨. 또 봐요~."

"네. 갑자기 실례했습니다."

아카리는 토라키 정도로 쉬이링과 친해지진 않았지만, 정규 종업원도 아닌데 오너의 딸 입장에서 무리하게 점포에 들어왔다는 것에 대한 사과의 의미도 담아서 작게 인사하고 문득 쉬이링의 얼굴을 빤히 보았다.

"······?"

"왜 그래요?"

"아뇨. 뭔가 희한한 귀걸이다 싶어서."

토라키는 아카리 말을 듣고 처음으로 쉬이링이 귀에 걸고 있는 걸 깨달았다.

그렇게 세련되다고 말하기는 어려운, 종잇장 같은 귀걸이.

귓볼에 직접 붙어 있는데, 쉬이링은 귀에 피어스 구멍이라도 뚫은 것일까?

"아아 이거요? 일단 조심하려고 달았어요. 아무것도 아니에요."

"그래요?"

귀걸이를 조심하려고 단다는 게 어떤 뜻일까? 아카리와 토라키는 알 수 없었지만, 추궁할 정도로 깊은 의미가 있는 것 같지도 않아서 몸을 돌려 밖으로 나가려 했을 때였다.

"아, 역시 여기 있었구나. 아카리, 집에 없어서 걱정했어."

토라키와 아카리가 나가기 전에, 아이리스가 가게 안으로 뛰어들어왔다.

"아이리스."

"아이리스 씨! 일은 끝났어?"

"우…… 추워. 응. 거창하게 부르더니, 가봤더니 얘기 좀 하고서 해산했어."

"……정말이야?"

"어? 응. 본국에서 오신 높은 분이랑 몇 마디 인사를 한 것뿐이야."

토라키가 말로 표현하지 않은 염려를 깨닫지 못한 걸까? 아니면 정말로 말 그대로 대단한 게 아니었을까? 기온 차이

로 코가 조금 빨개진 아이리스는 천연덕스런 표정으로 대답
했다.

본국의 높은 사람이라는 건 아마 분명히 올포트를 말하는
것이리라.

"……그러면 뭐 됐어. 그렇지 아이리스. 아카리 집까지 바
래다줄래?"

"좋아. 오늘은 밥 어떡할까?"

바래다준다. 아이리스는 그 말을 듣고 블루로즈 샤토 조우
시가야에 가는 걸로 생각한 모양이지만, 아카리는 고개를
옆으로 저었다.

"고마워. 하지만 오늘은 우리 집에 돌아갈래. 해야 할 일
도 있고, 그리고……."

그리고 조금 몸을 빼더니, 토라키와 아이리스의 팔을 잡고
끌어당겼다.

"너무 오래 방해할 수도 없으니까~?"

"어, 야?!"

"어?! 뭐, 뭔데?!"

"저기~ 가게 안인데요~?"

토라키와 아이리스는 제각각 다른 이유로 아카리의 행동
에 당황했고, 멀리서 쉬이링이 메마르고 평탄한 목소리를
내며 기막혀 했다.

"그리고, 오늘은 배웅 됐어. 아이리스 씨도 일하고 돌아와
서 피곤하잖아. 위험할 거 하나도 없다니까! 그럼 갈게!"

당황하는 두 사람을 두고서, 아카리가 얼른 몸을 돌려 가게를 나서 버렸다.

그 뒤에는 기막힌 표정의 쉬이링과 한숨을 쉬는 토라키, 그리고 멍하니 아카리의 뒷모습을 바라보는 아이리스만 남았다.

"……지금 아카리, 뭐라고 한 거야?"

"아니 진심이에요? 아이리스 씨."

토라키가 뭐라고 하는 것보다 빨리, 계산대 안에서 쉬이링이 진심으로 바보 아니냐는 것처럼 어깨를 으쓱거렸다.

"『그냥 사귀든가』라는 게, 이런 걸 말하는 거군요. 토라키 씨."

"미묘하게 다르다고 생각하거든……."

"어? 어? 어?"

아이리스는 아카리가 나간 자동문과 쉬이링을 번갈아 보고, 그래도 상황이 이해되지 않는 모양이다.

"아이리스, 뭐 앉아라. 일단은 진정하고 들어. 로열 밀크티 마실래?"

"뭐, 뭐, 뭔데?"

자리에 앉은 아이리스는 어쩐지 모르게 무릎에 손을 대고, 토라키가 테이블에 놓은 밀크티의 김을 보았다.

"일단, 아이리스한테 말하기 전에 리앙 씨한테 가볍게 설명할게. 아카리, 조금 사정이 있어서 우리 집에서 하룻밤 잤다."

아이리스가 받아들이기 어려운 진실을 말하기 전에, 쉬이링이 괜한 말을 하지 않도록 일의 전말을 어느 정도 자세하게 말해야 한다고 생각했다.

"그건 들었어요."

"뭐?"

그런데 이쪽은 이쪽대로, 어째선지 충격적인 대답.

"들었어요. 요전에 무라오카 씨랑 근무 바꾼 것도 그것 때문이었겠네요."

그렇게 말하고 쉬이링은 귀에 붙어 있던 귀걸이를 손가락으로 매만졌다.

토라키가 눈에 힘을 주고 자세히 보자, 그 귀걸이는 그냥 종이조각이 아니라 부적의 디자인이었다.

"설마 그 귀걸이가 같은 거……."

"뭐, 일단 토라키 씨가 미성년자를 상대로 가게 안에서 파렴치한 짓을 할 가능성도 없지는 않았으니까요?"

"없거든."

훔쳐 들은 변명이라고 해도, 너무나 불명예스러운 의심이다.

쉬이링이 귀에 달고 있는 것은 청각을 예민하게 하는 강시의 도술 같은 것이겠지.

쉬이링은 직원실에서 토라키와 아카리가 나눈 대화를 다 들은 게 틀림없었다.

"농담은 이쯤 하고. 저도 신원 보증을 해주는 고용주 일가의 곤궁에 참견할 생각은 없으니까 그건 그쪽에서 처리해주세요. 딱히 저에 대한 변명은 됐어요. 자, 그러면, 이제부터는 젊은 사람들끼리 대화 나눠요."

재촉하는 방식이 어쩐지 짜증나지만, 지금은 분명히 쉬이링에 대한 변명보다도 아이리스에게 현재 상황을 전달하고 파악하도록 하는 게 중요했다.

토라키는 쉬이링을 한 번 노려본 다음, 마음을 가다듬고 아이리스를 보았다.

"너한테 평범한 소식과 나쁜 소식이 있는데, 뭐부터 들을래?"

"좋은 소식과 나쁜 소식 아냐? 대체 뭔데 그렇게…… 평범한 소식은 뭔데?"

"아까 전에 와라쿠가 널 찾아왔다. 내가 아니라 너한테 할 얘기가 있다고 하던데. 서로 바쁘니까 직접 연락을 나누면 좋겠다 싶어서, 네 연락처, 와라쿠한테 알려줘도 될까?"

토라키는 일단 간단하게 넘어갈 수 있는 이야기를 먼저 단숨에 꺼냈다.

나름대로 경계하고 있던 아이리스는 뭘 그런 걸 가지고하는 표정으로 고개를 끄덕였다.

"와라쿠 씨라면, 나한테 일일이 허락을 안 받아도 되는데."

"나도 그렇게 생각하는데, 그 녀석이 아이리스한테 허락을 받으라고 잔소리를 하잖아. 일단 너한테도 와라쿠의 연락처 가르쳐줄게. 전화가 아니라 메시지나 이메일 같은 걸로 연락하면 되겠지."

"와라쿠 씨는 젠틀하네. 알았어. 그래서, 나쁜 소식이라는 건 뭐야?"

평범한 소식이 생각 이상으로 정말 평범한 소식이라, 아이리스의 표정에서 긴장이 풀렸다.

긴장 속에 떠오른 희미한 웃음을 무정하게 철퇴가 때렸다.

"아카리, 104호실이 내 집이라는 걸 눈치챘더라."

"아아, 그래……………………… 헤?"

마지막은, 목소리라기보다 호흡이 중간에 멈추는 소리였다.

아이리스의 미소가 갑자기 바위처럼 굳어버리더니, 피부에서 핏기가 점점 가셨다.

"아카리, 나랑 네가 연인으로 사귀면서, 꽤 오래 동거한다고 생각하더라."

"…………헥?"

이건 완전히 딸꾹질이었다.

"어…… 어, 어, 어, 어째, 어어, 어째서…… 그런……."

그리고 아이리스는 칵테일 쉐이커에 들어간 것처럼 덜컥덜컥 위아래로 떨기 시작했다.

"그그그그그그그러면아아아아까그그바바바방해꾼이라고하하."

"지금까지 그 의도를 깨닫지 못한 것에 좀 겁나는데요. 저는 이 계산대에서 들은 것만으로 대강 이해했는데."

쉬이링의 기겁하는 목소리도 이미 귀에 안 들어오는 아이리스는 로열 밀크티에 손을 뻗으려고 했지만, 손가락 끝이 허공을 붙잡아 바로 앞에 있는 컵을 붙잡지 못했다.

"별로 상관없지 않아요? 무슨 문제가 있어요? 무라오카 씨나 아카리 씨의 환경을 생각하면, 그렇게 인식하는 건 오히려 좋은 일이잖아요. 현실이 어떻든 아이리스 씨한테 무슨 손해가 있는 것도 아니고."

"소, 소, 손, 손해 같은 그런 게 아니라…… 그, 그치만, 그치만…… 내, 내, 내, 내가, 유유유, 유라랑, 그, 그, 그런 관계라고……."

"어, 야. 아이리스? 괜찮아?"

"히야으?!"

너무나도 격렬한 반응을 보이는 아이리스에게 놀란 토라키가 얼굴을 들여다보자, 아이리스는 경기를 일으킨 것처럼 온 몸을 떨며 그대로 뒤를 향해 쓰러질뻔했다.

"유, 유, 유라, 나, 나, 나……."

"뭐, 이것도 네가 뭔지 모를 수작을 부리려고 한 탓이야. 포기해……라?"

"……어머나아?"

"유라…… 나, 안 돼, 그거…… 그런 거, 만약 미하루에게 알려지면……."

토라키도 쉬이링도, 곧 상태가 이상하다는 걸 깨달았다.

"어라아? 아이리스 씨, 왜 그래요? 지금은 얼굴이 새빨개져서 『나랑 유라가 남친여친이라니 있을 수 없어!』 하고 츤데레 액션을 보여야……."

"안 돼! 당장 아카리 데리고 와야 돼! 오해를 풀어야 해! 미안해 유라! 내가 너무 무르게 봤어. 어차피 오래 가진 않을 거라고 생각해서, 그래서……!"

"잠깐, 아, 아이리스 씨? 조금 진정해요……!"

"왜 그래? 아이리스. 야!"

명백하게 수치가 아닌, 다른 감정이 아이리스의 표정을 지배하고 있었다.

"괜찮아. 괜찮을 거야. 미하루도 이해해줄 거야. 왜냐면 아카리를 위해서니까. 오해, 오해니까……."

아이리스는 식은땀을 흘리며, 의자 위에 웅크려 버렸다.

"토, 토라키 씨. 이거 뭐예요? 왜 지금 미하루 씨 이름이 나오는 거죠?"

"그게, 나도 잘 모르겠어. 요전부터 이 화제만 나오면 어째선지 미하루한테 겁먹은 것 같은 얘기가 나오더라니까……."

"아니, 아니야. 나는 진심이 아냐. 진심이 되지 않아. 그러니까……."

미하루나, 아니면 뭔가 완전히 다른 공포에 떨고 있다.

남이 관계성을 착각하게 되는 것을 두려워하는 것치고는, 너무나도 이상하다.

"……야, 아이리스. ……괜찮냐? 일단 돌아가서……."

진심으로 걱정이 된 토라키가 쪼그려 앉은 아이리스의 얼굴을 들여다보려고 했는데,

"으힉!"

아이리스는 목에서 비명을 흘리더니, 토라키와 거리를 벌리려다가 의자에서 떨어져 엉덩방아를 찧었다.

"……아이리스?"

"미, 미안하다니까요~. 너무 놀렸어요~. 제가 잘못했으니까 조금 진정해요…….."

쉬이링도 더 이상 놀릴 분위기가 아니라서 아이리스를 진정시키려 했지만, 아이리스는 전혀 듣지 않았다.

"알았어, 괜찮아. 아카리의 오해를 푸는 거지? 알았어. 알았다고."

"……유, 유라……?"

거의 길고양이나 맹수를 진정시키는 것처럼 아이리스에게 차분하게 말을 걸었다.

이 정도로 패닉에 빠진 아이리스를 본 것은 이케부쿠로 길거리에서 처음 만났을 때 이후 처음이었다.

자신과 사귀고 있다는 정도의 오해가 어째서 이 정도로 그녀를 겁먹게 하는지는 모르겠지만, 지금 『남자』인 자신이 그녀를 잘못 대하면 사태가 괜히 더 복잡해질 것이다.

"잊은 물건이 있다고 뭐라고 하든 말해서, 아카리를 다시 불러오자고. 리앙 씨, 미안하지만 조금만 근무 교대 기다려 줄 수 있어?"

"어, 네에, 그건 괜찮은데요……. 이거, 아카리 씨한테 보여줘도 돼요? 괜히 뭔가 일이 꼬일 것 같지 않아요?"

솔직히 토라키도 같은 의견이지만, 아무리 그래도 아이리스의 상태가 보통이 아니다.

타인이 특정 인물과의 관계를 오해한다는 것이 토라키와 쉬이링의 감각으로는 대단한 일이 아니라도, 아이리스에게는 중요한 문제일지도 모른다는 생각을 전혀 못하고 있었다.

어른이 되면 경시하기 쉬운 일인데, 누가 누구와 남녀로 사귀고 있다는 이야기는 인생설계에 연관된 문제이기도 하다.

태어난 나라나 지역, 믿는 종교에 따라서, 결혼을 전제로 하지 않는 남녀관계의 화제가 금기거나 그에 가까운 일도 있는 것이다.

아니면 그때까지의 인생 경험으로 그런 화제에 맹렬한 불쾌함을 느끼거나, 심리적 외상을 입었을 가능성도 제로는 아니다.

오히려, 예전에 아이리스 본인이 말했던 과거 이야기를 돌이켜보면…….

"어? 뭐 하는 거야?!"

그때 들린 목소리에, 토라키와 쉬이링, 그리고 아이리스는 제각각 완전히 다른 감정으로 놀라움을 드러내며 고개를 들었다.

명백하게 편의점 취식 코너에서 펼쳐질 만한 상황이 아닌 이 꼴을 제3자가 보게 되면, 자칫하면 경찰에 신고가 들어간다.

그러나 세 사람 등 뒤에 서 있는 것은 방금 전에 귀가했을 아카리였다.

"아……아카……리?"

아이리스는 가쁘게 숨을 쉬면서, 거기 있는 아카리가 환상이라도 되는지 확인하려고 몇 번이나 눈을 깜박였다.

"왜 그래? 아이리스 씨 몸 안 좋아?!"

"아, 아니야. 그런 게 아니야. 미안해. 아무것도 아냐. 아무것도 아니고…… 그보다 아카리, 이, 이, 있잖아, 나랑 유라가……."

아이리스는 얼굴이 창백했지만, 그래도 수녀로서의 긍지인지 웃음을 지으면서 비틀거리며 일어섰다.

그러나, 아이리스가 그 이상 뭐라고 하기보다 먼저…….

"있지있지, 내 말 들어봐, 토라키 씨! 이거 위험해진짜로 위험해!! 토라키 씨 대체 뭔데에?! 토라키 씨 정체가 뭐야?"

묘한 세 사람 사이에 흥분한 기색으로 뛰어들어와, 토라키의 손을 쥐더니 붕붕 흔들었다.

"어? 아? 어어? 정체가 뭐……냐니?"

한순간 팬텀이나 흡혈귀에 대해서 말하는 건가 착각했지만, 아카리의 표정에는 굳이 따지자면 경의가 섞인 흥분이 보였다.

"있지, 있지. 아이리스 씨 영어권 나라 사람이지?! 어라? 리앙 씨는 중국인이지만 영어 할 수 있지?!"

"어, 어어?"

전방위로 말을 거는 아카리의 모습에, 세 사람 모두 당혹했다.

"어, 어쨌거나 위험하다니까아! 앗! 아차! 밖에! 밖에! 그으~러니까 어째서 우리 가게는 편의점이야?! 카페나 레스토랑이면 좋았을 텐데!"

세 사람의 당혹을 내버려 두고, 이번에는 황급히 밖으로 나갔다.

"무, 무슨 일이지?"

"글쎄요……. 아카리 씨, 뭔가 이상한 식으로 당황하지 않았어요?"

쉬이링도 당혹하는 아카리의 태도에, 『오해』를 풀고 싶은 아이리스도 아카리에게 매달리려고 들었던 손을 내리지 못했다.

"그러니까, 이쪽으로 오세요! 플리즈 컴온! 아, 플리즈 컴인?"

아카리는 금방 돌아왔는데, 열린 자동문 밖을 향해 뭔가 말하고 있었다.

밖에 있는 누군가는 좀처럼 들어오지 않았지만, 아카리는 토라키를 보았다.

"있잖아! 토라키 씨한테 손님이 왔어! 엄청난 사람!"

"나한테 손님?"

가게 안에 있는 탓인지, 손님이란 단어를 이해하는데 시간이 걸렸다.

"토라키 씨 재즈 전혀 모른다고 한 거 거짓말이잖아! 모르면 이상하잖아!"

"어?"

갑자기 다시 튀어나온 재즈라는 말.

그리고 그 다음에 희색이 만면한 아카리의 입에서 튀어나온 것은, 아카리의 입에서 절대 나올 리 없는 말이었다.

"토라키 씨, ZACH의 재커리랑 아는 사이였어?!"

아카리의 손짓에 따라 훤칠한 남성이 가게 안으로 들어섰다.

그 모습을 본 토라키는 숨이 멎는 줄 알았다.

기억 속에 있는 모습하고, 상당히 달라졌다.

어울리지 않는 모자를 벗자, 과거에는 전혀 손질을 안 했던 머리칼을 올백으로 정돈했다. 수염은 언뜻 대충 기른 것처럼 보이지만, 짧게 깎아서 정돈했다.

그러나 롱코트가 보여주는 이미지는 과거 그대로였다. 무엇보다도 변함이 없는 것은 몸에 두른 분위기였다.

"우~ 추워, 저기, 이쪽이요, 좀 더 안에……."

자동문 밖에서 흘러 들어오는 냉기는 가게 안과 바깥의 기온차만이 원인은 아니었다.

장수하는 흡혈귀가 두르고 있는 분위기가, 그냥 인간인 아카리에게는 냉기처럼 느껴지는 것이리라.

너무 놀라서 숨이 멎어 있던 토라키는 커다랗게 숨을 내쉬고 어색한 미소를 지으며 말을 걸었다.

"……우연이야? 사실은 오늘, 오랜만에 만나고 싶어서 찾아보려고 누구한테 부탁한 참이었는데."

"네가 여기 있다고 알려준 녀석이 있었지."

열린 입에서 나온 말은, 20년 전에 들었을 때와 다름없는 녹슨 낌새가 포함된 낮은 목소리.

남자는 고개를 옆으로 젓고, 무표정하게 말했다.

"오랜만이군, 유라."

"그런 수준이 아니잖아, 재크."

틀림없이 눈앞에 서 있는 것은, 과거에 토라키에게 흡혈귀로서의 능력을 단련시켜주고, 미하루에게 수색을 부탁한 흡혈귀. 재커리 힐 본인이었다.

다소 겉모습과 복장이 바뀌었어도, 팬텀으로서의 존재감이나 기척은 전혀 변함이 없었다.

"누구한테 내 소식을 들었는데? 그 이전에 대체 언제 일본으로 돌아왔어? 나는 이제부터 일을 해야 되거든. 이야기할 시간 있어? 재즈라는 건 대체 언제부터……."

봇물 터진 것처럼 재커리에게 말하는 토라키를 보더니, 재커리는 모자를 벗고서 한숨을 쉬었다.

"진정해, 유라. 네가 여기 있다는 걸 듣고 만나러 온 건 분명하지만, 나는 나대로 너한테 물어보고 싶은 게 있다. 그리고 너만 놀란 게 아냐."

"우와앗…… 굉장해. 토라키 씨 정말로 재커리랑 아는 사이구나……!"

"그래, 이렇게 젊은 일본인 아가씨가 내 얼굴이랑 이름과 밴드를 알고 있는 것에도 놀랐지."

옆에 선 아카리도 보면서, 재커리는 처음으로 작게 웃었다.

"여기 있는 아름다운 레이디들은 다들, 네 친구인가? 유라."

"그래. 뭐 그런 셈이지. 소개할게. 어쩐지 아카리는 당신을 아는 모양인데, 그녀는 내 고용주의 딸이야. 무라오카 아카리. 이쪽은 내 동료인 리앙 쉬이링 씨, 그리고 이쪽이……."

토라키가 마지막으로 아이리스를 가리키려고 했을 때,

"……아이리스 예레이."

재커리의 목소리가, 차갑게 울렸다.

"어?"

"어째서, 어째서 당신이……."

아이리스의 목소리는 가늘고, 마치 넋이 나간 것처럼 힘이 없었다.

그리고 그 자리에서 무너지듯 풀썩 무릎을 꿇고 말았다.

"어, 야 아이리스?!"

"아이리스 씨?!"

실이 끊어진 꼭두각시 인형처럼 힘이 없는 아이리스의 얼굴이, 절망과 비슷한 색을 띠고 천천히 토라키를 보았다.

살짝 벌어진 입술에서 가늘게 흘러나온 그 말은 한겨울의 하얀 입김처럼 흩어졌다.

"유라…… 어째서…… 어째서 아빠를, 알고 있어……?"

"무…… 뭐……!"

그대로 아이리스의 몸에서 힘이 빠지고, 쓰러지려는 것을 토라키가 황급히 끌어안아 지탱했다.

완전히 기절한 아이리스를, 쉬이링과 아카리는 동요를 드러내면서, 재커리는 표정을 바꾸지 않고 그저 보고 있었다.

"재크, 당신……."

"이래 보여도, 밖을 돌아다니는 걸 누가 보면 여러모로 귀찮은 입장이야. 이제부터 일해야 된다고?"

재커리는 토라키에게 말했다.

토라키는 품 안의 아이리스와 재커리를 한 번씩 보고, 쥐어 짜내듯 말했다.

"리앙 씨…… 미안, 부탁할 수 없을까?"

"……저, 오전부터 일하고 있어요. 이래 보여도 인간이니까, 아침까지는 무리거든요?"

"고마워, 리앙 시방의 아가씨. 유라랑 이야기하는 건 정말로 오랜만이거든."

쉬이링에게 감사를 한 것은 토라키가 아니라 재커리였다.

"리앙 시…… 뭐?"

리앙 시방이라는 단어를 모르는 아카리만 고개를 갸웃거렸지만, 이걸로 쉬이링도 일단 경계의 색을 짙게 띠었다.

"토라키 씨, 교대할 때 답례랑 정보공유, 필수예요."

토라키는 처음으로 쉬이링의 제안에 진지하게 고개를 끄덕였다.

"유라. 와라쿠는 건강한가? 아직 살아 있나?"

재커리는 그제야 처음으로 커다랗게 표정을 풀었다.

"정말로 놀랐다."

그리고 사랑스러워 보이는, 그러나 어쩐지 가엾어하는 눈으로, 토라키가 안고 있는 아이리스의 괴로워하는 얼굴을 보았다.

하고 싶은 말이 잔뜩 있을 것이다. 물어보고 싶은 것도 잔뜩 있었다.

20년이다.

토라키 앞에서 아무 예고도 없이 자취를 감추고, 오늘 또 아무 예고도 없이 모습을 드러낸 재커리가 당연하다는 표정으로 옆을 걷고 있는 것이다.

그러나 입에서 아무 말도 안 나온다. 해야 할 말, 물어야 할 것이 너무 많다 보니 마음속에서 정체를 일으키고 있었다.

"으……."

귓가에서 아이리스가 신음했다.

끌어안은 채 밖을 걸을 수도 없으니까 등 뒤에 업고 있었는데, 아이리스가 정신이 들 낌새가 없었다.

"거기서 오른쪽이야."

"그래."

어떻게든 한 말이, 그런 길안내였다.

집에 돌아가면 뭔가, 토라키의 지금 생활을 계기로 대화가 시작될까?

아니, 그건 있을 수 없었다.

토라키는 아이리스의 집 열쇠를 가지고 있지 않으며, 은 손잡이를 만질 수도 없다.

필연적으로 아이리스는 토라키의 집에 눕혀놓게 될 거고, 그렇게 되면 어떻게든 물어볼 수밖에 없어진다.

재크, 당신, 아이리스의…….

"너는, 재즈는 안 듣나?"

마음의 정체가 풀릴 것 같았던 순간을 꿰뚫어본 것처럼, 재커리가 갑자기 입을 열었다.

"그래, 안 들어."

"그러냐."

그가 던진 물음에 단순한 네 아니오로 응답한다는, 대화를 길게 끌고 싶으면 절대 해선 안 되는 일을 해버렸다.

토라키는 어둠 속에서 표정을 찌푸렸지만, 재커리는 그런 젊은 흡혈귀의 갈등을 꿰뚫어본 것처럼 말을 거듭해 주었다.

"너도 내일모레, 블루북 라이브에 와라. 초대할 테니까. 그리고 아카리라고 했던가? 그녀와 그녀의 부모님은 보는 눈이 있어. 참, 취향이 괜찮은걸."

"다른 가족의 단란한 시간을 방해할 생각은 없어."

또 다시 대화를 발전시킬 도리가 없는 대답.

그러나, 지금 할 수 있는 무난한 대화가 이것밖에 없는 것도 분명했다.

아카리가 코트도 내던지고 프로트에 뛰어들어서, 토라키에게 빚을 내서까지 사려고 했던 티켓이 바로 재커리가 소속된 재즈밴드 ZACH의 도쿄 공연 티켓이었다.

가게를 나설 때 그것을 안 재커리가, 그 도쿄 공연에 무라오카 가족을 초대한다고 말했다.

게다가, 재커리의 직통 연락처 교환까지 덤으로.

아이리스의 몸 상태가 안 좋아서 걱정스런 표정을 짓고 있던 아카리도 재커리의 배려에는 흥분을 감추지 못했다. 결국 그 자리에서 매장에 있는 종이와 펜을 구입하여 사인을 조르는 후회 없는 팬의 행동을 감행했다.

그리고 눈물마저 흘리면서, 그 사인을 보물처럼 끌어안았다.

『아빠랑 엄마도, 이걸로, 혹시…….』

"그녀는, 가정에 무슨 문제를 품고 있나?"

그 물음은 본래 대답할 것이 아니겠지만, 토라키는 짧게 대답했다.

"부모님이, 이혼 직전이야. 그 부모님이 만난 계기랑 공통의 취미가 재즈라더군."

"그건 그 나이 아가씨한테는 무거운 짐이군."

재커리는 모자를 누르면서 작게 웃었다.

"근데 그렇게 가볍게 초대를 한다고 해도 되는 거였어? 꽤 비싼 플래티넘 티켓이라고 들었는데."

"뭐야? 레이디에 대한 배려에 트집을 잡을 셈이야?"

"아니……."

"이른바 관계자 초대석이라는 거야. 등급은 평범한 자리지. 모든 출연자가 몇 자리 가지고 있어. 어쩌다 남았으니까 미래의 재즈씬을 지탱해주는 젊은이에게 그걸 선물한 것뿐이지."

"그 블루 뭐라는 건 큰 무대야?"

"크다고 해도 재즈는 클래식처럼 손님을 꽉 채우고 들려주는 음악이 아니야. 술을 마시면서 긴장을 풀고 듣는 음악이지. 뭐, 꽉꽉 채워도 200명쯤이지."

"역시 플래티넘 티켓이잖아."

"어지간히 작은 하꼬가 아닌 한, 관계자석은 반드시 있는 법이야."

"하꼬?"

"이른바 극장이지. 일본어의 업계 용어라고."

"그러니까 그런 예술적인 거랑 인연이 없다고 했잖아."

"하이고, 유라. 내가 말했었지."

재커리는 쓴웃음을 지으면서 토라키의 어깨를 두드리려다가, 거기에 아이리스의 팔이 있는 걸 깨닫고는 갈 곳 없는 손을 애매하게 내렸다.

"흡혈귀로 살아갈 거면 취미를 가져라. 자신을 잊고서 즐길 수 있는 게 없으면, 금방 삶에 질려 괴물이 된다."

토라키가 재커리에게 처음 배운 것이었다.

토라키는 그것을 배운 날의 일을 떠올렸다.

"윽……."

그리고 몸에 흐르는 떨림을 얼버무리듯, 조금 내려간 아이리스를 고쳐 업었다.

"그 무렵은 당신이 있으면 지루하질 않았거든. 배울 것도 많았고."

"싸움은 일은 되어도 취미는 못 돼. 아이카 무로이를 추적하는 건, 목표는 될지도 모르지만 인생을 풍요롭게 해주진 않는다고."

알고 있다.

흡혈귀가 된지 65년. 그런 건 재커리가 말해주지 않아도 안다.

알고 있는데, 자신은 지금 이렇게 재커리를 눈앞에 두고서 하고 싶은 말 한 마디, 물어보고 싶은 말 한 마디도 못하고 직장에서 귀가하고 있다. 일상의 루틴 속에 있는 행동을 반복해 버리고 있었다.

"목표만 있으면 된다고. 내 인생을 풍요롭게 하는 건, 인간으로 돌아간 다음이면 돼."

그리고 이 또한, 재커리가 뭐라고 할 때마다 대답하던 토라키의 정형문이었다.

"여전히 재미없는 녀석이군. 나처럼 취미가 발전한 끝에 프로가 될 수 있으면, 정말로 인생 즐겁거든?"

"자기가 말하지 마. ZACH라는 건 또 뭐야? 팬텀 주제에 밴드에 자기 이름을 붙이다니, 승인 욕구가 지나치잖아."

"정말로 재즈는 아무것도 모르는구만. 그건 내 이름이 아냐. 선대 재크의 이름을 딴 거지."

재즈 밴드의 멤버는 꽤 자주 바뀐다고 한다.

ZACH는 재커리가 담당하는 색소폰에, 피아노, 드럼, 콘트라 베이스의 일반적인 구성이지만, 재커리 말고는 드럼이

결성 당시의 멤버가 아니라고 한다.

"내가 ZACH에 들어간 건 8년 전이야. 선대 색소폰의 본명이 그대로 재크였거든. 드럼인 찰리가 가장 신참이라서 6년 전. 그러니까, 아카리의 부모님이 알고 있는 색소폰이 나인지 아닌지는 모르겠는데."

그리고, 사뭇 지금 떠오른 것처럼 손뼉을 쳤다.

"유라, 역시 너도 들으러 와라. 재즈는 좋아. 악기와 연주자의 생명력은 다른 어떤 음악보다도 근사해. 지휘자의 지휘봉 따위에 조종당하는 클래식의 악기보다도 훨씬 생명을 느낄 수 있지. 와라쿠가 건강하다면 같이……."

"8년 전이라면, 아이리스의 어머니가 죽은 2년 뒤군."

취미 이야기, 삶의 이야기, 좋아하는 음악 이야기.

누구나가 일상 속에서 당연하게 하는 그런 이야기 가운데, 아이리스를 업은 토라키가 결코 흘려 넘겨선 안 되는 정보가 있었다.

진심으로 즐겁게 토라키와 와라쿠를 초대하려던 재커리의 표정이, 야단맞은 어린애처럼 흐려졌다.

"……여전히 사람을 잘 따르는 애야. 그런 것까지 남에게 이야기를 했나?"

알고 있었나? 라고 하지 않았다.

마치 아이리스가 토라키에게 그런 이야기를 한 것도 예상했어야 했다. 그렇게 말하는 것처럼, 한 걸음이고 두 걸음이고 상황을 예측하여 앞서간 감상.

두 명의 흡혈귀는 발길을 멈추었다.

"사람을 잘 따라? 재크, 누구 얘기를 하는 거야?"

토라키는 기절해 있을 아이리스의 눈에서 재크를 숨기듯 마주보았다.

"아이리스는 극도의 남성공포증이야. 인간 남자를 상대로는 대화도 못 해. 솔직히 이래가지고 용케 암십자 기사단의 수도기사 같은 걸 하고 있다고 생각하고."

"……."

"이봐, 재크."

토라키는, 마치 자신이 어느 날로 돌아간 것처럼 쓸쓸해졌다.

발치가 흔들린다. 흡혈귀로서 단련했을 다리가 막대기처럼 의지가 안 된다.

흡혈귀로서 그 질문을 하자, 아무래도『그 날』이 떠올라 버렸다.

『그러니까 너는 행운이다. 더할 나위 없이 운이 좋아. 충동에 휩쓸려 가까운 인간의 피를 빨았지만, 그 녀석이 흡혈귀화하지 않았어.』

솟아오르는 흡혈 충동을 억누르지 못하고, 와라쿠의 목에 송곳니를 박아 버린 그 날 일을.

"당신 어째서, 유니스 예레이를 흡혈귀로 만들어 버린 거야?"

아이리스의 마음이 토라키에게 한 걸음 다가올 때마다, 그녀는 토라키에게 자기 가족의 비밀을 털어놓았다.

인간이 흡혈귀가 되는 순간을 본 적이 있다는 것. 흡혈귀가 되어 버린 인간이 다름 아닌 자기 어머니였다는 것. 어린 시절 아이리스는 그 흡혈귀를 아빠처럼 따랐다는 것.

인간과 흡혈귀가, 평화롭고 사이좋게 살 수 있다고 믿었다는 것.

그 어머니가, 흡혈귀가 원인이 되어 살해당했다는 것.

"……많이 컸군."

질문에 대한 대답으로는 완전히 엉뚱한 말이다.

엉뚱한 말이지만, 10년간 『딸』과 떨어져 있던 아버지로서는 지극히 당연한 반응이었다.

흡혈귀 토라키 유라를 키운 재커리 힐이 아이리스 예레이의 『아버지』였다는 것은, 운명적이라고 할 수도 있지만 우연이라고 하면 단순히 우연이리라.

"이봐 유라. 그 무렵, 이 애는 아직 작았어."

"……그게 어쨌는데."

"그때, 그 애는 아홉 살이었어."

"그러니까 그게 어쨌다고. 아홉 살은 충분히 분별이 되는 나이야."

아이리스가 어렸던 것이 무슨 이유가 된다는 걸까?

지금 토라키가 듣고 싶은 것은 이유가 아니다.

그 이전의, 긍정인가 부정인가다.

그러나 그때까지 진지한 표정을 짓고 있던 재커리는, 어째선지 희미하지만 기가 막힌다는 낌새를 드러냈다.

"무슨 서른줄 꼬맹이 같은 소리를 하고 있어?"

목소리에는 그 낌새가 더욱 강했다.

"분별이 되는 거랑 올바른 판단을 내릴 수 있는 것이 다르다는 걸, 그 나이가 되어서도 모르는 건가?"

"정말이지 동의합니다."

동의하는 소리는 토라키 것이 아니었다.

"윽?!"

토라키는 아이리스를 업은 채 경계하려 했다.

"움직이지 마세요, 토라키 씨. 움직이면 당신 목숨도 보장 못합니다."

하지만 들은 적 있는 목소리가 어느샌가 자기 바로 앞에서 들리자, 한순간에 움직이지 못하게 됐다.

토라키가 숨을 삼키는 것과 동시에, 주위에 몇 개의 기척이 생겼다.

움직이지 못하는 토라키의 시야 안에도 열 명은 있지 않을까?

밤의 어둠에 뒤섞여 보기 어려운 검은 옷들 투성이⋯⋯라고 생각했는데, 몇 군데 하얀 부분도 언뜻 보인다. 그 모습은 지금 토라키가 업고 있는 아이리스가 평소에 입는 옷과 완전히 같은 것이었다.

"분별이 되는 것과 올바른 판단을 내릴 수 있는 것은 완전히 다르다는 것. 사람은 어른이 되어도 노인이 되어도, 제대로 분별이 되는 걸 제쳐두고 판단을 잘못하는 법입니다. 하물며 300세가 넘는 대흡혈귀라면 더더욱, 말이죠."

LED 가로등의 빛을 튕겨내는 그 차갑고 단단한 것은, 부도심 안에서도 평화로운 주택가인 조우시가야의 풍경에 전혀 어울리지 않았다.

성총 데우스크리스의 총구가 사방팔방에서 재커리를 겨누고 있었다.

재커리는 얄궂은 미소를 지으면서 체념한 것처럼 손을 들었다. 수도기사의 기사장 나카우라 세츠코는 재커리의 손이 인간 수준의 거동을 하는 한 닿지 않는 조금 밖에서 정확하게, 재커리의 목덜미에 총구를 조준하여 겨누고 있었다.

"장소를 생각하지 않겠어? 시스터 나카우라. 롯폰기나 신주쿠, 하다못해 요코하마라면 조금은 그림이 될지도 모르지만, 여기는 조우시가야야. 롱코트의 나그네가 총구에 둘러싸이는 시추에이션이 어울리지 않는데도 정도가 있지. 로망이 없어."

나카우라는 재커리의 농담에 전혀 반응하지 않고, 데우스크리스의 방아쇠에 아슬아슬하게 힘을 주었다.

"기다려 나카우라! 그 녀석을 죽이지 마! 그 녀석에게 들어야 할 것이……윽!!"

토라키가 나카우라를 막으려 했지만, 그 순간 토라키의 명치를 노리고 있던 살기가 작열이 되어 토라키의 피부를 찔렀다.

토라키는 온몸에 흐르는 불쾌감과 격통에 견디지 못하고 무릎을 꿇었지만, 업고 있던 아이리스를 떨어뜨리지 않기 위해 어떻게 한쪽 무릎으로 버텼다.

"부디 더 이상 움직이지 마세요! 목숨을 보장하지 못하게
됩니다!"

양심의 가책 하나 없는 목소리로 외치며 눈을 동그랗게 뜨
고 무릎을 꿇은 토라키를 내려다본 것은 햐쿠만고쿠 유우리
였다. 그 손에 쥐고 있는 것은 성망치 리베라시온과 나무 말
뚝이었다.

성망치가 때려 박는 나무 말뚝은 약한 흡혈귀라면 닿기만
해도 재가 될 수 있는 조합이었다.

실제로 유우리가 든 말뚝은 끝부분을 옷 위에서 조금 강하
게 밀기만 했으며 옷을 찢고 토라키에게 상처를 낸 것이 아
니었다.

그러나 토라키 정도의 흡혈귀는 옷 위에서 강하게 대고 있
기만 해도 흡혈귀로서의 목숨이 위협을 받아 저항조차 못하
게 되는 것이다.

"시스터 햐쿠만고쿠. 그대로 토라키 유라를 제압하세요."

"알겠습니다. 시스터 나카우라."

나카우라도 유우리도, 일절 시선을 움직이지 않고 대화한다.

이미 토라키는 손가락 하나 까딱할 수 없었다.

유우리나 나카우라뿐이 아니다.

이 자리에 모인 수도기사 모두가 재커리와 동시에 토라키
마저 살기의 사정거리에 담아두고 있었다.

예를 들어 만약 지금 바로 옆집에서 뭔가 잘못되어 가스

폭발이 일어난다고 해도, 그녀들이 토라키와 재커리에게서 눈을 떼는 일은 결코 없지 않을까? 토라키와 재커리가 조금이라도 수상한 움직임을 보이면 성총의 탄환이 무자비하게 두 사람을 꿰뚫을 것이다.

"재커리 힐. 영국 다크 크로스 나이츠의 칙명에 따라, 당신을 처형합니다. 뭔가 남길 말은?"

"유언을 들어준다니 기쁘군. 할복하는 죄인에게 마지막 한 구절을 읊게 하던 풍습의 흔적인가?"

재커리는 손을 든 채 변함 없는 기색으로 어깨를 으쓱거렸다.

"세 가지 정도 괜찮을까? 일단 한 가지는, 거기 있는 유라토라키는 이번에 내가 일본에서 행동한 것과 전혀 상관없는 죄 없는 흡혈귀야. 거친 짓을 하지 말아줘."

"알겠습니다. 본래 그는 우리들의 파트너 팬텀이니까요."

"또 한 가지는 당신들에게 충고를 해두고 싶어."

"시스터 나카우라!!"

이상을 감지한 유우리의 경고는 이미 늦었다.

아무도 눈을 떼지 않았을 재커리가 어느샌가 나카우라의 등 뒤에 있고, 나카우라가 겨누고 있던 데우스크리스를 손에 든 채 빙글빙글 서투른 건스핀 흉내를 내고 있었다.

"흡혈귀를 죽일 예정이라면 일단 쏴서 숨통을 끊어. 그때부터가 시작이야."

"쏘세요!!"

유우리를 제외한 모든 수도기사가 겨눈 데우스크리스가

일제히 재커리를 향해 굉음과 함께 은의 탄환을 쏘았다.

위아래만 빼고, 재커리를 둘러싼 모든 방향에서 겨누는 사선이었다. 하지만 그 소리마저도 재커리를 스치지 않았다.

"좋은 집 아가씨가 전봇대에 올라가다니 상스럽군."

전봇대 위에서 경계하고 있던 수도기사의 귓가에 속삭였는가 싶더니,

"공원에서 총놀이라. 나도 옛날에는 자주 했지."

공원의 놀이기구 뒤에서 겨누고 있던 수도기사 곁에 나타나, 그리운 기색으로 그녀의 데우스크리스를 빼앗는다.

"잠복한 사람 집의 정원수를 부러뜨리다니, 어엿한 범죄야. 적에게도 소리를 들키지. 단련이 부족하군."

"차 뒤는 안 좋아. 요즘 나오는 차들은 실루엣이 둥글어서 차폐물로서는 미묘하거든."

"신발끈이 느슨하군. 종기사에서 이제 막 올라와 너무 방심한 거 아닌가?"

"퇴마의 향수는 아직도 이 향인가? 오래된 녀석들은 냄새로 구분해버리니까 관두는 편이 좋아."

"이, 이것은……!"

나카우라뿐이 아니다.

토라키의 시야 범위에 보이는 수도기사 모두의 곁에 재커리가 동시에 출현했다.

개중에는 겨누고 있던 데우스크리스를 빼앗기거나, 반사적으로 허리춤의 리베라시온을 뽑으려다가 파우치까지 한꺼

번에 빼앗겨 손이 허공을 가르는 사람도 있었다. 누구 한 사람 갑자기 출현한 무수한 재커리에게 반응하지 못했다.

"재커리 힐!!"

"너무 큰 소리로 외치지 마, 시스터 나카우라. 근처에 폐가 되잖아."

모두가 눈을 깜박인 다음 순간에는 모든 재커리가 사라졌다. 그리고 토라키와 나카우라에게서 조금 떨어진 장소에 있는 주상복합 빌딩의 옥상에, 지상의 수도기사들을 비웃는 것처럼 롱코트를 펄럭이며 서 있었다.

"이, 이노옴……!"

평소의 온화한 태도로는 생각하기 어려울 만큼 분노를 드러내며 재커리를 노려보는 나카우라.

그 손에는 빼앗겼을 데우스크리스가 돌아와 있었다.

그러나 그것을 빌딩 옥상을 향해 겨누지는 않았다.

"충고, 잘 들었나? 제군들의 이후 작전에 참고가 되면 좋겠군."

옥상에 있는 재커리의 손이, 반짝이는 작은 알갱이를 후두둑 던졌기 때문이다.

토라키의 눈은 밤을 꿰뚫고, 그 알갱이 하나하나가 탄환의 모양을 하고 있다고 판별했다.

그토록 완전한 포위망을 형성하고 있던 수도기사들의 총에서 이미 총탄이 빠져 있었다.

"그리고, 마지막으로 세 번째. 그러니까, 시스터 나카우라

까지 얼추 30명 정도로군."

재커리는 지상에 모인 수도기사를 손으로 세어 확인하고, 코트의 주머니에서 슬림폰을 꺼냈다.

"지금 막, 내일 모레 도쿄 공연 티켓이 품절됐어. 만약 라이브에 오고 싶다면, 미안하지만 캔슬 티켓을 기다려야겠군. 아무리 나라도 30명은 초대 못하거든."

"재크!"

"유라! 너도 라이브 올 거면, 그 애를 통해서 연락해라! 앞으로 세 자리는 마련해주지! 또 보자!"

토라키의 외침에 모자를 누르면서 대답한 재커리의 모습이 흐려졌다.

코트 자락이 조금씩 검은 안개가 되어 사라지기 시작했다. 토라키도 이용하는 흡혈귀의 기본 기술이다.

밤하늘을 배경으로 검은 입자가 되어 소실되면, 일단 인간은 추적할 수단이 없다.

그대로 밤의 어둠으로 사라질 것 같았다.

그러나 그때.

"으윽!"

토라키의 고막이 격렬한 충격을 받았다.

"오옷!"

동시에 환상처럼 사라져가던 재커리의 모습이 다시 실체를 되찾았다.

"…………지금, 그 소린 뭐야……."

그때, 토라키의 등에서 아이리스가 몸을 움직였다.

"유라?"

"아이리스, 움직이지 마. 지금 상황이 좀 귀찮으니까."

"어……………어?"

멍하니 눈을 뜬 아이리스는 급격하게 의식이 각성했는지, 자신이 처한 상황을 금방 깨달았다.

"……어, 어, 어어어어어어어어!"

"어, 야! 날뛰지 마! 아이리스!"

"내, 내려줘 유라! 어째서 나 이런……! 꺄악!"

"야!"

유우리의 나무 말뚝과 지금 그 굉음 탓에 무릎을 짚으며 자세가 무너진 토라키의 등이 기울어져서, 날뛰던 아이리스는 꼴사납게 아스팔트 도로에 엉덩방아를 찧어 버렸다.

"아파아…… 유. 유라! 대체 뭐야! 오해를 부를 법한 짓은 하지 말라고……!"

"상황을 봐라!"

"뭐, 뭐를……!"

눈이 밤에 익숙해졌는지, 아이리스는 드디어 자신이 수많은 수도기사에게 둘러싸여 있는 것을 깨달았다.

"괜찮은가요? 시스터 예레이!"

"어, 시, 시스터 유우리, 이, 이건…….'

아이리스를 도와 일으키려는 유우리의 어깨너머로, 아이리스는 그 인물을 보았다.

빌딩 위에 선 흡혈귀 재커리가 아니다.

"안녕? 40분만이네, 시스터 예레이."

아무것도 없는 공중에 선, 인간 여성이었다.

갈색 피부에 파란 눈동자, 밤처럼 까만 머리칼.

"시스터 나카우라에게는, 네가 일본에서 어엿하게 책무를 다하고 있다고 들었는데, 어째서일까? 오늘은 몸 상태가 안 좋은 걸까?"

온화한 미소와 조용한 태도.

그러나, 땅에 발을 디디지 않은 흡혈귀와 하늘에 몸을 두고 있는 인간이라면, 대체 어느 쪽을 괴물이라고 불러야 할까?

"……시, 시스터 올포트……."

아이리스는 눈을 크게 뜨고 그 수도기사의 이름을 불렀다.

제인 올포트의 손에는 더블 배럴의 은색 샷건이 있었다.

아이리스가 가지고 다니는 핸드건 타입의 데우스크리스와 비교하면 구경도 위력도 차원이 다른 것을 누가 봐도 알 수 있었다.

가로등의 빛을 살짝 반사하는 그 은색 총신을 보통 사람이라면 한 손으로 들 수 없을 거라는 것도.

"이거 난처하군. 설마 기사단장님께서 직접 오시다니."

재커리는 모자를 누른 채, 대담하게 웃었다.

"300년 살아온 대흡혈귀가 상대니까."

"주택가에서 그런 대포를 쏠 셈이야? 아무리 그래도 경찰이 가만히 있지 않을 거라 생각하는데."

"경찰!"

올포트는 재커리와 달리, 유쾌한 기색으로 웃었다.

"핫! 경찰. 올 테면 오라지! 꼭 왔으면 좋겠어. 지금 그 일격으로 슬림폰이 부서지지 않았다면 말야. 분명히 일본에서는 110번이었나?"

"……무슨 생각이지?"

"전에도 말하지 않았나?"

올포트는 커다란 데우스크리스의 총구를 그 가는 팔로 다시 재커리에게 겨누었다.

"내 활동의 목적은, 언제나 팬텀이 인간의 눈에 보이지 않는 세계야."

"불가능하지."

"해야 하는 일이다."

"우리는 살아 있어."

"그러면 멸하면 되지."

"같은 말을, 유니스 앞에서도 할 수 있나?"

올포트의 눈에서 처음으로 웃음이 아닌 감정이 흘렀다.

증오다.

"지금은 말할 수 있어. 거 봐라, 내가 말한 그대로잖아."

"재크!"

다음 순간, 토라키가 외칠 틈도 없이 올포트는 방아쇠를 당겼다.

총구에서 뿜어져 나온 것은 무수한 은색 자갈.

데우스크리스 샷건이라고 불러야 할까? 그 탄환의 속도는, 보통 수도기사들이 가진 데우스크리스의 탄속과 그렇게 다르지 않았다.

그러나 재커리는 피할 수 없었다.

"흥!"

코트 자락을 펄럭이며 자갈을 받아냈지만 그런 것으로 총탄이 멈출 리 없고, 무수한 자갈이 재커리의 육체를 꿰뚫었다.

"으, 크······."

재커리는 견디지 못하고 그 자리에서 무릎을 꿇었다.

"아빠······ 우읍!"

아이리스는 마치 자신이 그 고통을 받은 것처럼 비명을 질렀지만, 그것을 유우리가 억눌렀다.

아이리스의 입을 손으로 막기만 한 게 아니라, 어깨 관절을 꺾어서 움직임을 제한하려고 한다.

"참으세요, 시스터 예레이! 단장 앞입니다!"

"야! 이 자식! 아이리스한테 무슨······!"

"죽고 싶지 않으면 입 다물고 있으세요!!!!"

"윽······!"

14세의 종기사. 아이리스가 연수를 봐주고 있다는 그 소년 기사의 박력에, 토라키는 기백에 밀려 말을 삼키고 말았다.

올포트는 지상의 그 장면을 한 번 보더니, 마치 평범하게 길을 산책하듯 재커리가 있는 빌딩까지 걸어갔다. 그리고 무릎을 짚은 재커리의 머리에 총구를 대고, 말도 없이 방아쇠를 당겼다.

"재크!"

지근거리의 은 샷건탄을 머리에 맞은 흡혈귀가 무사할 거란 생각은 도저히 안 들었다.

실제로 재커리의 머리는 형태도 없이 날아가 버리고, 무릎을 꿇은 몸만 거기 남았다.

"놓쳤군요."

그리고 올포트가 별로 분하지도 않은 기색으로 말하자마자, 재커리의 몸이 검게 녹아서 사라졌다.

"어……?"

"……시스터 올포트."

토라키와, 그리고 나카우라가 다른 감상으로 눈을 부릅뜨며 놀랐다. 빌딩 위에서 훌쩍 뛰어내린 올포트는 볼을 긁적이면서 쓴웃음을 지었다.

"제대로 이름을 포착했다고 생각했는데요. 순찰차가 이제 곧 오지 않을까 생각해서 조바심을 내며 술식을 썼더니, 역시 붙잡지 못한 모양입니다."

"역시 유니스 예레이를 쓰러뜨릴 실력이라는, 건가요?"

"그것만이 아닌 것 같아요. 이봐, 유라 토라키. 그렇지 않아?"

나카우라의 물음을 애매하게 부정한 올포트는 문득 토라키를 보았다.

"움직이지 말아줘."

그렇게 말하자마자, 보통 사람 눈에는 보이지도 않는 속도로 오른손을 떨쳤다.

"큭!!"

그러나 토라키는 경고에 따르지 않고, 올포트가 던진 것을 회피했다.

말도 안 되는 힘으로 토라키를 향해 던진 그것은 토라키의 발이 있던 아스팔트에 박혔다.

가는 나무 말뚝이 단단한 땅에 박혀 있는 것을 보고, 토라키는 몸을 떨었다.

아이리스가 초상적인 신체능력을 가진 것은 알고 있으며, 유우리나 나카우라도 기사인 이상 보통 사람과 비교가 안 되는 힘을 가진 것은 알고 있었다.

그러나, 이 올포트는 너무나도 규격을 벗어났다.

아이카나 카라스마, 텐도 같은 팬텀의 실력자하고는 완전히 이질적인 이 힘에 저항할 방법을, 토라키는 상상도 하지 못했다.

"봐, 움직이잖아. 이름을 묶었다고 생각했는데."

"시, 시스터 올포트! 뭘 하는 건가요!"

놀라서 소리를 지른 것은 토라키가 아니라 유우리였다.

"그는 도쿄 주둔지의 파트너 팬텀입니다. 그런데 함부로 공격을 하다니……!"

"무슨 말을 하는 거지?"

유우리의 항의에, 올포트는 진심으로 무슨 말인지 모르겠다는 식으로 고개를 갸웃거렸다.

"그는 제대로 회피했잖아?"

"그렇지만……!"

"그리고 죽었다면 그것도 딱히 상관없어. 파트너 팬텀이라는 건 있으면 좋고, 없어도 본전이니까 적당히 또 마련하면 되지. 나는 애당초 이 제도에 반대했어."

전혀 악의도 미안한 기색도 없이, 죽일 뻔한 토라키의 눈앞에서 이렇게 말한다.

악수를 요청한 그 손으로, 토라키를 죽이려 했다.

"당신, 대체 뭔데?"

"자기소개는 했잖아. 그 이상도 이하도 아니야. 시스터 나카우라는 평화주의니까 너를 상냥하게 대해주고 있지만, 일본이 아닌 곳의 수도기사는 기본적으로 이런 느낌이야. 오히려 시스터 예레이가 이색적이지. 그보다도……."

토라키는 눈도 깜박이지 않았다. 못하는 것이다.

한순간이라도 시선을 떼면, 이 올포트는 뭘 할지 모른다.

그래서 의식해서 깜박이지 않고, 그녀를 계속 응시하고 있었다.

그런데도, 몇 미터 앞의 나카우라와 나란히 서 있었을 올포트는 일절 소리도 없이 주저앉은 토라키 옆에 서 있었다.

뿐만 아니라, 턱을 붙잡아 올려서 눈을 들여다볼 때까지 그 상태를 전혀 깨닫지 못했다.

"으극!"

"역시 이상해. 이름은 본명이고 후크도 걸려 있어. 그런데도 완전히 포착할 수 없어. 아까 재커리에게도 미스터 토라키와 같은 감각이 있었어. 이건 대체 뭘까?"

어린애가 보기 드문 색의 돌멩이를 주운 것 같은 표정. 토라키의 얼굴을 무표정과도 다른, 그러나 딱히 감정도 없이 빤히 들여다보면서 가는 팔에 어울리지 않는 엄청난 힘으로 토라키의 목을 힘주어 비틀었다.

"잠깐, 이 상태로 도망쳐볼 수 있어?"

"자, 장난치냐……."

"자, 이대로는 힘에 뭉개질 거야. 시험 삼아서, 응?"

"으, 크……."

전혀 아무 피도 섭취하지 않은 데다가, 나무 말뚝으로 약해진 토라키의 몸은 단순하게 움직이지 않는다.

검은 안개가 되려고 했지만, 턱과 목의 고통이 방해되어 손가락 하나 변할 것 같지 않았다.

"어라? 혹시 기분 탓이고, 제대로 포착이 됐나? 도망치지 않을 거야?"

"젠, 장……."

토라키는 고통과 탈력으로 의식이 몽롱해졌다.

"……아?"

방금 전과 마찬가지로, 깨닫고 보니 눈앞에서 올포트가 사라지고 자신은 땅에 쓰러져 있었다.

몽롱한 시선 끝에, 하얀 버선과 조리가 보인다.

그리고, 도로 옆에서 재빨리 몸을 감추는 쥐가 한 마리 있는 것을 보며 토라키의 의식은 어둠에 빠졌다.

※

"……응."

눈을 뜨자, 다행히 익숙한 자택의 천장과 조명이 보였다.

몸을 일으키고자 했지만, 힘이 안 들어가서 제대로 일어날 수가 없다.

하는 수 없이 몸을 비틀어 굴렀다.

"……."

"…………우왓?!"

몸을 돌린 곳에 통통하게 살찐 쥐가 있고, 눈이 딱 마주쳤다.

토라키는 너무 놀라서 펄쩍 뛰어 일어났다.

"꺅!"

그러자 누군가와 부딪혔는지, 등 뒤에서 비명이 들렸다.

"앗, 미안! 미……안……?"

돌아보자 그곳에 미하루가 있고, 어째선지 토라키의 코트를 끌어안은 채 냄새를 맡고 있었다.

"아, 안녕하세요? 토라키 님……."

"……일단 물어보는데, 아무리 너라도 조금은 어색하다고 생각하냐?"

"조, 조금은요…… 스읍…… 하아……."

"그러면 그만 좀 해."

목격을 당하고서도 중단하지 않는 정신력은 확실히 대단하다고 할 수밖에 없다.

"흐읍……."

"그러니까 좀 그만…… 그게 아니고! 쥐! 집 안에 쥐가!!"

"진정하세요, 토라키 님. 그건 쥐지만 쥐가 아닙니다."

"뭐야?!"

당황한 토라키는 쥐가 있던 장소를 돌아보았다.

"으오?!"

거기에는 쥐가 아니라, 남자가 뚱한 표정으로 앉아 있었다.

"뭐, 뭐, 뭐…… 아."

집 안에 커다란 쥐와 낯선 남자가 있으면, 느끼는 공포의 수준은 대강 비슷하다는 것을 깨달은 토라키였다. 하지만 차분하게 가만 생각해보자 쥐도 남자도 아는 상대였다.

"……아, 아미무라?"

"떠올리는 게 늦지 않냐?"

그것은 아이리스와 아카리가 알게 된 계기가 된 음악 이벤트의 주최자이자 흡혈귀, 아미무라 카츠세였다.

대륙계 팬텀 조직과 이어져 있었기 때문에, 아이리스가 일본에 와서 맡은 성무 대상 팬텀 제1호였던 남자이기도 하다.

결국 그 성무에서는 히키 가문이 참견을 하여, 아미무라는 히키 가문이 맡게 되었다. 그 뒤 호화여객선으로 요코하마에 찾아온 무로이 아이카를 격퇴하기 위해, 객선 안에 아이리스의 데우스크리스와 그 탄환을 가지고 들어오는데 협력했다.

그러나 토라키와 교류한 것은 그 짧은 기간뿐이고, 사람 모습의 아미무라와 만난 것은 이것이 두 번째였다.

"왜 아미무라가 내 집에 있는데?"

"집이라기보다, 오늘밤에는 계속 네 근처에 있었다."

"뭐?"

토라키가 눈썹을 찌푸리자, 뒤에서 대답이 들렸다.

"아미무라에게, 오늘 밤 계속 재커리 힐을 지켜보도록 시켰어요. 그에게 토라키 님의 위치를 직접 알린 것은 아미무라입니다."

"뭐라고?!"

미하루가 전모를 밝히자, 토라키는 눈을 부릅떴다.

"뭐라고 말씀을 드려야 할지."

미하루는 보기 드물게 토라키에게서 눈길을 피했다.

"왜냐면 그게, 토라키 님. 요전에, 그 암십자의 티끌들이 사무실에 왔었잖아요? 그녀들의 목적은 처음부터 재커리 힐이었기 때문에……."

"그렇다면, 그럼 그 시점에서 이미 재크가 어디 있는지 알고 있었어?"

"……."

미하루는 토라키가 추궁하자 보기 드물게 입을 다물어 버렸지만, 침묵을 견디지 못하게 됐는지 끌어안고 있던 토라키의 코트를 내던지고 토라키의 품에 매달렸다.

"용서해 주세요, 토라키 님!"

"우와앗?!"

"저는 도쿄의 히키 가문을 이끄는 입장이 있답니다. 시스터 올포트의 요청은 히키 가문이라도 완전히 무시할 수 없는 것이라…… 아아, 그 탓에 저는 사랑하는 토라키 님을 배신하게 되어 버렸어요……. 이 사죄는, 어떤 일을 해서라도 하겠습니다! 부디, 부디, 미하루를 용서해 주세요!"

미하루는 품에 매달려, 시선만 올려서 토라키를 들여다보았다.

"아니, 그건, 뭐……."

"훌쩍…… 아아, 하지만 토라키 님의 그런 상냥함에 어리광을 부려서는 안 되겠죠."

"어?"

"부디, 마음이 풀릴 때까지 저를 마음대로 하셔도 된답니다."

"뭐야?! 아, 아니 나는 그런 건."

"저와 토라키 님은 맺어지는 것이 정해져 있으니까, 빠른가 느린가의 차이뿐이라옵?!"

볼을 물들이고 뜨거운 숨결을 토해내는 미하루의 얼굴에서 도망치려던 토라키는…….

"뭘, 하, 고, 있는 걸까? 미하루우……!!"

급격하게 미하루의 압력이 멀어진 것을 깨닫고 고개를 들었다.

"아, 아이리스!"

그곳에, 눈 밑이 거뭇한 아이리스가 팬텀 같은 형상으로 미하루의 목덜미를 붙잡아 토라키에게서 떼어놓고 있었다.

"치잇! 딱 좋은 순간에 눈뜨지 말아주세요, 이 쓸모없는 수도기사! 기모노가 흐트러지잖아요, 놓으세요!"

"당신이야말로 어딜 몰래 또 유라의 코트에 손을 뻗고 있는 거야. 놓으라고!"

그대로 몸싸움을 시작할 법한 아이리스와 미하루에게서 곧장 상황 설명을 듣는 건 도저히 불가능하다고 판단한 토라키였다.

"⋯⋯부탁한다. 대체 무슨 일이 있었는지 알려줘."

그래서 여자 두 사람의 캣파이트를 싸늘한 눈으로 보고 있는 아미무라에게 순순히 고개를 숙였다.

"그건 뭐 괜찮은데."

"응?"

"⋯⋯아니, 나는 어째서 이런 녀석들한테 져서 부하가 되고, 그런 데다가 그런 괴물을 상대하게 된 건가 싶어지네. 좀 인생이 싫어져서 그런다."

진심으로 싫다는 감정을 담아 한숨을 내쉰 아미무라는, 그래도 한두 마디씩 상황을 설명해 주었다.

방금 미하루가 말한 것처럼, 재커리에게 토라키의 직장을 직접 알린 것은 아미무라였다.

미하루는 올포트 일당이 재커리를 토벌하려는 작전을 알고 있었지만, 그것을 방해하지 않는다는 약속을 하고 있었다.

그런 때 토라키가 재커리 수색 의뢰를 했다. 어떻게든 히키 가문의 체면을 유지하면서 토라키의 의뢰를 우선하고자 생각한 미하루는, 쥐로 변신할 수 있는 아미무라에게『일』로서 재커리와 접촉할 것을 명했다.

접촉을 하고서 한 일은 토라키 유라가 재커리와 만나고 싶어한다는 말과, 토라키가 있는 장소를 전달한 것.

재커리가 어디 있는지는 재커리와 상관없는 팬텀을 대피시키기 위해서 이미 들었고, 애당초 그의 재즈 밴드가 머무르는 곳은 밝혀져 있었다. 공연을 하는 재즈 하우스를 살펴보자 금방 발견됐다.

이목이 많은 도심에서 암십자가 재커리를 습격하지 않고 동향을 살피고만 있다는 것을 계산에 넣고, 아미무라는 누구의 눈에도 띄지 않은 채 재즈 하우스의 대기실에 잠입하여 재커리와 접촉.

프론트 마트 이케부쿠로 동5쵸메점으로 유도하는데 성공했다.

"다음은 너도 봤지. 예상 못한 행동을 한 재커리를 추적하여 암십자가 모여들고, 죽여도 문제가 없는 너만 있는 참에 재커리 토벌 작전을 개시한 거야."

"죽여도 문제가 없다라……."

올포트에게『문제없다』는 생각마저 있었을지 모르겠다.

그 눈에는 딱히 토라키를 죽이려는 의도가 없었다.

어쩌다가 죽어 버리면 그래도 어쩔 수 없다. 마치 난폭하

게 민물가재 사냥을 하다가 가재의 집게를 악의 없이 떼어
내 버리는 어린애 같은, 그저 그런 눈이었다.

"마지막으로 아가씨가……."

아미무라는 아직도 아이리스와 투닥거리고 있는 미하루를
보았다.

"아가씨라."

"그래. 아가씨가 그 올포트라는 괴물에게 협정 위반에 대
한 항의를 해서 그 자리는 해산됐어. 재커리를 죽이는 건 눈
감아주지만, 히키 가문의 관할에서 다른 팬텀에게 손을 대
는 건 용납하지 않는다고."

정신을 잃기 전에 본 것은, 미하루의 발이었단 거군.

"미하루, 미안하다. 덕분에 살았어."

"사랑하는 토라키 님을 위해서니까요! 하지만, 답례는 기
대하고 있을게요!"

미하루는 아직도 아이리스와 드잡이질을 하면서도, 토라
키의 부름에는 민감하게 반응했다.

"야, 그쯤 해둬, 아이리스."

"하지만 유라! 미하루의 변태 행위는 아무리 그래도 넘어
가 줄 수가……."

"목숨을 구해줬다고 하잖아. 그 정도는 용서해."

"토라키 님! …………몰래 하니까 좋은 거지, 간단히 허락
해주시면 그건 그거대로 열정이 식는다고 할까요……."

"진짜 뭔데……."

토라키가 말리자 아이리스와 미하루는 일단 차분해졌다.

　"……있지, 유라……."

　미하루가 옷깃을 고치는 것을 곁눈질로 보면서, 아이리스는 지금까지 미하루와 투닥거리고 있던 것이 거짓말인 것처럼 초연해져 버렸다.

　눈 밑이 거뭇하고 피로에 찌든 아이리스의 얼굴을 보고, 토라키는 단숨에 말했다.

　"재크는 흡혈귀로서 내 스승이야. 키워준 부모님이 죽고 와라쿠가 독립한 다음에, 나에게 흡혈귀가 살아가는 방식이나 싸우는 법을 가르쳐준 은인이지."

　"……그랬, 구나."

　"네가 태어나기 훨씬 전의 일이야. 마지막으로 만난 건 20년 전이지."

　"가게에서…… 찾고 있었다고, 했던 거는?"

　토라키는, 그렇게 심각한 건 아니라고 먼저 운을 뗐다.

　"나는 인간으로 돌아가고 싶다. 하지만 아이카와 만나도, 카라쿠마 씨 같은 적과 만나도, 나는 혼자서는 싸울 수 없어. 너나 미하루의 도움이 없으면 나는 아무것도 못 해……. 그게 싫었다. 그래서 미하루에게 의뢰해서 재크를 찾아달라고 했지. 다시 한번 수련을 할 생각으로…… 설마……."

　아이리스는 아래를 보고 있었다.

　"재크가, 아이리스가 말했던 『아빠』라니, 생각도 못했다."

　"아빠?"

그 단어에 반응한 것은 미하루였다.

　"제인 올포트는, 재커리 힐이 유니스 예레이 살해의 범인이라는 말밖에 안 했어요. 아버지라는 건, 무슨 뜻이죠? 아이리스 예레이, 당신 설마 흡혈귀와 인간의……."

　"내 진짜 아버지는 인간이야!"

　미하루를 막는 것처럼 강한 목소리를 낸 아이리스지만, 그래도 고개를 들지는 않았다.

　"……하지만, 나는 진짜 아버지를 거의 아무것도 기억 못해. 내가 세 살 때, 병으로 돌아가셨다고 들었어. 그래서 재커리……는…… 아빠, 는…… 말하자면 엄마의, 재혼 상대 같은 거야."

　"재혼……? 유니스 예레이가, 흡혈귀와?"

　믿을 수 없다는 표정으로, 미하루가 눈을 부릅뜨고 있었다.

　"아가씨, 그렇게 놀랄만한 일이야?"

　"평범한 팬텀과 인간이 맺어지는 것하고는 차원이 달라요. 유니스 예레이는, 암십자 사상 최강이라고도 불린 예레이의 기사. 암십자의 간판 같은 존재입니다. 그런 인물이 팬텀과 맺어지면, 어떤 일이 일어날까 상상해 보세요."

　아미무라에게 설명하는 미하루.

　"예레이의 기사의 오점. 암십자에 대한 반역 행위. 인류의 배신자…… 엄마는, 그렇게 불렸어. 내가 역대 예레이의 기사 중에서 제일 약한 건…… 엄마의 판단에 따라서, 나에 대한 어린 시절의 기사 교육이 금지됐던 게 커."

아이리스가 제일 약한지 아닌지는 토라키도 미하루도 알수 없다.

그러나 히키 가문이나 암십자가 예레이의 기사 예레이의 기사 하면서 추켜세울 정도로 압도적인 힘을 아이리스가 가지고 있을까? 과연, 분명히 그렇지는 않다.

"특히, 시스터 올포트는 엄마를 엄격하게 규탄했다고 해. 본래 엄마랑 시스터 올포트는 본국의 기사단에서 에이스 버디였으니까……."

"당신 어머니는, 그런 괴물이랑 버디를 짤 정도의 기사였나……."

아미무라가 질겁했다.

아미무라는 이중에서 유일하게 아이리스의 전투 능력을 적 입장에서 피부로 느껴본 적이 있기 때문에, 그 놀라움도 한층 큰 것이리라.

"나는 아까 그 소동을 숨어서 봤어. 그 녀석 정말로 인간이야? 그런 짓을 할 수 있는 녀석, 흡혈귀 중에는 없다고. 허공을 걷거나, 순간이동을 하거나……."

"그 힘이 있기 때문에 올포트 기사단장이고…… 그 옆에 나란히 섰던 게, 예레이의 기사야."

"……진짜냐."

아미무라는 안경 안쪽에서 안색이 창백해지며 입을 다물어 버렸다.

"그래서…… 아, 아니지."

토라키는 아이리스에게 어떤 것을 확인하려다가, 이 자리에 미하루와 아미무라가 있는 것을 깨닫고 화제를 바꾸었다.

"……너, 아카리 두고서 나간 건, 일 때문에 불려나갔다고 했었지. 만났다는 높은 사람이 그 올포트 맞지? 설마……."

아이리스도 수도기사다.

본국의 기사단장이 찾아오는 팬텀 토벌에, 아이리스도 참가하게 되는 것일까?

"그건 있을 수 없어요."

대답은 문 밖에서 들렸다.

"시스터 예레이는, 재커리 힐 토벌 성무에서 빠지는 것이 처음부터 정해져 있었습니다. 토라키 씨한테는 말을 했었죠."

"시스터 유우리?"

어느샌가, 유우리가 현관 안쪽에 서 있었다.

유우리가 소리도 없이 거기에 있는 것에 대해서는, 토라키를 집으로 날라온 미하루나 아미무라가 현관문 잠그는 걸 깜빡했다고 생각하여 억지로 납득했다.

올포트의 힘을 눈앞에서 본 지금은, 이런 맨션의 현관을 잠그든 말든 오차 범위다.

"죄송합니다, 시스터 예레이."

유우리는 현관에서 더 들어오지 않고, 그 자리에서 고개를 숙였다.

"저는…… 사실은 도쿄 주둔지의 종기사가 아닙니다."

"어?"

"시스터 예레이는, 암십자 기사단 일본 지부의, 카나자와 주둔지를 알고 있나요?"

"카나자와?"

"카나자와에 암십자의 주둔지가 있다는 건 처음 듣는군요. 나고야보다 서쪽에, 주둔지는 없지 않나요?"

미하루가 험악한 분위기를 두르고 말했다.

히키 가문과 맺은 협정으로 나고야보다 서쪽에 암십자는 진입할 수 없지만, 일반적인 인식으로 카나자와 시의 경도는 나고야보다 아주 약간 서쪽에 있기 때문이다.

"히키 미하루 씨도 모르는 거군요. 텐도 님은, 알고 계실 겁니다. 카나자와 주둔지는 시의 동쪽 끝에 위치하고 있어서, 나고야 시의 서쪽과 아슬아슬하게 경도가 겹치는 위치에 있으니까요."

"뭐라고요?"

꽤 꼼수를 부린 주둔지의 위치에, 미하루는 독기가 빠진 표정을 지었다.

"저는, 카나자와 주둔지의 정기사입니다. 카나자와 주둔지는 대대로 우리들 햐쿠만고쿠 가문이 기사장을 맡고 있어요."

"그런 이야기 들어본 적이 없어. 일본의 주둔지는 삿포로와 센다이, 도쿄와 나고야, 후쿠오카에만 있고, 그리고 니이가타와 나가사키에 작은 기지가 있을 뿐이라고……."

"저도 그렇게 기억하고 있어요."

미하루가 아이리스에게 동의했다.

"토라키 씨, 그리고 아미무라 카츠세, 지금부터 하는 이야기는 다른 곳에서 하지 말아주세요. 뭐 일본의 오래된 팬텀들은 잘 아는 이야기입니다만……."

유우리는 한 박자 쉬고서 말했다.

"암십자 기사단 일본 지부의 발상지는 카나자와입니다. 그 이유는, 일본의 암십자 기사단 창설자의 고향이, 카나자와였기 때문입니다."

"설마, 치지와 노리코 말인가요?"

토라키가 그 이름을 들은 것은 교토 이후 처음이었다.

미하루의 조모인 히키 텐도와, 교토 놋페라보 일족의 총령인 무지나 쿄슌과 함께, 전후의 혼란을 틈타 일본에 잠입한 무로이 아이카 토벌에 협력한 인간 기사.

"데 성인 햐쿠만고쿠는, 무로이 아이카를 비롯한 수많은 고요를 속이고 치지와 본가를 숨기기 위한 이름입니다. 그리고 햐쿠만고쿠 가문이 다스리는 카나자와 주둔지의 기사는, 암십자의 내부통제를 위한 조직입니다. 기사단 안에서도 갖가지 속셈이 움직이니까요. 기강확립이나 조직의 치안유지를 위해서 활동합니다. 이번에 카나자와에서 온 내 임무는…… 시스터 예레이. 당신을 재커리 힐의 임무에서 떼어놓는 것."

"……어."

"경찰도, 한식구가 얽힌 사건에서는 수사에서 제외되거나 하잖아요? 토라키 씨, 여행권, 아직 가지고 있죠?"

토라키는 서랍에 난폭하게 넣어둔 20만엔 어치의 여행권 봉투를 꺼냈다.

"여행권이라니……."

"저는 시스터 예레이를 재커리 힐 토벌 작전에서 떼어놔야 했어요. 그래서 시스터 예레이와 사귀고 있다는 토라키 씨를 통해, 여행에 데려가도록 할 예정이었습니다."

"뭐?" "사귀어?" "잠깐?!"

미하루와 아미무라와, 그리고 아이리스가 제각각 반응하고, 토라키는 머리를 감싸 쥐었다.

"……멍청한 녀석."

"그건 흘려들을 수가 없네요. 아이리스 예레이, 그리고 거기 수도기사. 누가 누구와 사귄다고요?"

"수도기사와 흡혈귀가 사귀다니, 그거 아까 엄청 문제가 된다고 안 했어? 당신들, 그런 관계였어?"

"아니야! 시스터 유우리! 말을 아무렇게나 하지 마! 나랑 유라는 그런 관계가……!"

"그, 그렇지만 옆집에 살면서, 함께 식사나 목욕까지……."

"아이리스 예레이이!!!!"

검은 수라가, 수도기사의 등 뒤에서 솟아올랐다.

"모조리 처음 듣는군요……. 그렇잖아도 옆집에 산다는 것만 해도 용서하기 어려운데에, 함께 식사? 하물며, 함께 목욕…… 목요오오오오옥?!"

"아아, 정말……."

"아니야 미하루! 그건 시스터 유우리의 오해야!"

"토라키 님도…… 저라는 약혼자가 있으면서……."

"정식으로 약혼자가 된 기억은 없다! 야 햐쿠만고쿠! 너이 상황 어쩔 거야!!"

"기다려 주세요, 토라키 씨! 히키 미하루 씨의 약혼자라는건 무슨 뜻이죠?! 시스터 예레이가 있으면서!"

"목욕…… 목요오옥? 이건 이제, 토라키 님을 죽이고 저도죽는 수밖에……."

"나는 이래 보여도 성직자야! 그런 일을 할 리가 없잖아!미하루 좀 적당히 해!"

"시스터 예레이! 역시 흡혈귀는 안 됩니다! 그게, 저기, 저라면, 저기!"

"난 돌아간다."

난리를 피우는 토라키와 아이리스와 미하루와 유우리를두고서, 아미무라는 맥이 빠진 표정으로 유우리 옆을 빠져나가려고 했다.

"아무래도 좋은데, 아가씨. 나는 신변의 안전을 위해서 당신한테 붙은 거야. 더 이상 그런 괴물을 상대하게 된다면,사가라랑 같이 외국으로 도망칠 거다. 솔직히, 재커리라는아저씨도 나 같은 건 발치에도 못 미치는 괴물이야. 부탁이니까…… 바보 같은 짓으로 날 더 이상 끌어들이지 마."

아미무라가 문을 닫을 무렵.

"으악! ……아 진짜, 대체 뭐야……."

현관에, 토라키를 맨 아래 깔아뭉개고 아이리스와 미하루와 유우리가 쌓여 있었다.

"유라!"

"토라키 님!"

"토라키 씨!"

"일단 너희들 전부 다 진정해!!"

세 사람에게 깔린 상태로, 토라키가 외쳤다.

"제멋대로 상상하고서 소란 떨지 마! 나는 아이리스랑 사귀지도 않고, 미하루와 약혼자도 아냐! 내가 아이리스 집에서 밥을 먹은 건 내가 흡혈귀라는 걸 모르는 사람을 아이리스가 내 집에 들인 탓이고, 목욕탕에 있었던 건 햐쿠만고쿠, 너한테 쓸데없는 오해를 받지 않고 얼버무리기 위해서다! 미하루와 약혼자라는 것도 미하루와 히키 가문이 그렇게 말하는 것뿐이야!"

"……그런 건가요? 시스터 예레이."

"하아…… 그래, 유라 말이 맞아."

아이리스가 탄식하는 것을 보고, 유우리는 크게 당황했다.

"제, 제가 착각을? 아, 죄, 죄송합니다. 시스터 예레이……. 토라키 씨도, 저는 대체 얼마나 실례되는 짓을……!"

"이해해주니 다행이군!"

유우리의 오해를 풀기까지 오래 걸렸지만, 이걸로 드디어 한 가지 귀찮은 일이 정리됐다.

그러나 미하루는 아직 불만이 있는 건지 납득하지 못했다.

"저는 아직 납득하지 않았어요! 그 이전의 문제로 애당초 어째서 옆집에 살 필요가 있는가 하는 거죠! 아이리스 예레이! 그걸 알 수 없으니까 저는……!"

"인간 남자가 무서워!! 그래서 유라의 도움이 없으면 생활을 못 해!!"

소리치던 미하루마저도 놀랄 정도의 목소리로, 아이리스가 외쳤다.

토라키는 위층 주민이 항의하지 않을까 조마조마하면서도, 추이를 지켜보았다.

"뭐라고요?"

"시스터 예레이, 지금 뭐라고……?"

"인간…… 남자가 무서워……."

토라키가 아는 한, 아이리스가 미하루 앞에서 인간 남성과 대화한 것은 한 번뿐이다. 쉬이링이 프론트 마트에서 일하기 시작했을 무렵 강도 미수 사건이 있었을 때였다. 무라오카와 함께 경찰의 사정 청취를 받은 것이었다.

그것도 그때는 미하루가 강도 미수범을 체포했기 때문에 주로 청취를 받은 것은 미하루이며, 아이리스는 신분증명 이상의 대화는 하지 않았다.

그렇기에 그 고백은, 아이리스에게는 스스로 치명적인 약점을 드러내는 것과 같은 행위였다.

"그, 그런 이야기, 믿을 수 있다고 생각하나요? 수도기사가 인간 남자를 무서워한다니 시시한 변명이군요! 애당초

저 기사도 남자잖아요!"

믿지 못하는 것도 어쩔 수 없다.

토라키도, 아직 어째서 아이리스가 그런 성질로 일상생활을 보낼 수 있는지 신기할 정도다.

"마음은 알겠지만, 진짜야."

그러나 현실적으로 아이카나 카라스마 같은 강대한 팬텀에 맞설 수 있는 아이리스가, 아무리 무력해도 성인 남성 앞에서는 평정심을 유지하지 못한다.

"토라키 님……."

"와라쿠도 알고 있어. 아이리스는, 정말로 인간 남자랑 대화가 안 된다. 수도기사 주제에 인간 남자한테 공격당해서 당할뻔하는 것도 봤어. 햐쿠만고쿠가 괜찮은 건, 꼬맹이라서 그런가 보더라. 그래도 아슬아슬하다고 하지만."

"꼬……? 그, 그럴 수가……."

"이런 말도 안 되는……."

토라키가 설명하자 유우리는 충격을 받아 그 자리에서 무너지고, 미하루도 믿을 수 없다는 기색으로 얼굴이 빨개진 아이리스의 옆모습을 빤히 보았다.

"……토라키 님도, 겉보기에는 인간인데요."

"만났을 때는 이미 흡혈귀라는 걸 알고 있었거든……. 팬텀이라면 최악의 경우 어떤 수단으로 대항해도, 아무도 뭐라고 안 하니까……."

"논법이 엉망진창이네요……."

그것은 처음 들었을 때, 토라키도 그렇게 생각했다.

생각했지만…….

"어쩔 수 없잖아…… 그거야."

아이리스는 눈에 눈물을 지으며, 말했다.

"내가 이렇게 된 건…… 엄마가 죽은 날부터야……."

시계는 밤 11시를 가리키고 있었다.

토라키의 집은 조명이 꺼져 있고, 밤의 소란은 이미 어디에도 없었다.

아이리스는 안쪽 일본식 방의 이불에 누워서 고른 숨소리를 내고 있었다.

유우리는 아이리스에게 남성으로 인식되지 않는 게 충격이었는지, 망연자실한 기색으로 방의 구석에서 다리를 끌어안고 움직이지 않았다.

미하루도 아이리스 옆에서 긴장이 풀렸는지 잠들어 있었다.

"하아……."

토라키는 그 모습을 쭉 둘러보고서, 유일하게 깨어 있는 유우리의 발치에 집 열쇠를 던졌다.

"난 근무를 리앙 씨가 바꿔준 상태니까 지금부터 일하러 간다. 어디 나갈 거면 그걸로 문 잠궈라. 그럼 간다."

"……기다려 주세요. 위험합니다."

"하나도 안 위험해."

토라키는 건성으로 말했다.

"수도기사들의 목적은 재크지 내가 아니야. 그 올포트도, 딱히 처음부터 나를 죽이려 한 건 아니잖아. 그러면 평범하게 출근하는 나한테 무슨 위험이 있는데?"

"그것도 그렇네요."

유우리도 맥이 빠진 기색으로 금방 방금 했던 말을 뒤집었다.

이거 상당히 풀이 죽었군.

"차였다고 갑자기 긴장 풀지 마라. 정기사라며."

"차이는 것 이전의 문제니까 풀이 죽은 거잖아요. 설마 인간 남자인 시점에서 아웃이라니."

유우리로서는 태어난 시점에서 엔트리 못하게 된 것 같은 상태였다.

전통 있는 집안의 수도기사라고 해도, 사춘기 소년에게 너무나 괴로운 사실이라는 것은 어렵잖게 상상할 수 있었다.

"뭐 그것도 경험이야. 어른이 되면 추억이 될 거다."

"어른의 그런 부분, 진짜 짜증납니다."

"드디어 나이에 걸맞은 모습을 본 것 같네."

토라키는 딱히 격려할 생각은 없지만 유우리의 어깨를 두드렸다.

"너, 이제부터 어쩔 거야? 전부 다 폭로한 이상, 아이리스한테 붙어 있을 필요도 없잖아."

"……정식으로 임무가 해제되면 카나자와에 돌아갈 겁니다. 당신이야말로 어쩔 셈인가요?"

"어쩌고 말고. 재크가 그런 상태여서는 금방 수련을 시켜 줄 수도 없을 거고, 아이리스도 아직 우리한테 말하지 않은 게 있을 테니까."

남성공포증이 시작된 것은 어머니 유니스의 죽음 이후.

아이리스의 독백은 거기서 멎었다.

정신력 소모가 심해 보였다. 유니스와 재커리의 관계에서 아이리스가 아직 말하지 않은 것이 있는 것은 명백했지만, 그것을 무리하게 캐묻는 것은 아이리스의 마음을 짓밟는 것으로 이어질 수 있다. 그리고 더욱이,

"가족의 문제를 가족밖에 이해 못한다는 건 어떤 의미로 진리야. 순수한 제3자의 상식적인 정의나 억측이 상대를 구할 수 있다고 장담 못하는 이상, 아이리스가 무슨 말을 할 때까지는, 파고들고 싶어도 못한다."

시계를 올려다보니, 올포트의 습격에서 아직 3시간 정도밖에 안 지났다.

"뭐 일단 눈앞의 일을 정리해야지."

일단 지금은 가게에 돌아가야 한다.

재커리가 찾아온 탓에 밤 근무를 무리하게 쉬이링이 대신 해 주고 있었다.

쉬이링의 근무는 오전부터니까 이제 슬슬 교대하지 않으면 합계 근무 시간이 12시간에 육박한다. 나중에 무슨 소리를 들을지 모른다.

"토라키 씨."

"뭔데? 더 할 얘기가 있으면 내일 해줄 수 없냐?"

현관에서 신발을 신던 토라키는 목소리로 따라오는 유우리를 돌아보았다.

"재커리 힐은, 쓰러지게 될까요?"

"나한테 묻지 마. 너희들 하기 나름이잖아? 나도 재크도 계속 조용히 살아왔는데."

토라키는 그다지 깊은 생각 없이 대답하고, 그 이상의 문답 없이 집을 나섰다.

심야의 조우시가야는 재커리 체포극의 낌새 따위 털끝만큼도 남기지 않고 조용했다. 수도기사도 팬텀도, 기척이 없었다.

이케부쿠로 동5쵸메점의 빛이 보여도, 역시 상황에 아무런 변화가 없다. 마침 쇼핑을 마친 것으로 보이는 손님과 지나쳐서 가게에 들어갔다.

"드디어 돌아왔네요."

안에서 뚱한 표정의 쉬이링이 맞이해 주었다.

"살아있었네요."

돌아오는 게 늦은 것을 탓할 거라 생각했는데, 그녀가 한 말은 뜻밖이었다.

"이거, 계속 달고 있어서 들렸어요. 특유의 둔한 총성. 그거, 데우스크리스라는 거죠?"

쉬이링이 말한 것은 귀에 단 도술 부적이었다.

"암십자인가요?"

"그래. 재크를 노리고 있더라. 길거리에서 아주 난리를 피우더라고."

"어느 쪽이 인간 세계에 폐를 끼치고 있는 건가 싶어요. 정말로 민폐!"

쉬이링이 쓴웃음을 지었다.

"하지만, 토라키 씨가 무사하다면, 그 흡혈귀도 무사한 건가요?"

"암십자의 기사단장이라는 터무니없는 괴물딱지가 와서, 재크도 고전했어. 아마 괜찮겠지만……."

토라키는 이제부터 어떻게 할 거냐고 유우리에게 물었지만, 토라키는 토라키대로 어떻게 움직여야 좋을지 알 수 없었다. 기껏 재커리를 발견했는데 도저히 본래 목적을 이룰 상황이 아니었다.

"결국 그 재크 씨라는 사람은 뭔데요? 토라키 씨랑 아는 사이라는 건 알겠는데요. 아이리스 씨가 그 사람을 아빠라고 부르지 않았어요?"

"그런 것도, 다음에 차분하게 설명할게. 정보공유는 제대로 하겠지만, 오늘은 지치지 않았어?"

"교대하고 옷 갈아입고 올 테니까 말해주세요. 이런 걸 미뤄두면 오늘 잠도 못 잔다니까요."

분명히 쉬이링이 하는 말이 지당하다고 생각한 토라키는 직원실에서 재빨리 옷을 갈아입었다.

교대하여 쉬이링이 직원실로 들어가고, 무슨 이야기부터

해야 할까 생각하기 시작했을 때였다.

도어벨 소리가 들려서, 자동문을 봤다.

"아, 무라오카 씨."

언젠가 그랬던 것처럼, 근무가 없는 무라오카가 나타나서 토라키의 얼굴을 보자마자 계산대 앞으로 달려왔다.

"토라키!"

"어?! 아, 저기, 죄송해요! 사실 저 방금 전까지 리앙 씨한테 내 근무 멋대로 좀 맡겨서……!"

그 기백에 토라키는 무심코 무슨 말을 듣기도 전에 사과를 해버렸다.

"그런 건 아무래도 좋아!"

아무래도 좋지는 않지만, 무라오카는 가게 안에 손님이 없는 것을 확인하고 토라키에게 조심조심 물었다.

"토, 토라키! 재커리 힐이랑 아는 사이라는 거, 진짜야?!"

"어? 아, 아아, 아카리한테 들었어요?"

"어, 응! 아니 그게, 조금 전에 재커리 본인이 아카리한테 전화를 걸었어!"

"조금 전? 언제요?"

"저, 정말로 조금 전이야. 30분쯤 전에."

일부러 아카리에게 전화할 여유가 있었다면, 적어도 현시점에서 재커리는 암십자에게서 무사히 도망쳤다는 것이리라.

"저는 몰랐는데요. 그렇게 유명인이었군요."

"ZACH의 2대째 색소폰이야! 그야 유명하지!"

전혀 감이 안 잡히지만, 부녀가 입을 모아 그렇게 말한다면 정말이겠지.

"만났을 무렵에는 언제나 하모니카를 엉망으로 불고 다녔거든요. 뭐가 어떻게 되면 그렇게 되는 건지."

"그, 그랬구나. 어쨌든 그래서, 믿을 수가 없는 일인데, 아카리랑 나랑…… 그리고 아내를, 블루북의 라이브에 초대한다고 했어……."

"아카리처럼 젊은 애가 재크의 그룹을 알고 있는 게 기쁘다고 했어요."

"그, 그래서 말야……. 그걸, 아카리가 아내한테 얘기했어……. 그랬더니."

무라오카가, 쥐어 짜낸 것처럼 말을 이었다.

"와준다고 했어…… 셋이서, 가게 됐어……."

그것은, 결코 무라오카가 품고 있는 문제의 해결을 의미하지 않는다.

경우에 따라서는, 오히려 즐거워야 할 이벤트이기에 괜히 잔혹한 결말을 맞이할 가능성도 있을 것이다.

그래도 무라오카는, 어른다운 희미한 미소를 지었다.

토라키도 무심코 그것에 이끌려 미소를 지었다.

"아카리, 좋아했겠네요."

"그래! 재커리의 사인을 자랑하면서 아내한테 보여줬어."

무라오카가 힘차게 숨을 내쉬었다.

"물론 그렇다고, 아내가 다시 돌아오는 건 아냐. 그건 알고 있어. 하지만…… 지금까지 전혀 상대도 안 해주던 아내가, 함께 와주는 것만으로도, 나는…… 정말."

기쁘다고 말은 하지 않는다. 그러나 기쁘다.

쓰라릴 정도로 그 마음이 전해졌다.

"고마워, 고마워. 토라키."

"저는 아무것도 안 했어요. 저는 재크가 재즈 플레이어라는 것도 몰랐으니까요. 아카리가 불러온 행운이죠."

"행운…… 그렇네. 이 행운은, 놓치지 않을 거야."

"라이브는 내일 모레라고 들었어요."

"그렇다니까! 다행히 내가 가게 없어도 되는 날이야! 요전처럼 갑자기 근무 바꿔달라고 안 해도 되니까 안심해! 아 그리고."

"네?"

"토라키는 안 와? 라이브. 재커리랑 아는 사이잖아?"

"저는……."

아카리를 통해 연락하면 초대한다고, 암십자가 습격하기 직전에 말했던 것 같았다.

"어? 왜?"

토라키는 문득, 겨울인데 얼굴에 가득 기쁨의 땀을 흘리고 있는 무라오카의 얼굴을 보았다.

그 순간, 방금 전까지 정해지지 않았던 앞날이 순식간에 하나의 길로 정해졌다.

"……네. 갈 거예요. 내일 모레는 저도 근무 없고, 재크한테 연락하면 초대를 받을 수 있을 테니까요."

"그래! 응! 그래야지! 재커리의 색소폰은 꼭 들어 봐야 해!"

지금 당장이라도 추천 CD를 품에서 꺼낼 법한 무라오카였다. 토라키는 그의 밝은 표정을 정말로 오랜만에 본 것 같아서, 그만 자신도 이끌려 웃어버렸다.

무라오카는 그 다음에도 한참 ZACH가 얼마나 멋진지 말한 다음에 돌아갔다. 쉬이링이 직원실에서 나온 것은, 무라오카가 돌아간 뒤 금방이었다.

"……정말로 타이밍이 안 좋은 고용주네요. 이쪽은 예정에 없던 근무를 하느라 졸린데."

쉬이링이 불평을 했지만, 그녀의 귀에는 도술 부적이 달려 있었다. 아마도 무라오카의 이야기도 들었을 것이다.

"다행이네요, 무라오카 씨네. 조금은 좋은 방향으로 갈 것 같지 않아요?"

"본인도 말했잖아. 그렇게 간단하지는 않아. 부인도 그것만으로 넘어가지는 않을 거고…… 하지만……."

"후후."

쉬이링은 토라키의 옆모습을 보고 미소를 지었다.

"뭔데?"

"아뇨, 지금 깨달았는데요. 저, 토라키 씨의 긍정적이고 밝은 표정 처음 본 것 같아요."

"어?"

"토라키 씨는 언제나 기분 틀어진 것처럼 무표정이랄지,

체념한 표정이랄지, 지친 표정이랄지, 우중충한 표정이랄지, 글러먹은 표정이랄지…… 어쨌든 표정이 어둡고 무겁단 말이죠."

아주 실컷 말하지만, 자각하고 있어서 부정할 수가 없다.

그리고 뒤집어 생각하면, 지금은 그렇지 않다는 것이다.

"뭘 할 셈인가요?"

"들었잖아. 아카리가 초대를 받은 라이브는 내일 모레야."

"아하 그렇군요. 그런데 제 기억이 옳다면, 내일 모레는 토라키 씨 근무 들어가 있었죠? 무라오카 씨, 근무표 기억 못하는 걸까요? 너무 절박하지 않아요?"

진심을 담아서 졸린 눈으로, 지긋지긋한 눈으로 쉬이링이 노려보고 있었다.

"부탁할 수 있을까?"

그러나 토라키가 망설임 없이 잘라 말하자, 아무래도 쓴웃음을 짓는 수밖에 없었다.

"토라키 씨는 여자애한테 빚만 만들고 있네요. 나쁜 남자야."

"세상은 남녀평등을 지향하고 있다고 하잖아. 그러니까 남자가 여자한테 빚을 만들어도 되는 세상 아냐?"

토라키는 그렇게 말하고, 무심코 주먹으로 손바닥을 때렸다.

"이제 슬슬 암십자의 횡포에 싫증이 나는 참이고 말이야."

"그건 동감이에요."

이 다음에 집으로 돌아가서, 유우리가 앞으로 어떻게 할 건지 물어보면 즉답해줄 것이다.

무라오카의 가정을 위해서, 암십자 기사단은 절대 재커리를 죽이면 안 된다.

　라이브를 완수하도록 한다. 끝난 다음에도 무라오카 가정에 라이브의 기억이 행복한 것으로 남을 수 있게, 재커리가 일본을 떠날 때까지 암십자를 한껏 방해해준다.

　"하지만 괜찮아요? 아이리스 씨의 사정을 내버려두고."

　그에 대해서는, 토라키는 그다지 신경 쓰지 않았다.

　10년 전에 아이리스와 재커리 사이에 무슨 일이 있었는지 과거의 진실을 해명하는 것은, 지금 아카리와 가족의 평온과 행복보다 우선해야 할 것이 아니라고 생각했다.

　과거에 아이리스의 어머니 유니스의 파트너였다는 올포트는 재커리를 증오하고 있었다.

　재커리는 유니스를 흡혈귀로 만든 것을 부정하지 않았다.

　그러나 아이리스는 재커리가 어머니가 죽은 직접적인 원인이라고 인정하면서도, 친아버지가 아닌 재커리를 『아빠』라고 불렀다.

　유니스 예레이를 둘러싼 자들의, 맞물리는 것 같으면서 어긋나 있는 반응. 그것에 토라키가 아는 재커리 힐의 기억을 종합하면, 도출되는 결론은 하나였다.

　"아이리스에게도 재크에게도, 아무에게도 말하지 않은 이면이 아직 남아있어. 그게 명백해지지 않은 동안에는 생각해도 의미가 없다. ……아무리 친하더라도, 남이 파고들어선 안 되는 『가족』의 영역이라는 걸 존중해야지."

"그런 건가요~? 저는 가족이 없으니까 모르겠지만, 뭐."

쉬이링이 재미없다는 것처럼 코웃음을 쳤다.

"누군가 그렇게 생각해주는 아이리스 씨는, 행복한 사람이네요. 날려버리고 싶어졌어요."

그리고 독설을 토해내는 그 표정은, 분명히 팬텀의 세계에서 살아온 인간의 표정이었다.

　이튿날 오후 5시, 목욕탕에서 나온 토라키를 맨 먼저 맞이한 것은, 아이리스도, 미하루도, 유우리도 아니었다.

　"……아, 안녕? 유라."

　"어라? 와라쿠?"

　"실례하고 있어."

　와라쿠가 난처한 것처럼, 기가 막힌 것처럼, 그러면서도 어쩐지 쓴웃음을 짓는 것처럼, 복잡한 표정으로 토라키를 보고 있었다.

　다이닝 테이블에는 아이리스와 미하루가 와라쿠 맞은 편에 진지한 표정으로 앉아 있었다. 두 사람은 토라키가 깨어난 것에 약간 놀란 표정을 지었다.

　"어, 왜 그래?"

　토라키는 아직 와라쿠의 연락처를 아이리스에게 가르쳐주지 않았고, 반대도 그랬다.

　전날 밤에 지나치게 여러 가지 일이 있어서, 이날 아침 토라키는 귀가하자마자 양치만 하고서 잠들어 버렸다.

　아이리스도 미하루도 유우리도 제각각 잠들어 있었다. 그래서 앞으로에 대한 의논은 다음날 저녁에 깨어난 다음 하려고 생각했기 때문이다.

　"제가 와라쿠 장관을 불렀답니다."

처음에 대답한 것은 미하루였다.

"눈을 떠서 토라키 님이 일하러 갔다가 돌아오셨다는 걸 깨달았을 때, 심장이 멎는 줄 알았어요. 제인 올포트는 팬텀의 목숨 따윈 종잇장보다 가볍게 생각합니다! 습격해오면 어쩔 셈이셨나요?"

아무래도 미하루는 토라키의 부주의함을 탓하는 모양이었다.

"어제 햐쿠만고쿠한테도 말했는데, 종잇장에는 종잇장의 가치밖에 없잖아. 올포트는 재크를 몰아붙이기 위해 내 목숨이나 정보 따윈 필요가 없어. 필요하다면……."

토라키는 하품을 하며 말했다.

"나도 아이리스도, 지금 여기에 없겠지."

"……그, 그렇지만, 만에 하나라는 일도 있어요!"

미하루는 마음속 어디선가 토라키가 하는 말에 납득하면서도, 조금 토라진 모습을 보였다.

"놈들이 조우시가야에서 재커리를 상대로 저지른 행동은 그냥 넘어갈 수가 없어요! 와라쿠 장관이 아드님인 요시아키 님에게 알려서 경찰 권력으로 암십자를 단속하는 것도 시야에 넣을 수 없는지 부탁드리던 참이랍니다!"

"뭐, 아이리스 씨도 있다고 하기에. 전에 말했던 이야기도 하고 싶고, 히키 가문의 아가씨와 아이리스 씨가 친구라는 것에는 놀랐지만……."

""친구 아니에요!""

"무척 사이가 좋군."

한 목소리로 말하는 아이리스와 미하루에게 와라쿠는 미소를 지었다.

"뭐 덕분에 연락처도 교환했고, 아이리스 씨랑, 그리고 히키 아가씨에게도 하고 싶은 이야기를 했어. 그러니 딱히 앞으로 형이 중개해주는 일은 없어도 되겠어."

"그러냐. 무슨 이야기였는데?"

"아니, 대단한 건 아냐. 그렇지?"

와라쿠가 두 사람에게 동의를 구했다.

"아, 네에…… . 그게."

"분명히 세간에서 자주 들리는 이야기이기는 했습니다만…… 그것이…… ."

이 또한 아이리스와 미하루가 조금 어색한 낌새로 토라키에게서 눈길을 돌렸다.

"……뭔데?"

의문스런 표정을 짓는 토라키가 두 사람에게 뭔가 말하기보다 빠르게, 와라쿠가 화제를 바꾸었다.

"그건 그렇고, 길거리에서 재크가 영국에서 온 암십자의 기사와 대활극이라니. 왜 형은 이렇게도, 내 노후를 소란스럽게 하는 걸까?"

"나는 아무것도 안 했다. 주위에서 멋대로 소란을 피우는 거야."

"무로이 아이카와 대활극을 펼치고, 리앙 시방의 강시와 일하면서, 히키 가문과 혼담이 나오는 사람이 아무것도 안

했다는 건 무리가 있어요."

"우왓!"

그 순간까지 몰랐는데, 목욕탕 문 바로 옆에 유우리가 무릎을 끌어안은 채 웅크리고 있었다.

"너 그런 데서 뭐하냐?"

"재커리 힐 토벌 성무에서 정식으로 빠져버렸습니다. 한가함을 주체 못하고 있어요."

"카나자와로 돌아가."

토라키는 평소에 일이 있으니 별로 신경 쓴 적이 없었는데, 그러고 보니 평소 성무란 것이 없을 때 아이리스는 어떻게 지내고 있는 걸까?

편의점에 달라붙어 있다고 해도 딱히 뭔가 하는 것이 아니고, 토라키나 쉬이링을 감시하지 않는 경우도 적지 않다.

"그, 그, 그 눈은 뭐야!"

사실 성무가 없는 날은 꽤 제멋대로 지내도 되는 게 아닌가라는 의혹이 솟기는 했지만, 한편으로는 성무라고 이름만 붙으면 길거리에서 통행인에게 목격되지 않도록 총을 쏴대야 한다. 참으로 엉망진창인 일이라고 새삼 인식했다.

"지금은 도쿄에 파견되어 있는 몸이라, 멋대로 돌아갈 수가 없어요."

"암십자에도 파견 사업이 위세를 떨치고 있다는 건 처음 듣는군. ……그래서, 뭘 어디까지 정보 교환을 했어?"

"말했잖아. 형이 찾고 있던 재크가 훌쩍 나타나서, 멋대로 형을 끌어들이고 아이리스 씨의 상사와 대판 싸웠다는 것까지야."

지나치게 단적인 요약에, 토라키는 쓴 웃음을 지었다.

"히키 아가씨가 형이 위험하다고 말을 하기에 일단 왔는데, 이야기를 들어보니 지켜보는 수밖에 없지 않나? 이 경우는, 재크가 암십자에게 토벌되거나, 재크가 라이브 투어를 마치고 일본을 떠나거나, 결판은 둘 중 하나 아니야?"

"……."

와라쿠의 지극히 올바른 분석에 아이리스가 눈을 내리깔았다.

아마도 와라쿠에게 재커리와 어떤 관계인지 말하지 않았으리라.

"섣불리 손을 대면, 형도, 암십자인 아이리스 씨와 히키 아가씨도 모두 입장이 나빠지기만 하고 아무런 이득이 없는 것 같았어. 히키 아가씨도, 나한테 형의 경호 이상을 바라는 건 아니지 않나? 현실적으로 지금은 경찰의 입장에서 그 제인 올포트라는 사람에게 간섭할 수 없을 거야."

"그건…… 그렇습니다만……."

미하루도 아이리스도 수긍하는 수밖에 없지만…….

"재크에게 무슨 일이 있으면, 내가 곤란해."

토라키가 고개를 옆으로 저었다.

"수련을 받느니 했던 거 말이야?"

"그래."

"재크가 형보다 강하잖아. 걸림돌만 되는 거 아냐?"

"그래도 나는 재크와 암십자의 충돌을 가만 두고 볼 수 없다."

"이유를 말해봐. 뭔가 나한테 말 안 한 게 있는 거지?"

와라쿠의 엄격한 눈을, 토라키는 똑바로 마주보았다.

"요전에 말야. 무라오카 씨가 사원이 되지 않겠냐고 하더라."

"호오."

"이유가 뭐냐면, 전에도 말했지만, 무라오카 씨 가정 문제의 영향이야. 무라오카 씨가 지금보다 쉬는 날을 확보할 수 있도록, 이케부쿠로 동5쵸메점을 나한테 맡기고 싶다는 거지."

"뭐, 지금 상태로는 무리겠군."

"그래. 무리야. 낮에 재가 되는 점장은 말이 안 되니까."

"그렇겠지."

와라쿠의 얼굴이 조금 느슨해졌다.

"그러니까, 나는 한시라도 빨리 인간으로 돌아갈 필요가 있어."

"편의점 점장이 되기 위해서?"

"너도 그러면 안심일 거 아냐."

단숨에 잘라 말하지 못한 것은 토라키 유라의 약함이고, 용기가 없기 때문이었다.

그래도 늙은 동생에게 그것을 말해야 한다.

"그렇긴 하지."

동생은, 젊은 형이 짜낸 용기를 망설임 없이 받아냈다.

"형의 경우, 호적이 제대로 있으니까. 그 모습으로 일흔이 넘었다고 하면 누가 뭐라고 할지 알 수가 없어. 사소한 걸 생각하지 않고, 생활을 지탱해주고, 게다가 관계도 좋은 일자리가 있다면, 더할 나위가 없지."

"일자리라면, 저한테 영구 취업을 해주시면 될 텐데요……."

서로를 이해하는 형제 곁에서 미하루가 작게 중얼거리고, 미하루를 아이리스가 곁눈질로 노려보았다.

그리고 그런 두 사람의 모습을 곁눈질로 확실하게 포착하고 있던 와라쿠는 다시 두 사람을 마주보았다.

"형의 생활을 도와주는 두 사람에게는 진심으로 감사하지만, 형의 독립심을 좀 존중해줘. 한 번 자기 생활을 자기 힘으로 유지한다는 과정을 거쳐야, 분명히 형도 남자다움이 올라갈 거야."

"……뭐, 와라쿠 장관이 그렇게 말씀을 하신다면……."

"저, 저, 저, 저는 따따, 딱히 어느 쪽이든지……."

미하루는 마지못해, 아이리스는 당황하면서 고개를 저었다.

"그렇지만, 이것만큼은 확인을 하게 해주세요. 저도 그렇고, 아이리스 예레이도 그렇다고 생각합니다만……."

미하루는 자세를 바로잡고 와라쿠를 정면으로 바라보았다.

"『흡혈귀가 된 인간이, 인간으로 돌아간다』라는 것이 정말이라고 생각하기 어렵습니다. 토라키 님과 만난 뒤로 히키 가문의 문헌이나 자료를 찾아봤습니다만, 그런 자료는 어디에도 존재하지 않았어요."

"……그, 그건, 저, 저도, 의문스럽, 게 생각했어요……. 방법은, 유, 유라에게 전에도 들었지만, 신학교의, 수, 수, 수업에서도, 그, 그런 이야기는 없었으니까요…….”

“참 신기하답니다. 토라키 님은 물론, 토라키 님말고는 다른 팬텀과 교류가 거의 없을 와라쿠 장관까지도, 그 이야기를 무조건 믿고 계시는 것이…….”

형제는 조금 놀란 것처럼 눈을 크게 뜨고, 한 번 마주본 다음 동시에 말했다.

““재크가 그렇게 말했으니까, 로군.””

“어……!”

이것에 놀라 고개를 든 것은, 아이리스였다.

“우리가 재크와 만난 건 내가 흡혈귀가 된 다음에 받아준 백부가 돌아가시고 조금 지났을 때였어. 그때까지 나는…… 그저, 누구의 눈에도 띄지 않게 집 안에 숨어 있기만 하는, 속세를 버린 사람이었지.”

“흡혈귀가 된지 20년쯤 지났을 때였나? 형이 거의 한계였어. 그때는 아팠었지.”

와라쿠는 웃으면서, 마디가 드러난 손으로 자기 목덜미를 두드렸다.

“내가 처음으로 피를 빤 인간은, 와라쿠였거든.”

“……윽!”

“그, 그런…….”

미하루는 숨을 삼키고, 아이리스도 퍼뜩 입가를 가렸다.

처음 만났을 무렵, 토라키 또한 사람의 피를 빤 적이 있다는 사실상의 고백을 들은 적이 있었다.

그러나 그 누군가가 설마, 친동생이었다는 건 생각지도 못했다.

"경찰 인생도 나름대로 힘들었지만, 그때만큼 죽음을 각오한 적은 없었다니까."

"그러니까 늘 미안하다고 말을 하잖아."

그러나 형과 동생은 그 비극적인 경험을 술자리의 실수처럼 가볍게 웃어 넘겼다.

"은거 생활이 안 좋았는지 내가 완전히 한계였거든. 그럴 때 나를 찾아온 게 재크였어. 『아이카 무로이의 자식을 찾고 있다』라고 했었지."

"그 뒤부터지. 형이 밖으로 나오게 된 게."

와라쿠의 웃음은 복잡했다.

"나는 복잡한 심정이었어. 나 혼자서 형을 챙기지 못하게 된 건 분명했지. 그러나, 흡혈귀가 살아가는 법을 알게 되어, 형이 이번에야말로 인간이 아니게 되어 버릴 거라고 생각하자 좀 그렇더군. 인간은 제멋대로야. 그래서 재크에게는 감사를 하기도 하고, 원망하는 구석도 있어."

"와라쿠 씨……."

토라키가 아이카에 의해 흡혈귀가 된지 실로 20여 년.

그만큼의 시간 동안, 토라키는 밤의 세계마저도 몰랐다는 것이 된다.

"재커리 힐은, 어째서 무로이 아이카의 자식을 찾고 있었나요?"

"처음에 그 녀석은 나를 죽이러 왔어."

"'엑!'"

미하루와 아이리스가 동시에 소리를 질렀다.

"당시, 아이카의 『자식』 흡혈귀가 전세계에서 나쁜 짓을 저지르고 있었다더라. 조용히 살아가는 흡혈귀한테는 방해가 되니까, 재크는 여기저기서 아이카의 『자식』을 죽이고 다녔다고 했어."

그러나 재커리가 극동에서 만난 청년 흡혈귀는 열두 살의 나이에 흡혈귀가 되고서도 한 번도 피를 빨지 않고, 자신을 잃어가면서도 가족의 보호를 받아 살아왔다.

『너 같은 녀석은 나에게도 구원 같은 거지만, 그래도 너 같은 녀석이 태어나지 않는 게 제일이야. 흡혈귀라는 건, 이 세상에 없는 편이 좋지. 300년 가까이 흡혈귀로 살아온 내가 하는 말이야. 틀림없다.』

토라키는 자신을 달빛 아래로 끌어낸 남자의 정체를, 남자를 『아빠』라고 부른 아이리스에게 고백했다.

"재크는, 본래 인간이었던 흡혈귀라고 했어."

"……그런 ……그럴 수가."

"재커리 힐이, 본래, 인간……."

웅크리고 있던 유우리도 살짝 고개를 들었다.

"하지만, 재크는 이미 인간으로 돌아갈 수 없다고 했다. 아니, 정확하게는 방법이 없지는 않은데, 무시무시하게 시간이 걸리고 희생도 많으니까, 재크는 그걸 도저히 할 수 없었다고 했어. 그래서…… 나를 키워준 거지."

"그렇게 말씀을 하신다면, 구체적으로 어떻게 하면 되는지, 토라키 님도 와라쿠 장관도 알고 계시는 거군요?"

"재크가 한 말을 믿는다면, 이라는 전제가 붙지만."

토라키는 이를 드러내 두 사람에게 보였다.

그 치열은 인간과 전혀 다를 바 없었다.

"아이리스한테는 전에도 말했었지. 『부모 흡혈귀』의 피를 빤다. 그래서 나는, 무슨 일이 있어도 아이카와 싸울 수 있는 힘을 얻어야 할 필요가 있어. 그걸 위해서도 지금…… 암십자가 재크를 죽이게 놔둘 수는 없어."

흡혈귀가 동족의 피를 빨면 어떻게 되는지, 여러 가지 설이 있어서 분명치 않다.

그것은, 애당초 인간측에서 그 현상을 관측한 자료가 존재하지 않으며, 흡혈귀측으로서도 동족에게서 흡혈이라는 행위에 대한 생리적 욕구가 일어나지 않기 때문이다.

동족의 피를 빨면 혈액형이 달라서 자신의 피가 응고되어 버린다는 연구자도 있는가 하면, 몸이 받아들이지 못해서 아나필락시스 쇼크를 일으킨다고 하는 사람도 있다.

극단적으로는 동족을 먹자마자 몸이 폭발한다는 이야기도 있다고 한다. 어느 것이든 동족의 피를 빤 흡혈귀가 어떻게 되는지 토라키는 모르고, 재커리도 가르쳐주지 않았다.

그러나, 재커리는 『인간으로 돌아갈 수단이 있다』는 것은 확신을 가지고 말했다.

토라키에게는 그것만이 인생의 지침이었다. 그렇기에 재커리가 자취를 감춘 20년 전부터 오늘에 이르기까지, 한없이 길을 헤매고 있었다고 할 수 있었다.

"반년 가까이 행방불명 된 형이 밭에 뿌려졌다는 말을 들었을 때는, 아무리 나라도 어떻게 반응해야 할지 망설였었지."

"그, 그, 그거, 저저, 정말, 이었나요?"

와라쿠가 전에 토라키가 말했던 것과 같은 말을 했지만, 아이리스는 믿지 않았었는지 눈썹을 찌푸렸다.

"이렇게 들으면 그냥 농담처럼 둘리겠지만, 그때 이후로 형은 아이카를 추적하는 걸 한 번 그만뒀었어."

"그래. 재크랑 헤어지고서, 전혀 진보하지 못한 자신에게 절망하기도 했지."

"저는 그 일로, 토라키 님의 재와 밭의 흙을 분리하기 위해서 처음으로 원심분리기라는 걸 사용했어요."

"원심분리기를 그런 일에 쓸 수 있나요?"

아이리스와 유우리가 의혹의 눈길을 보내자, 와라쿠와 토라키와 미하루는 대단히 진지하게 대답했다.

"태고의 흡혈귀는 관 안에 묘지의 흙을 넣어 침소로 삼았다고 들은 적이 있습니다. 그래서 밭에 재를 뿌린 정도라면 부활할 수 있을 것 같지만요."

"실제로 못했단 말이지. 밭에 재를 뿌리는 건 흙의 pH수치 조정을 위해서라고 들은 적이 있는데, 알칼리성의 흙이 흡혈귀의 몸에 안 좋은 거 아닐까? 뭐 어쨌거나."

웃을 수 없는 농담으로 얼버무린 토라키는 이야기를 본래 대로 되돌렸다.

"어쨌든, 재크에게 다시 수련을 받고 싶어. 나보다 훨씬 오래 살았고, 나보다 훨씬 재주 좋게 살아온 그 녀석에게 배우고 싶은 게 잔뜩 있고. ……그리고, 아직 지난 20년간 뭘 하고 살았는지, 아무것도 못 들었어."

"……이제부터, 어떡할 거야?"

"오늘내일 근무를 리앙 씨가 바꿔줬어. 재크가 라이브를 한다는 재즈 하우스에 가볼 생각이야."

"가서 어쩔 거야? 시스터 올포트랑 싸울 셈?"

"최종적으로는 그렇게 될지도 모르지. 솔직히 지금 이 순간에도 재크가 습격을 받지 않는다고 말할 수 없다."

"위험합니다. 시스터 올포트는 성무를 방해하는 팬텀을 방치할 정도로 상냥하지 않아요."

뜻밖이었지만, 유우리는 진지하게 토라키의 몸을 염려하는 것 같았다.

"그렇겠지. 하지만, 암십자가 재크를 노린다면 라이브를 놓칠 리 없어. 실제로 나랑 아이리스도, 전에 그런 계획을 세웠잖아?"

이케부쿠로 서쪽 출입구 번화가에서 아미무라를 붙잡는 성무였다. 미하루가 끼어들지 않았을 경우, 화재를 연출하는 것은 토라키와 아이리스였을 것이다.

라이브 회장인 블루북 도쿄는 미나미아오야마에 있다고 한다.

번화가의 성질은 다르지만 수많은 사람이 오가고 수많은 손님이 들어오는 라이브 회장에서 혼란을 일으키면, 암십자 기사들의 힘을 사용한 잠입이나 암살은 간단한 일일 것이다.

최근에는 유명 아티스트의 라이브 회장 입구에서 짐을 검사하는 일도 많지만, 고작해야 가방 내용물을 겉으로 조금 보고 수상한 물건이 없는지 확인하는 정도다.

여성들만 있는 암십자의 수도기사들은 옷 안쪽에 데우스 크리스를 숨겨두면 회장 안에서 저격을 하는 것마저도 쉬운 일이다.

재커리나 토라키의 눈마저도 보고 있는 앞에서 현혹할 수 있는 올포트라면, 그야말로 티켓이 없어도 정면 입구로 회장에 잠입할 수 있을 것이다.

"물론 재크도 그런 건 알고 있을 거고, 내 힘으로 올포트를 어찌할 수 있을 거라고는 생각 안 해. 그러나 그래도 재크…… 라기보다, 그 녀석의 라이브를, 나는 마지막까지 지켜야 한단 말이지. 무라오카 씨랑, 아카리를 위해서라도."

"아카리?"

"무라오카 씨 부부가 재크의 밴드 팬이거든. 가족 셋이서 재크의 초대를 받았어."

"그, 그건……."

"재크가 살해당하면 분명히, 아카리의 마음에 지울 수 없는 상처가 남아. 그것만큼은, 절대로 용납할 수 없어."

파탄까지 초읽기인 부부를 직전에서 이어주고 있는 것이 가족 공통의 취미인 재즈이며, 재커리와 그의 밴드인 ZACH였다.

만약 암십자와 올포트의 암약으로 라이브가 중지되면, 연기되면.

설령 무사히 라이브를 마쳐도 재크가 이 세상에서 사라지고, 그것이 사건이나 사고 같은 인간 세계에 어두운 영향을 끼치는 뉴스로 보도된다면.

가족 세 사람을 이어주고 있던 희미한 빛이 덧없이 흩어져 버릴 것이다.

"아카리랑, 무라오카 씨가…… 아빠의, 라이브에 가는 거구나. 틀림없지?"

오랜만에 아이리스의 눈동자에 강한 빛이 깃들었다.

"……아빠? 방금 전부터 조금 신경이 쓰였는데, 아이리스 씨는 재크와 어떤 관계지?"

"그건 우리도, 정확하게는 파악하지 못하고 있는데……."

토라키는 아이리스에게 그 이야기를 재촉하려고 했지만, 아이리스는 고개를 옆으로 저었다.

"지금은…… 재커리 힐이, 내 스텝파더^{계부}였다는 것밖에, 말할 수 없어요."

"재크가, 아이리스 씨의?"

"그것보다도! 아카리가 라이브에 간다면, 내가 시스터 올포트를…… 아빠의 토벌 성무를 막을 수 있을지도 몰라."

"뭐?"

토라키에겐 전혀 이야기가 이어지지 않는 것처럼 들렸다.

무라오카에 대해서는 과거에 나카우라가 조사를 했었다. 어쩌면 가족 구성까지 조사해서, 아카리의 존재까지 알고 있을지도 모른다.

그러나 조사해보면 그들이 팬텀 따위와 전혀 상관없는 세상에서 살아가는 보통 사람이라는 걸 알 수 있을 것이다. 실제로 나카우라도 암십자도, 프론트 마트 이케부쿠로 동5쵸메점에서 토라키나 쉬이링과 접촉할 때는 반드시 무라오카가 없는 시간대를 고르고 있었다.

그렇기에, 무라오카와 아카리의 존재가 어째서 암십자의 성무를 막는 것으로 이어지는지 토라키는 알 수 없었다.

"요전부터 네가 하는 말들이 앞뒤가 전혀 이어지질 않는 것 같단 말이지."

"뭐가?"

"여러모로. 아카리가 우리가 사귀는 줄 안다고 미하루한테 들키는 게 무섭다거나, 아카리가 있으면 그 괴물 기사단장을 막을 수 있다거나……."

"그건……!"

아이리스는 어째선지, 뭔가 깨달은 듯 토라키에게서 시선을 피했다. 그러나 피한 방향에 있는 미하루와 눈이 마주쳐서 다시 황급히 다른 방향으로 돌렸다.

어슴푸레한 복도 아래였지만, 그래도 아이리스의 볼은 확실하게 붉어져 있었다.

"그건…… 어쩔 수 없잖아……."

"그러니까 뭐가?"

"내, 내가………… 하고 있다고 생각하면…… 미하루가…… 시스터 나카우라한테…… 그러면……… 엄마랑, 아빠처럼……."

"뭐?"

"……내가, 뭘 어쩐다는 거죠? 아이리스 예레이. 으응?"

"……윽."

여기까지 와서도 전혀 확실하게 말을 못하는 아이리스에게 참을성이 바닥날 것 같은 토라키였지만, 촉촉한 눈으로 볼을 붉히면서도 확실하게 토라키를 바라보는 그 시선에 한순간 머뭇거렸다.

"하지만, 아카리는 배신할 수 없어. 그 애를 버리면, 나는 기사이기 이전에, 수도사로도 있을 수가 없어. ……있잖아, 유라."

아이리스가 토라키를 향해서 손을 뻗었다.

"……뭐?"

"우리들, 아직 끝내지 못한 성무가 있어. 이제 슬슬, 끝을 내야 할 것 같아. 그걸 위해서라도…… 나를."

아이리스는, 뻗은 손으로 토라키의 소매를 잡았다.

"나를, 아빠의 재즈 하우스에 데려가 줘. 당신이 없으면 난…… 밤의 번화가 따위 절대 혼자서 못 걸으니까."

※

　토라키도 도쿄에 산지 오래됐지만, 이른바 『부자들 구역』에는 거의 인연이 없었다.

　아자부나 아카사카 같은 지명을 알고는 있지만 도쿄의 어디에 있는지 즉시 대답을 못하고, 당연히 발을 들인 적도 없었다.

　그리고 『블루북』이 있는 미나미아오야마도 조우시가야에서 지하철로 20분 정도 걸리는 거리인데도, 발을 들인 건 처음이었다.

　토라키는 지금까지 이케부쿠로나 신주쿠, 시부야의 역 주변 번화가밖에 몰랐다. 미나미아오야마에는 선술집의 간판이나 호객꾼, 길가의 쓰레기나 공공기물에 붙어 있는 의문의 스티커, 번득이며 빛나는 네온사인, 유흥시설에서 흘러나오는 대음향 따위는 전혀 존재하지 않았다.

　LED 가로등만 봐도 시크한 디자인으로 정돈되어 있고, 상점이나 음식점도 언뜻 봐서는 뭘 파는지 알 수 없는 것이 많았다.

　비즈니스 거리나 주택가도 가깝고 동네 전체가 차분한 분위기인 탓인지, 야간의 외출에 겁을 먹고 있던 아이리스도 토라키에게 매달려 떨어지지 않는 일이 없었다.

　"역시 듣던 대로, 세련된 라이브 하우스군."

　오모테산도 역에서 그런 길거리를 걸어 십 몇 분.

ZACH의 도쿄 공연을 하게 된 재즈 하우스『블루북』앞에서, 토라키와 아이리스는 쇼케이스에 게시되어 있는 ZACH의 포스터를 보고 복잡한 표정을 지었다.

네 명의 남녀가 제각각 악기를 들고 있는 표준적인 포스터의 센터에, 빛나는 색소폰을 든 재커리가 서 있었다.

"후후. 이게 뭐야. 어쩐지 안 어울려."

아이리스는 그 포스터를 보고 소리 내어 웃었다.

재커리가 얽힌 일에서 아이리스의 밝은 표정을 본 건 처음일지도 모른다.

그것이 그녀가 이번『성무』에 대해서 마음을 다졌기 때문인지, 아니면 자포자기를 한 건지는 알 수 없다.

그러나 재커리도 올포트도 상관없는 곳에서 본, 아이리스가 가진 성직자로서의 긍지는 믿을 수 있었다.『무게를 나누어 함께 짊어진다』. 일본에 왔을 무렵 아이리스가 아카리에게 했던 말이었다.

암십자는 분명히 존재가 겉으로 드러나지 않은 비밀결사적인 측면이 있지만, 그래도 성십자 교회의 계파 중 하나란 것은 변함이 없다. 수도기사들에게는 전세계의 성십자 교회 성직자와 같은 의무가 있었다.

『구원을 바라는 신의 어린 양들을, 결코 내치지 말지어다』란 것이다.

신의 어린 양을 구하는『성무』에 귀천이나 우열은 없다. 다수의 성무가 어느 한 점에서 충돌하게 될 경우, 수도기사는 가능한 노력하여 쌍방의 달성을 목표로 한다.

아이리스는 그 룰에 입각하여, 기사단장이 일본에 들어와서까지 수행하려는 『재커리 힐 토벌』의 성무에 대해 『룸웰 현장에서 보호한 무라오카 아카리의 상처받은 마음을 구한다』라는 성무로 대항하려고 하는 것이다.

재커리에게 만약의 일이 생기면 아카리의 가정이 붕괴되고 아카리의 마음은 영원히 구원받지 못하며, 성무를 달성하지 못하게 된다는 논리다.

아이리스가 그 논리를 선보였을 때, 토라키는 논리는 그렇다 치고 천칭의 균형이 맞는다고 생각지 못했다. 그런데 뜻밖의 인물이 아이리스를 지원했다.

"이번 일에 한정한다면, 뜻밖에 통할지도 몰라요."

성무에 성무로 대항하는 아이디어에, 아이리스와 같은 암 십자의 수도기사인 유우리가 찬성한 것이다.

"재커리 힐 토벌작전은, 그에게 시스터 예레이의 어머니, 유니스 예레이를 살해한 『용의』가 걸려있기 때문입니다."

"그것은 제가 받은 서류의 내용하고도 일치하는군요."

미하루가 일단 유우리가 한 말을 긍정했다.

"그렇지만, 어디까지나 『용의』입니다. 유니스 예레이가 죽은 당시의 진상은, 아직도 완전히 해명됐다고 할 수 없는 상황이죠."

유우리는 아이리스를 곁눈질하면서 배려했지만, 아이리스가 아무 말이 없자 조심조심 말을 이었다.

"재크가 아이리스의 어머니를 흡혈귀로 만들었다는 건 틀림없지? 아이리스 자신도 전에 그렇게 말했었고…….."

"네. 당시 시스터 예레이의 증언과 현장 상황을 봐서, 그렇게 되어 있습니다. 그렇지만 단 한 가지, 대단히 부자연스러운 부분이 있어요."

"뜸들이지 마. 뭔데?"

"예레이의 기사 중 역대 최강이라고까지 불린 유니스 에레이가, 어째서 고작 재커리 힐 정도의 흡혈귀에게 살해당한 것인가, 라는 것이죠."

"재크가…… 고작?"

아이카를 제외하면, 토라키가 지금까지 만난 흡혈귀 중에서 재커리의 강함은 그야말로 격이 달랐다.

가르침을 받은 30년간 하모니카 실력을 제외하면 재커리에게 이길 수 있었던 것이 무엇 하나 없었다. 일본어나 일본의 지식마저도 재커리가 훨씬 잘 알았다.

그 재커리를, 고작이라고 표현하게 만드는 것이 예레이의 기사인 것일까?

"10년 전, 재커리 힐에 의해서 흡혈귀로 변화된 유니스 에레이는 완전히 변화하기 전에 스스로 목숨을 끊었다고, 당시 9세였던 시스터 예레이의 증언을 기반으로 조서가 작성됐습니다."

"10년 전이면, 너 아직 유아였잖아."

"시스터 예레이와 함께 행동하는 것이 정해진 뒤에 자료를 찾아본 거죠. 당연하잖아요 바보인가요."

첫사랑의 실패를 아직 질질 끌고 있는지, 토라키가 하는 말에 강하게 반응한다.

"조사의 진두지휘를 한 것이 시스터 올포트였습니다. 그렇지만, 현장의 예레이 저택이 화재로 타버린 것, 목격자가 시스터 예레이 한 명이었던 것 때문에, 아무래도 그 이상 사건을 뒷받침하는 증거가 발견되지 않았어요. 그렇지만 상황증거를 봐서 그것 말고 다른 결론은 없을 것이라 보았고, 이번에 재커리 힐이 우리들 암십자가 쉽게 파악할 수 있는 루트를 통해서 갑자기 일본에 왔기 때문에 작전이 입안된 겁니다."

"……경찰의 입장에서 말하자면, 미안하지만 무라오카 아카리 씨의 가정 문제가 재크의 대처와 동등한 안건이라고 생각하기 어려운데."

와라쿠의 의문에, 유우리가 고개를 끄덕였다.

"보통은 우리들도 그렇습니다. 하지만, 그런 것은 시스터 예레이도 이해하고 있을 테죠. 그래도 더욱이, 그렇게 말씀을 하셨다면……."

아이리스는 쓸쓸한 기색으로 웃기만 했다.

"……당시 사건은, 아이리스의 증언을 토대로 구성된 부분이 크지. 뭔가, 너밖에 모르는 게 있는 거구나?"

토라키의 물음에, 아이리스는 순순히 고개를 끄덕였다.

"당시 내 증언은…… 거짓말이니까."

과거의 사실을 비틀고, 현재의 사태를 뒤집을 수 있는 요소는 그것밖에 없으리라.

"아빠가, 엄마를 흡혈귀로 만든 건 정말이야. 하지만 죽인 건, 거짓말."

"어째서 그런 거짓말을 한 거죠? 당시 시스터 예레이는 아홉 살이었어요. 그것이 어떤 사태를 불러올지, 상상 못할 나이는 아니었을 겁니다."

"알고서도 거짓말을 했다. 그래야 하는 이유가 있었으니까. 아닌가?"

힐문하는 것 같은 유우리에게서 지키듯이 토라키가 옹호했다. 아마도 이 자리의 누구보다도 『아홉 살』의 기억이 선명한 유우리는 이해 못할지도 모른다.

"분별이 되는 것과, 올바른 길을 고를 수 있는 건 전혀 다르다는 거지."

"네?"

의문스런 표정을 짓는 유우리를 방치하고, 토라키는 아이리스에게 물었다.

"그래서, 어쩔 셈이야?"

"시스터 올포트에게 진실을 이야기해야 돼. 하지만 그걸 위해서는…… 아빠의, 허락을 받을 필요가 있어. 그러니까 가능한 빨리, 아빠를 직접 만나서 이야기를 해야 돼."

"일의 우선순위가 이상하지 않나요? 재커리 힐의 토벌이 중지되는 것을 모든 것보다 우선한다면, 그것은 사후 승낙이라도 문제없잖아요."

미하루가 엄격한 어조로 말했지만, 그것은 아이리스를 바보 취급하는 것이 아니었다. 어쩐지 이해를 표하는, 그러지 못하는 이유를 재촉하여 이야기하게 하려는 음색이었다.

"아빠랑 엄마의 긍지에 연관된 일이야. 나 혼자서는 정할 수 없어…… 그래서, 다들…… 부탁이 있어요."

아이리스가 일어서더니, 토라키와, 와라쿠와, 미하루와, 유우리를 향해 깊숙하게 고개를 숙였다.

"부디, 아빠의 목숨과, 아카리의 마음을 지키기 위해서 힘을 빌려주세요. 모두의 힘이 필요해요. 지금은 아무것도 못 하지만…… 반드시, 은혜를 갚을게요."

아이리스답지 않은, 그저 성실한 말.

"이번 일에 한정하면, 너의 『파트너 팬텀』이라 다행이라고 생각한다."

토라키는 아이리스의 어깨를 두드리고, 숙이고 있는 고개를 들게 했다.

"재크랑 아카리를 위해서잖아. 내가 움직이지 않을 리 없어. 어떡하면 될까?"

"……유라!"

"저, 저도요!"

토라키에게 선수를 빼앗겼다고 생각했는지, 유우리도 앞으로 나섰다.

"표면적인 서류상, 저는 시스터 예레이의 연수를 받는 종기사입니다! 성무에 협력할 의무가 있으니까, 어떤 지시든지 수행하겠어요!"

"……어쩔 수 없군. 앞으로 아이리스 씨한테 부탁하고 싶은 일도 있으니, 이틈에 할 수 있는 일은 하도록 해야겠어."

"시스터 유우리…… 와라쿠 씨……!"

와라쿠가 아이리스에게 부탁하고 싶은 일이 뭔지 토라키는 아직 모르지만, 어쩔 수 없다고 말하는 것치고 와라쿠의 표정은 싫지 않은 기색이었다.

그리고.

"……원래, 조금 균형이 안 맞는다고 생각했으니까요."

"어?"

아이리스와 눈을 마주치지 않고, 미하루가 작은 소리로 말했다.

"……교토에서 할머님의 구출에 힘을 빌려줬잖아요."

"그, 그래…… 하지만 그건……."

교토의 히키 가문 소동에 힘을 빌려준 일은, 아이리스로서는 교토에 들어온 걸 불문에 부쳐준 것으로 해결됐다고 생각했었는데,

"할머님의 목숨을 구해줬는데, 당신의 교토 입성을 시스터 나카우라에게 말하지 않은 것만으로는 균형이 맞지 않아요!!"

미하루의 내심은 그렇지 않았던 모양이다.

"미하루!"

"그 대신! 이쪽의 지출이 커졌다고 판단했을 때는 가차 없이 그만큼 빚으로 할 거예요! 말을 할 때는 입조심을 하세요!"

"응! 고마……!"

"그래서! 해줬으면 하는 일은 뭔가요!"

아이리스에게 결코 인사를 받지 않으려는 미하루의 기세에, 와라쿠도 유우리도, 그리고 아이리스도 웃어버렸다.

"유라랑 시스터 유우리는 성무의 모양새를 정돈해줘. 와라쿠 씨와 미하루는, 나랑 아빠가 이야기할 시간을 확보해줘. 그걸 위해서는 일단 아빠가 어디 있는지 알 필요가 있는데……."

아이리스가 말하자, 미하루는 재미없다는 기색으로 어깨를 으쓱거렸다.

"아미무라를 불러서 다시 한번 접촉을 하는 수밖에 없겠어요. 다음은 재커리가 만에 하나 아지트를 바꿨을 가능성도 생각해서, 주변 호텔이나 비슷한 극장, 혹은 지하시설을 조사할만한 인원을 준비할 필요가 있을 것 같네요. 그래서, 성무의 모양새를 갖춘다는 건?"

"응. 시스터 유우리가 선샤인60의 주둔지로 돌아가서, 우리들의 『재출동』 신청을 해줘. 덤으로 도쿄 주둔지 기사들의 동향을 조사해주면 좋겠어."

"재출동?"

"말 그대로, 어떤 이유로 완수됐거나 중단된 성무를 재개하기 위한 신청입니다. 이번에는 앞마당에서 일어난 룸웰 사건의 연장선상이 되니까 신청한 시점에서 금방 시스터 나카우라가 보게 될 거고, 재커리 토벌 성무와 충돌하는 포인트의 검토도 하게 될 거예요. 그 동안, 시스터 나카우라의 발을 묶을 수 있습니다."

"얼마나 진심인지 나타내기 위해서도, 유라는 나랑 현장에 와줘. 룸웰 사건과 같은 모양새를 갖춰서 움직여 버리면, 시스터 나카우라도 내가 진심이라는 걸 알 거야."

둘이서, 라는 것에 미하루가 반응하지 않을까? 그렇게 생각한 토라키의 시야 끄트머리에서, 미하루는 딱히 표정을 움직이지 않고 아이리스의 이야기를 듣는 자세를 취하고 있었다.

역시, 이런 면에서 미하루는 공사의 분별이 되는 모양이다.

"그렇게 잘 될까?"

토라키가 의문을 품자, 유우리가 힘차게 대답했다.

"괜찮아요. 반드시 시스터 나카우라의 심사를 통과하겠습니다. 만약 난색을 표한다면, 그때는 제가 햐쿠만고쿠 가문 정기사로 나설 차례죠. 기강확립을 내세워서, 반드시 시스터 나카우라의 발을 묶겠어요."

"그러면, 나는 어떡하면 좋을까? 지금부터 요시아키에게 연락을 해도 그리 간단히 지역 경찰이 움직일 수 있을 것 같지는 않은데……."

와라쿠에게 기대하는 것은 당연히 경찰권력의 행사라고 토라키도 생각했다.

그러나 아이리스의 대답은 어떤 의미로 예상을 넘어서고 있었다.

"와, 와라쿠 씨, 씨, 는…… 부탁할게요. 저, 저랑, 유, 유라가 아빠랑, 아빠랑 대화하는 동안…… 곁에 있어 주시겠어요?"

와라쿠에게 기대하는 역할은 말하자면 인간 방패였다.

팬텀에 대항하는 조직인 암십자는, 많은 사람에게 팬텀의 존재나 암십자가 수행하는 작전의 존재가 드러나는 것을 좋아하지 않는다. 또한 딱히 이유 없이 성무를 하는 와중에 『인간의 희생자』를 결코 허용하지 않는다.

그 점에서 와라쿠는 은퇴를 했다지만 사회적인 지위가 있으며, 인간사회의 질서를 지키는 쪽의 존재다.

아이리스와 재커리의 회담 장소에 있기만 해도, 암십자나 올포트의 폭력적인 개입을 막는 방패가 될 수 있다.

와라쿠는 그 너무나도 편의적으로 사용되는 아이디어를 두 말 없이 양해했다.

"뭐, 선불이라고 생각하도록 하지."

그 참에 이렇게 말한 이유에 관해서 토라키는 잘은 몰랐지만, 아마도 토라키가 잠에서 깨기 전의 대화로 뭔가 와라쿠와 아이리스 사이에서 거래가 성립됐다는 건 알 수 있었다.

역할이 정해졌으면 즉시 행동.

미하루와 유우리는 필요한 준비를 하기 위해 선샤인60으로 돌아갔다.

나머지 세 명은 일단 미나미아오야마로 이동했다. 처음에 재커리가 머물던 아지트가 도쿄 공연의 공연장인 블루북이었고, 아지트를 바꿨다고 해도 그리 멀리 이동하지 않았을 거라고 미하루가 말했기 때문이다.

미하루와 유우리의 연락을 기다리는 동안 공연의 현장인 블루북 주변을 한 번 실제로 관찰하게 되었다. 현장에 수도 기사가 있어서 전투로 발전하는 최악의 경우에 대비하여, 와라쿠는 일단 근처의 카페에서 대기.

토라키와 아이리스는 최대한 주위를 경계하면서, 지금 블루북 앞에 서 있었다.

지금은 토라키도 아이리스도 주위에서 어수선한 낌새는 일절 느끼지 못했지만, 그래도 경계는 게을리하지 않았다.

"너는 음악하는 거 있어?"

아무것도 모르는 사람은 어쩌다가 눈에 들어온 공연 팸플릿을 보는 커플로 보일 것이다.

토라키는 자연스러운 대화를 가장하면서 물었다.

"응. 일단 나도 신학교에서 피아노와 오르간을 공부했으니까. 프로급이라고는 못해도, 킨더가든의 아이들 상대라면 충분히 통할 거야."

"헤에, 다음에 한 번 들려줘."

"갑자기 왜 그래? 평소답지 않은 농담이네."

"그럴 셈이…… 아."

그때 토라키의 주머니에서 슬림폰이 전화의 착신을 알렸다.

『토라키 님. 아미무라에게서 연락이 왔어요. 재커리는 블루북에 있다고 합니다. 접촉에 성공하면, 앞으로 5분도 안 돼서 극장의 문이 열릴 테니 대기해 주세요.』

"그래, 알았어."

『그리고, 이건 기우일지도 모르겠습니다만, 암십자의 움직임이 묘하게 조용해요. 아미무라 말고도 몇 명 히키의 휘하를 미나미아오야마에 뿌려서 정보를 모으고 있습니다만, 암십자로 보이는 자의 목격정보가 전혀 없어요. 어째선지 블루북을 경계하지 않는 모양입니다.』

"……그런 일이 있을 수 있나?"

『없다고 생각하니까 충고를 드리는 거예요.』

"알았어. 햐쿠만고쿠 쪽은 어떤지 알 수 있어?"

『같은 빌딩에 있어도, 저와 그가 연계를 한 것이 들키면 귀찮아지잖아요? 그쪽에서 연락이 없다면, 이쪽도 그에 대해서 자세히는 모르겠습니다. 토라키 님, 각인은 오늘도 가지고 계시죠?』

토라키는 가슴에 손을 대었다. 옷 안에는 미하루가 토라키의 이상을 감지하기 위해 비술『피의 각인』으로 만든 펜던트가 있었다.

『아이리스 예레이가 어떻게 되든 알 바 아닙니다만, 토라키 님께 이상이 있으면 저는 암십자와 무슨 일이 있었다고 판단하여 즉시 전면전쟁의 준비를 합니다. 부디…… 무사하세요. 저도 금방 미나미아오야마에 가겠어요.』

"그래, 알았어."

"미하루야?"

토라키가 통화를 끊은 타이밍에서 아이리스가 말을 걸었다.

"그래. 히키 가문의 팬텀이 주변을 경계하고 있다고 하는데, 기사가 한 명도 안 보인다고 하네. 어쩔 셈인지는 모르지만, 틈이 있다면 지금이 아닐까?"

"그래. 당장 와라쿠 씨에게 연락할게."

아이리스가 의연하게 말하고 슬림폰을 꺼내더니 놀랍게도 와라쿠에게 전화를 걸지 않는가?

"여보세요? 와라쿠 씨. 괜찮아 보여요. 네, 블루북 앞에서, 네, 실례하겠습니다."

대면하지만 않으면 와라쿠와 매끄럽게 대화할 수 있다.

이것은 비상용으로 아이리스와 와라쿠가 통화를 했을 때 판명된 사실이었다.

아이리스 자신도 전화 너머로는 인간 남성과 매끄럽게 대화할 수 있다는 것에 놀라고, 또 기쁜 모양이었다.

"금방 이쪽으로 온대!"

전화를 끊은 다음, 어쩐지 자랑스럽게 힘찬 콧김을 뿜으며 토라키를 올려다보았다.

"……참 잘했어요."

토라키는 이렇게 말하는 수밖에 없었다.

"이건 스스로도 정말 신기한데, 혁명적인 신발견이야! 이제부터 조금 더, 인간 남자랑 교류할 수 있을지도 몰라!"

아이리스가 우쭐대면 일이 꼬인다는 예감도 들지만, 본인이 기뻐하고 있는데 찬물을 끼얹을 필요는 없다.

본래 대면하고서도 어찌어찌 대화는 가능한 와라쿠를 상대로 전화를 이용한 재활을 거듭하면서, 현재 어린애로 분류되는 유우리가 이제부터 성장해가는 가운데 자연스러운 대화나 관계를 유지할 수 있다면, 아이리스의 남성 공포증이 나아질지도 모른다.

그렇게 되면 아이리스가 토라키에게 의존하는 일도 없어지고, 토라키의 주변을 어슬렁거리는 일도 적어지지 않을까?

"아까 네 피아노 듣고 싶다고 한 거, 꽤 진심이야."

그렇게 생각하자마자 그런 말이 입에서 튀어나오고, 아이리스는 그 진지한 어조에 놀랐다.

"그, 그러면, 응. 기회가 있으면 쳐줄 수도 있는데…… 정말로, 무슨 일이야?"

"……아니."

왜 갑자기 그런 말을 했는지, 스스로도 잘 몰랐다.

알 수 없었지만, 지금 이 말을 하지 않으면 격렬하게 후회를 할 것 같았다.

그래서 말해 버린 다음, 갑자기 자신이 얄은 감정을 품은 것이 아닐까 하는 생각이 들어서 토라키는 궤도수정을 꾀했다.

"이번에 아무 일 없으면, 재크의 라이브를 들을 수 있잖아. 기왕 이렇게 된 거 조금은 음악에 흥미를 가져볼까 생각했지."

"아, 그, 그런 거구나."

"재크도 흡혈귀로 살아갈 거면 반드시 취미를 가지라고 옛날부터 시끄러웠거든. 다행히 시간은 얼마든지 있는 몸이니까, 일단 들어보는 것도 좋잖아?"

묘하게 빠른 말투가 되어 버린다. 말할 필요 없는 것을 말해버린 느낌이 심각하다.

그래도 입이 멈추지 않는다.

"하지만 낮에 피아노 교실에 다닐 수도 없으니까. 가능하면 가르쳐줘."

아이리스가 숨을 삼키는 것과 동시에, 눈썹을 찌푸리며 의심스런 표정을 지었다.

그 모습을 보고, 토라키는 갑자기 자신이 믿을 수 없을 만큼 짧은 생각에 사고를 쳤다고 확신했다.

지금 자신은 틀림없이, 충격을 받아 방의 구석에서 풀이 죽어 있던 햐쿠만고쿠 유우리를 보고 웃을 수 없는 짓을 저질렀다.

"……딱히 문제는 없는데, 단지, 조금 신경 쓰이는 게 있어……."

"뭐, 뭔데?"

뭔가 좋지 않은 말을 한 것일까? 아이리스의 기분이 과도하게 틀어질만한 일을.

토라키는 한순간 간담이 서늘했지만, 아이리스가 다음에 한 말은 그의 상상을 삐딱하게 넘어서는 것이었다.

"내가 치는 곡은 찬송가들뿐인데 괜찮아?"

"……?"

"기본적으로 성스러운 성질을 가진 것들뿐이니까, 흡혈귀한테는 싫은 소리로 들리지 않을까? 귀가 재가 되어 버리지 않아?"

토라키의 요청을 토라키가 흡혈귀라는 것을 고려하여 진지하게 고민하는 모습을 보고, 토라키는 작지만 분명히 가슴을 쓸어 내렸다.

"옛날에, 에츠코의 결혼식에 출석한 적이 있어."

와라쿠의 딸이며 토라키의 조카인 에츠코가 결혼한 것도, 벌써 30년 전의 일이었다.

"식장에 억지를 좀 부려서 해가 진 다음에 시작했지. 나, 인생에서 처음으로 차펠 결혼식이라는 걸 봤어."

아이리스는, 토라키가 하려는 말을 이해하고 고개를 끄덕였다.

"십자가는 안 보면 되고, 찬송가는 엉망이었지만 같이 불렀어. 그러니까, 문제없다."

"그래. 그러면…… 약속이야."

그렇게 말하고 아이리스는 아주 자연스럽게 새끼손가락을 내밀었다.

토라키도 자연스럽게 그것에 응하려다가, 문득 깨달았다.

"손가락 걸기는 영국에도 있구나."

그 말을 들은 아이리스는 고개를 갸우뚱거리며 자신이 내민 새끼손가락을 보았다.

"앗…… 그, 그게, 조, 조금 어린애 같았네. 그게……."

그리고 당황하여 그 손을 자기 스커트에 후려치는 것처럼 당겼다.

"이, 있거든?! UK가 아니라 US의 문화지만! 핑키 스웨어라고 하거든?! 조, 조금 어린애 같으니까, 스스로도 놀랐을 뿐이야……! 하지만, 치, 친한 사이에서 소중한 약속을 할 때는 어른도 하는 일이 있어……!"

"진정해. 그렇게까지 부담 가질 약속 같은 건 안 해도 되니까. 기분이 내키면, 기회가 있으면……."

"아아니! 그건 하자! 반드시! 왜냐면 핑키 스웨어는……!"

아이리스가 적극적으로 나서자 토라키는 그 기세에 밀렸다.

"그, 그러면."

자연스럽게 아이리스의 손을 잡고, 새끼손가락을 걸었다.

"응니에?"

그 순간 아이리스가 작게 기성을 내더니, 갑자기 얼굴이 빨개져서 눈을 깔아 버렸다.

토라키도 이 나이에 길거리에서 손가락 걸기를 하는 게 어쩐지 낯간지러워서, 이쪽도 그답지 않게 아이리스에게서 조금 눈길을 피했다.

"유비키리겐만[#2]을 하면 되나? 아니면, 그쪽 방식으로 하는 게 좋아?"

"아……으, 아, 그, 그게, 저기…… 그러면 그게, 유비…… 아니, 핑키 스웨어, 로."

#2 유비키리겐만 일본에서 손가락 걸고 약속할 때 쓰는 문구. 보통 음을 붙여서 노래처럼 부른다.

"어떻게 하는데?"

"……유라가, 핑키 스웨어? 라고 나한테 물어보고."

"응. 핑키 스웨어? 이러면 돼?"

"으, 응. 그러면 내가 대답하는 거야. Pinky…… s, swear……."

유비키리겐만처럼, 서로의 손을 높이 올리거나 흔들지 않고, 그저 말하고 두 사람의 손가락이 떨어진다.

"비슷하지만 역시 다르네."

"으, 응……그, 그렇네."

클리어 수프나 스튜드티 때처럼, 토라키는 단순하게 자기가 알고 있는 관습이 다른 문화권에서는 미묘하게 형태가 바뀌는 것에 흥미가 있는 것뿐이었지만, 아이리스는 얼굴을 양손으로 가리고 당장이라도 웅크려버릴 것 같았다.

핑키 스웨어의 기원은 분명치 않다. 유비키리겐만과 마찬가지로 기본적으로는 어린애 같은 행동이지만, 일본의 『손가락 걸기』와 비교하여 약속의 무게가 『맹세』나 『선서』에 가깝다.

당연히 마음에 걸리는 부담도 다르며, 핑키 스웨어로 나눈 맹세를 배신하는 것은 수치가 된다.

그렇기에 핑키 스웨어는 진심으로 신뢰관계를 맺었다고 생각하지 않으면 성립하지 않는다.

"아이리스, 왜 그래?"

"……조금 ……기쁘다고, 생각해서."

"어?"

"아무것도 아냐! 아무것도, 아냐! 그, 그보다 와라쿠 씨가 늦네!"

"응? 아, 아아, 그렇네…… 어?"

"……"

아이리스가 괜히 커다란 소리로 말하자마자, 조금 떨어진 골목에서 와라쿠가 훌쩍 나타났다.

"아~ 기다렸나?"

"앗! 아, 아, 아뇨!"

역시 대면하면 긴장을 감추지 못한다.

토라키는 와라쿠가 나온 골목을 보고 조금 고개를 갸웃거렸다.

"기다리던 건 저쪽 골목의 카페 아냐? 길을 잃었냐?"

"뭐, 그래."

어쩐지 분명치 않은 와라쿠는 가볍게 헛기침을 하고 블루북 건물을 올려다보았다.

"그래서, 어때? 아미무라 군은 준비됐나?"

"낌새가 없으니까 아직 고생하고 있는 걸지도 모르지만, 한 번 들어간 적이 있는 장소라고 했으니까 이제 슬슬…… 아."

그때 마치 잰 것처럼, 블루북의 문이 살짝 열렸다.

"그쪽이 만나겠다고 했어. 다 모였나?"

"……그, 그래."

고개를 내민 것은, 울적한 표정의 아미무라였다.

흡혈귀라서 그런 것을 빼더라도 안색이 안 좋고, 지금 당장이라도 여기서 도망치고 싶다고 온몸의 분위기가 말하고 있었다.

"이봐. 당신들 면회가 끝나면, 나는 얼른 도망가도 되는 거지?"

"미하루가 그래도 된다고 하면."

"……좀 봐달라고."

세 사람이 아이리스, 토라키, 와라쿠 순서로 문에 들어가고, 와라쿠가 들어가자 아미무라가 등 뒤에서 창백한 안색으로 엄중하게 문을 잠갔다.

"자, 이쪽이야. 할아버지는 발치가 어두우니까 조심해."

"그래. 미안하군."

그리고, 뭔가에 떠밀리는 것처럼 그대로 앞서 안으로 나아갔다.

손님이 없는 라이브 하우스 안은 휑하니 조용하고, 내딛는 발소리만 이상하게 귀에 울렸다.

아이리스가 입을 꾹 다문 채 아미무라 뒤를 따르고, 토라키도 그 뒤를 따라가고자 했을 때 갑자기 와라쿠가 힘껏 엉덩이를 때렸다.

"아! 야, 뭐 하는데."

"기껏 배려를 해줬더니, 뭐가 길을 잃었냐야. 조금은 잘 좀 해봐."

와라쿠는 분개한 기색으로 말하더니, 어슴푸레한 실내에

서도 분명한 발놀림으로 아이리스 뒤를 따라갔다.

토라키는 짜증이 난 동생의 등을 조금 멍하니 바라보았지만, 그가 때린 엉덩이를 가볍게 문지르고 한숨을 쉬었다.

"그렇게 말을 해봐야, 지금 내가 뭘 어쩌란 거냐고…… 응?"

아이리스 일행은 몇 걸음 앞에 멈춰 있었다. 그곳에 마중 나온 사람이 서 있었다.

"안녕? 어서 와. 너희들이 카츠세가 말했던 재크의 친구들이군."

약간 모국어의 간섭이 보이지만, 유창한 일본어.

재커리와 비슷한 분위기를 두른 남자가, 입구에 들어가서 바로 옆 벤치에 앉아 있었다.

"나는 찰리. ZACH의 드럼이야. 보통 인간이지."

토라키 일행이 뭐라고 하기 전에, 찰리라고 말한 남자는 자신이 『인간』이라고 고백했다.

재커리가 자신보다도 밴드에서 신참이라고 했던 남자의 이름이다.

"네가, 아이리스 예레이구나."

"아, 그, 네, 네에……."

아이리스는 당황하여, 말을 잘 하지 못하고 있었다.

그렇다고 찰리를 인간이라고 단정하는 건 성급한 걸지도 모르지만, 태도에서는 일절 살기가 느껴지지 않는다. 덧붙여서 재커리의 겉모습과 비슷한 연배이고, 약간 배가 나온 그 체구는 도무지 전투에 적합해 보이지 않았다.

"많이 자랐다, 라고 내가 말하는 건 이상한 걸까? 하지만 우리는, 네 어렸을 적 모습을 알고 있어. 재크가 언제나 소중하게 가지고 다니는 사진으로."

"아…… 아, 아빠는, 당신들에게……."

"언제나 유니스와 그 남편, 그리고 딸인 네 옛날 이야기를 들려줬어. 지금의 ZACH는, 재커리와 애나가 팬텀. 나랑 휴버트가 인간이야."

고개를 들자, 두 명의 남녀가 아이리스 일행을 맞이하듯 어둠 속에 서 있었다.

애나라고 불린 여성이 어떤 종류의 팬텀인지는 모르지만, 적어도 겉모습은 인간과 전혀 구별이 안 된다.

"내가 모르는 것뿐이지. 그런 일도 있는 거군."

와라쿠는 단적으로 감상을 말했다. 그 말에는 인간과 팬텀이 극히 자연스럽게 공존하고, 뜻을 같이 하면서 생활하는 것에 대한 어떤 종류의 경외와 감동이 담겨 있었다.

"무슨 말이야? 할아버지. 당신이랑 형도 그렇잖아."

그것을 민감하게 느낀 것이 다른 누구도 아닌 아미무라였다.

좋고 나쁘고는 별개로 치고, 인간 세계에 녹아들어 있던 흡혈귀의 말이다. 와라쿠는 뜻밖이란 기색으로 눈을 홉떴지만, 금방 작게 고개를 끄덕였다.

"그렇군……. 그렇게 보인다면, 참 다행이야……."

"자, 재크가 기다리고 있어. 암십자가 쳐들어오기 전에 이야기를 끝내버려. 우리도 내일 공연을 위해서 연습을 해야 하거든."

애나가 말하고 윙크를 하더니, 초면의 수도기사인 아이리스에게 망설임 없이 등을 돌리고 선두에 서서 토라키 일행을 안내했다.

"고맙습니다."

아이리스도 작게 미소를 지으며 인사를 하고, 그 뒤를 따랐다.

새까만 객석 안에서, 신기하게도 토라키는 빛의 길을 걷고 있는 기분이었다.

※

"내가 무사하다는 것을, 일단 기뻐해줄 거라고 생각했는데."

"당신이 꼬리 말고 도망친 다음에 올포트한테 엄청 당했다고. 제대로 얘기도 안 해봤는데 그런 꼴을 당했어. 침 뱉지 않는 것만 해도 감사하시지."

블루북의 지하. 대기실이라고 불리는 장소에, 재커리의 침상이 있었다.

드물게 TV방송에서 보이는 방송국의 연예인 대기실하고는 달랐다. 대개 라이브 하우스의 대기실은 공연에 필요한 짐을 들여오고, 화장용 거울 앞에 출연자가 앉아 버리면 누가 들어갈 여지가 없을 정도로 좁아진다.

"흡혈귀가 극장에 들어오면, 일단 거기서 거점을 옮기는 법이 없으니까."

미하루가 아미무라에게 재커리의 거처를 찾으라고 했을 때는, 근처 호텔에 ZACH 멤버의 이름으로 숙박하고 있다는 데이터가 있어서 그곳을 찾으라고 할 예정이었다고 한다.

하지만 아미무라는 자신의 경험에 기반하여 미하루의 자료를 무시하고, 처음부터 블루북에 잠입하여 아주 빠르게 재커리와 접촉하는데 성공한 모양이다.

"유라도 그런 길거리의 맨션이 아니라, 카츠세 말처럼 이런 안전가옥을 만들어야 하지 않나?"

"편의점 알바한테 무모한 소리 하지 마. 지금 집세 내는 것만으로 빠듯하다고."

"아가씨한테 만들어달라고 하면 되잖아. 아가씨 당신한테 열심이니까."

"잡담은 나중에 좀 하지."

형과 재커리와 아미무라의 흡혈귀 토크를 가로막은 것은 와라쿠였다.

"서로 시간이 없을 거 아닌가?"

대기실 의자에 앉아 있던 재커리가 코트도 모자도 벗지 않고 있는 와라쿠를 똑바로 보았다.

"늦었군, 와라쿠."

"당신도 그래, 재크."

"네가 파릇파릇한 애송이였을 무렵이랑 변함이 없을 텐데."

재미있다는 기색으로 눈을 가늘게 뜨는 흡혈귀에게, 노인은 조용히 말했다.

"자기 자식이랑 똑바로 마주보지 못하게 되면, 그 녀석은 이제 노인이야."

머쓱한 기색의 재커리가 대답하는 걸 기다리지 않고, 와라쿠는 자신들 등 뒤에 숨듯이 서 있던 아이리스를 앞으로 세웠다.

"……아이리스."

"아빠……."

대기실에 들어온 뒤로, 괜히 눈을 마주치지 않았던 두 사람의 눈길이 처음으로 마주쳤다.

그대로 잠시 기다려도 둘 다 말을 못 꺼내는 것을 본 와라쿠가 다시 입을 열었다.

"짧게 물어보지. 당신, 왜 이렇게 눈에 띄는 방식으로 일본에 왔어?"

"……."

"당신이 아이리스 씨랑 범상치 않은 인연을 품고 있는 건 알았어. 그것이 가족의 문제이고, 아이리스 씨도 당신도 섭사리 남에게 말할 수 없었다는 것도. 하지만, 그런 걸 빼고서도, 이렇게 눈에 띄는 방법이 아니었다면 서로 더 평화롭게 만날 수 있지 않았나?"

"……절반은 네 탓이야, 와라쿠. 너, 20년 전이랑 주소도 휴대전화 번호도 바뀌었잖아. 덤으로 지금은 은퇴해서 직장을 감시해도 만날 수 있는 상태가 아냐. 20년 전 유라는 휴대전화도 없었잖아. 너한테 연락을 못하면, 나는 직접 유라에게 연락을 취할 수단이 없었다. 아이리스는 더하지. 암십자 기사단이라고. 접촉하면 그 자리에서 벌집이 된다. 그러니 다소 위험을 범해서라도, 인간에게 뒤섞이며 눈에 띄어서, 그쪽에서 발견하게 만드는 수밖에 없었어."

생각지 못하게 너무나 현실적인 이유에 아무리 와라쿠라도 당황했다.

"……그건, 으음. 그, 그렇다면 어째서 20년 전에 나랑 형한테 아무 말도 없이……."

"암십자가 대규모로 아이카 토벌 작전을 세우고 있다는 정보를 얻었지. 아이카를 죽여 버리면, 유라가 인간으로 돌아가지 못한다고 말했었잖아. 일각을 다투는 상태였지만, 유라에게 알리면 미숙한 유라를 전장에 데리고 가야 할지도 몰랐어. 입다물고 가는 수밖에."

『흡혈귀 부모』에게서 피를 빠는 것이, 본래 인간인 흡혈귀가 인간으로 돌아가는 유일한 길.

예로부터 팬텀에게 대항하면서 지식을 거듭해 쌓아온 암십자의 문헌은 물론이고, 역사가 깊은 팬텀 가계인 히키 가문에도 전해지지 않는 방법. 아이리스는 아직도 반신반의였다.

"그건…… 정말이야?"

그래서, 무심코 입에서 나온 그 말.

재커리는 분명, 그 말을 기다리고 있었다.

"정말이야. 그러나 그걸 할 수 있는 녀석은 아주 적지. 대개 흡혈 충동에 저항하지 못하고, 흡혈귀의 능력에 매료되어, 인간이었던 자신을 잃게 된다. 환경만 갖추어지면 흡혈귀의 능력은 이 세상 대부분의 생물을 능가하니까."

흡혈 충동이라는 말을 듣고 떠올린 것은 토라키와 아이리스가 만난 계기가 된 흡혈귀, 오코노기 카지로우였다.

와라쿠의 데이터가 올바르다면 그 또한 본래 인간이었다. 토라키나 재커리와 달리 흡혈 충동에 지배되어 인간을 예속시키고, 그 능력을 사회를 휘젓는데 쓰고 있었다.

"……하다못해 내가 현역일 때 돌아와줬다면, 형이 더 다른 길을 걸었을지도 모를 텐데……."

어쩐지 원망스럽게도 들리는 와라쿠의 말에, 재커리가 쓴웃음을 지었다.

"너는 그런 점이 변하질 않는군."

"인생의 커다란 목표 중 하나니까. 형이 당신을 필요로 한다면, 나는 그걸 돕는다. 반대한 건 10년 전에 혼자 살겠다는 말을 꺼냈을 때 정도야."

"뭐야? 유라. 너 예순이 넘어서 보호자한테 자취 생활 반대를 받은 거냐?"

"예순 넘은 흡혈귀잖아. 업계에서는 병아리 아냐?"

"……왜 나한테 말하는데?"

갑자기 질문을 받은 아미무라가 주춤거렸다.

"말해두지만, 나는 순수한 흡혈귀니까 본래 인간이었던 녀석의 마음은 몰라."

""어!""

아이리스와 토라키가 나란히 외쳤다.

"뭔데? 딱히 이 세계에서 드물지도 않잖아. 나는 부모님이 둘 다 흡혈귀야. 나는 올해로 그야말로 딱 예순이지만, 암십자 같은 녀석들이 판치는 세상에서 용케 이 나이까지 살아남았다고 생각한다."

아이리스에 대해 약간의 미움과 비꼬는 감정이 있었지만, 그렇게 커다란 적의는 없었다.

"히키 아가씨에게 붙은 지금이, 나랑 사가라에게는 인생을 바로잡을 수 있는 찬스야. 그러니까, 더 이상 당신들 귀찮은 일에 말려들고 싶지 않아. 얼른 본론에 들어가라고. 이쪽은 당신들 과거 같은 건 아무 흥미도 없어."

뽐내는 것 하나 없는 아미무라의 말에, 토라키는 무심코 그 말을 했다.

"당신은, 햇빛 아래 나서고 싶다는 생각을 한 적 없어?"

그것에 아미무라는 내뱉는 것처럼 말했다.

"당신은 흡혈귀가 되고 싶어서 된 게 아니겠지. 그래도, 흡혈귀의 힘에 도움을 받았다고 진심으로 생각한 적, 있지 않아?"

"……그래. 있지."

"그럼 알 거 아냐. 흡혈귀로 살아가서 다행이라고 생각하는 일은 얼마든지 있어. 인간이 되고 싶다고 생각한 적은 한 번도 없다. 그걸 관철해서 대성한 게 히키 녀석들이고."

본래는 인간이라는 인식 탓에, 토라키는 어쩐지 자신이 『중간』의 존재라고만 생각하고 있었다.

　그러나, 자신의 현재 본질은 눈앞에 있는 『순수한 흡혈귀』와 전혀 다르지 않다. 인간 세계가 바로 옆에 있는데도, 한없이 멀었다.

　"우리는 언제나 인간은 그런 거라고 인정하고 있어. 우리가 우리로서 살아가는 것을 인정하지 않는 건, 언제나 인간이지."

　"……그 남자는 그 어긋난 인식 탓에 일어난 다툼을, 크로마뇽인과 네안데르탈인의 관계랑 비슷하다고 했지."

　"그 남자?"

　아미무라의 개인적인 원한도 다분히 담겨 있는 감상을 듣던 재커리가 이어서 말했다.

　"현재의 연구를 통해서, 네안데르탈인은 고도의 문화나 문명을 가진 최상위포식자이며, 자칫하면 체격은 크로마뇽인보다 커다랗고 한랭지에 잘 적응할 수 있었다는 걸 알아냈지. 그러나 과거에는 네안데르탈인이 크로마뇽인보다 열등하고 야만적인 시대의 인류라고 보고, 크로마뇽인과의 생존 경쟁에서 단순하게 패배했다고 생각했어. 지금도 그렇게 생각하는 어른이 많지. 어째서일까? 단순하게 『알려지지 않았으니까』. 그렇다면 알리면 된다고 하더군."

　"알리면, 된다?"

　그 생각을 하는 존재를, 토라키와 아이리스는 아주 최근에 만났다.

"그 남자는 최근에 일본의 팬텀사회에 혁명을 일으키려다 실패했다고 들었다."

"……카라스마 씨랑, 아는 사이였어?"

"나는 녀석을, 인간과 팬텀 쌍방에 위험을 부르는 적이라고 생각하지만, 녀석은 아무래도 나를 끌어들이고 싶은 모양이야. 옛날부터 몇 번 접촉을 해왔어. 교토에서 히키 가문의 저택이 불탔다는 이야기, 녀석이 얽혀있는 거지?"

얽혀있는 정도가 아니라, 토라키와 아이리스는 그 현장에서 카라스마와 대치했다.

"놈에게서, 아이리스와 유라가 같이 행동하고 있다는 걸 들었다."

재커리는 그것을 카라스마에게서 들은 모양이다.

"가만히 있을 수가 없었지. 멤버를 설득해서 곧장 일본 투어를 결정했다. 아이리스도 유라도…… 한 번은 지켜주기로 했던, 내 아이들이다. 나는 아직, 유라에게도 아이리스에게도 전하지 못한 것들이 잔뜩 있어."

"……아빠, 나……!"

견디지 못하고 나선 아이리스를 재커리가 말렸다.

"아이리스. 지금 너는 수도기사고, 나는 성무의 타깃 흡혈귀야. 이곳의 경비는 일단 만전이라 생각하고 있지만, 어디에 도청기 같은 것이 있을지 몰라. 네 입장이 나빠지는 일은 피하도록 해라."

올바르게 부모가 아이를 타이르는 것 같은 말이었다. 그러나, 아이리스는 그냥 어린아이가 아니었다.

"입장 같은 건 아무래도 좋아. 아빠. 나는 수도기사로서, 올바른 일을 하러 왔어. 그걸 위해서, 아빠한테 부탁해야 하는 일이 있어!"

"……아이리스?"

강한 어조로 나서는 아이리스를 보고 재커리가 고개를 갸웃거렸을 때, 갑자기 대기실에 ZACH 멤버인 휴버트가 뛰어들었다.

"재크 도망쳐! 암십자다!"

그 자리의 모두에게 긴장이 흘렀다.

그러나 휴버트의 당황에 비해, 대기실 밖에서는 딱히 수많은 사람들이 쳐들어온 소리가 전혀 들리지 않았다.

들리지 않는 것이, 그 자리에 있는 모두의 긴장을 더욱 높였다.

"며, 몇 명이 쳐들어온 건가요?!"

"호, 혼자야. 키가 큰 여자가 혼자서……!"

그 순간, 모두의 뇌리에 떠오른 것은 단 한 명의 기사였다.

"시스터 유우리가 실패했구나! 내가 설득해야 돼!"

파우치의 리베라시온을 뽑아 전투태세에 들어가는 아이리스를 말린 것은 토라키였다.

"너는 아버지랑 이야기해. 내가 갈게."

"유라?! 무모해! 죽을 거야!"

"그러니까 내가 죽기 전에 얼른 이야기를 끝내! 아미무라 너도 와……."

토라키가 그쪽을 보았을 때, 아미무라의 모습은 흔적도 없었다.

"도망쳤군. 하긴 그렇겠지."

지금쯤 쥐의 모습이 되어 인간의 손이 닿지 않는 루트로 도망치고 있을 것이다.

"재크. 아이리스는 너한테 중요한 이야기가 있다고 했어. 제대로 들어주라고. 우리들의 앞날에도 연관된 일이니까."

말을 마친 토라키가 아이리스의 대답을 듣지 않고 대기실을 뛰쳐나가자, 휴버트가 그 뒤를 따랐다.

"자, 그러면 나도 밖에 나가 있지. 전직 경찰로서, 불법침입의 소식을 듣고 가만있을 수는 없어. 가능한 빨리, 이야기를 끝내줘."

"와라쿠 씨!"

"당신 상사는 죄 없는 인간을 죽이지 않아. 그렇지?"

가볍게 모자를 들고서, 와라쿠도 단단한 발놀림으로 형을 따랐다.

토라키 형제를 배웅한 아이리스는 입을 굳게 다물고, 결연하게 『아버지』를 마주보았다.

"시스터 올포트가 왔다면 차라리 잘 됐어. 확인하고 싶은 게 있어. 그 날 일을."

"……그래."

단 둘이 남은 대기실에서, 계속 어긋나기만 했던 부녀가, 똑바로 마주보았다.

"나…… 그 날의 약속을 어기려고 해."

※

시간은 오후 9시 조금 전.

어슴푸레한 스테이지에서, 오른손으로 애나의 목을 움켜쥐고, 왼손으로 구속된 유우리를 붙잡은 채, 제인 올포트는 토라키와 와라쿠에게 미소를 지었다.

"안녕? 유라 토라키. 좋은 밤이야."

제인 올포트가 서 있었다. 양손은 막혀 있었다.

그래도 올포트에게는 생명력 그 자체라고 해도 과언이 아닌 에너지의 압력이 있었다. 토라키는 양손이 자유롭지만, 올포트의 양손이 막혀 있다는 이 상황에서도 토라키는 그녀를 이길 비전이 떠오르지 않았다.

"햐쿠만고쿠와 애나를 어쩔 셈이지?"

"아무것도 안 해. 시스터 햐쿠만고쿠는 성무의 복무규정 위반의 의혹이 있으니까 구속했을 뿐이야. 이 여자 팬텀은 갑자기 덤벼들기에 저항을 한 것뿐이지. 이 녀석을 죽일 예정은 없어. 방해만 하지 않는다면."

그렇게 말하고, 올포트는 애나의 몸을 아무렇게나 던져 버렸다.

객석에 늘어선 테이블에 부딪친 애나는 축 늘어졌다. 지켜보고 있던 찰리와 휴버트가 황급히 애나에게 달려갔다.

"그런데 시스터 예레이는 어디 있지? 여기 있다는 건 시스터 햐쿠만고쿠에게 들었어. 너희들이 궤변으로 성무를 방해하려고 하는 것도. 중심인물인 그녀에게 이야기를 들을 필요가 있어. 내보내줄래?"

"아이리스는 지금 좀 바빠. 용건이 있다면 파트너 팬텀인 내가 듣지."

그 순간 올포트의 미소가 사라지고, 한 걸음 앞으로 나섰다.

"너무 나를 도발하지 않는 게 좋아. 지금 이 순간, 너 한 명을 재로 만드는 건 아주 쉬운 일이라는 것을 잊지 말아줬으면 좋겠어. 내가 그러지 않는 건······."

올포트의 미소 짓는 눈동자가 노인 한 명을 보았다.

"우리들 세계에 연관되지 않은 분이 이 자리에 있기 때문이야."

"당신이 이야기로 들은 그대로의 인물이라면, 나 한 명의 입을 막는 것 정도도 쉽지 않은가?"

"설마! 그럴 수는 없습니다. 와라쿠 토라키 전 경시청 장관."

올포트는 와라쿠에게 분명하게 존댓말을 썼다.

"오랜 세월 일본 국민을 위해서, 일본의 치안 유지를 위해 힘을 다하신 분입니다. 당신과 내 인생의 목적은, 수단은 다르지만 수많은 사람들의 평화로운 생활이죠. 같은 뜻을 가진 선배에게, 그런 무례한 짓을 저지를 수는 없어요."

올포트의 말에 거짓은 없다. 그녀는 팬텀의 목숨을 티끌 이하의 존재로 보지만, 토라키 와라쿠 개인에 대한 경의는 진짜였다.

그렇기에 팬텀의 목숨에 집착하지 않는 잔혹함과 인간에 대한 제대로 된 경의가, 같은 인격 안에 공존하는 것이 너무나도 꺼림칙했다.

"그러면 이야기를 좀 들어주지. 여기 있는 토라키 유라는, 이런 모습이지만 내 형이야. 일본에 제대로 된 호적이 있고, 일본의 법에 보호를 받는 존재지. 손을 대지 말았으면 좋겠군."

"형님께서는 흡혈귀입니다. 우리들의 목적은 재커리 힐의 토벌. 형님이 그것을 방해한다고 말씀하시면, 우리들은 형님을 토벌 대상으로 지정하는 것을 주저하지 않아요."

더욱이 한 걸음 앞으로 나서는 올포트.

"그러면, 인간 세계의 논리로, 여기서 당신을 체포할 수도 있어. 이 블루북에서 당신은 초대받지 못한 손님이야. 불법 침입에 상해, 기물파손, 협박, 햐쿠만고쿠 유우리 군에 대한 포박구금. 뭐든지 이유가 되지."

올포트는 눈을 동그랗게 뜨더니, 그리고 웃었다.

"하하하하하하! 이것 참, 한 방 먹었군요. 우리들에게 적대하는 자가 경찰에 달려가는 일은 보통 있을 수 없으니까요. 무심코 방심했어요."

올포트는 한 차례 웃더니, 유우리를 놓고 가볍게 손가락을 퉁겼다.

그것만으로 유우리를 구속하고 있던 밧줄이 풀리고, 유우리가 풀썩 그 자리에 주저 앉았다.

"시스터 햐쿠만고쿠. 당신의 복무규정 위반의 심사는 시스터 나카우라에게 맡기겠어요. 저도 치지와의 자손을 적극적으로 적으로 돌리고 싶은 게 아니니까요. 그리고 거기 당신, 나중에 이 시어터의 책임자 연락처를 알려줘. 마땅한 변상을 하고, 정식으로 사과하지."

올포트는 그녀를 노려보는 찰리와 휴버트에게 아주 자연스럽게 말했다.

"그렇지만, 설령 일본 경찰에 체포를 당한다고 해도, 재커리 힐 토벌은 이룩해야 합니다. 그것을 방해한다면 형님도 죽이죠. 체포를 하실 거라면, 그걸 고려해서 자유롭게 하세요. 저는 도망치지도 숨지도 않아요. 암십자 기사단도 그건 양해할 겁니다."

"……난처하군."

전혀 자신의 보신을 생각지 않고, 그저 사명감으로 움직이는 인간의 행동은 법이나 규범으로는 묶을 수 없다.

묶을 수 있는 것은, 그 사명감이 무너졌을 때뿐이다.

"아이리스는 지금 한창 『성무』를 수행 중이야. 나도 그 녀석의 파트너 팬텀이니, 설령 기사단장님이 상대라도 파트너를 방해하는 건 막아야겠지."

미소는 미소다.

그러나 만약 자신의 상사가 이런 미소를 지으며 다가온다면, 그것만으로 위축되어 버릴 정도의 박력이었다.

"시스터 에레이에게 지금 맡기고 있는 성무는, 종기사의 연수 감독이라고 들었는데."

"햐쿠만고쿠는 정기사잖아. 전제가 잘못된 성무 따위 무효다."

"그렇다고 해도, 시스터 예레이는, 재커리 힐 토벌 성무에 관여하는 것이 인정되지 않아."

"그러니까 다른 성무라고 했잖아."

토라키는 아이리스가 있는 대기실을 돌아보고서, 말했다.

"그 녀석이 이 나라에서 받은 두 번째 성무를 완수하기 위해서, 재크와 접촉하는 건 피할 수 없어. 햐쿠만고쿠가 그 신청서를 냈을 텐데?"

"그러면, 시스터 예레이 본인이 신청을 하러 와야 하겠지."

"서류상, 햐쿠만고쿠는 아이리스가 연수를 담당한 기사잖아. 서류상, 뭔가 문제 있나?"

토라키는 『서류상』을 강조했다.

무리가 있다고 생각했지만, 의외로 올포트는 당혹한 표정을 지었다.

"그녀의 첫 번째 성무는, 카지로우 오코노기 토벌 또는 확보. 두 번째는, 카츠세 아미무라가 이끄는 이벤트 회사 룸웰의 괴멸 및 카츠세 아미무라의 구속이었다고 알고 있는데, 그건 히키 패밀리와 교섭으로 중단됐었지."

"당신이 룸웰 건에 대해 파악하고 있는 건 그것뿐인가?"

올포트는 의문스럽게 눈썹을 찌푸리더니, 조금 기억을 더 듬는 태도를 보였다.

"내가 시스터 나카우라에게 들은 것은, 현장에 예상 밖의 흡혈귀가 있었다는 것, 위어 울프가 있었다는 것, 미하루 히키가 방해를 했다는 것. 그리고…… 뭐였더라."

"너희들이 서로에게 경의를 담아 부르는 『시스터』라는 건, 그냥 편의상 그렇게 부르는 것뿐인가?"

토라키의 어조가 강해지자, 놀랍게도 올포트의 얼굴에서 여유가 사라졌다.

"우리는 룸웰 현장에서 여자애 한 명을 만났어."

"……아카리 무라오카. 유라 토라키가 근무하는 직장 오너의 딸이군."

올포트가 무라오카에 대해 알고 있는 것 자체에는 놀라지 않았다.

오히려 아이리스의 성무를 상세하게 파악하고 있을 거라는 예상을 했기에, 성무에 성무로 대항하는 것이 아이리스의 작전이었다.

"아이리스는 아카리에게, 팬텀 피해뿐 아니라 그녀가 마음에 품고 있는 불안을 함께 나눈다고 약속했어. 그 아카리는, 내일 공연에 가족 모두가 초대를 받았다. 그 공연을 가족 모두가 즐길 수 있는지 아닌지. 공연이 행복한 기억이 되는지 아닌지. 그걸로 아카리의 미래가 정해진다. 햐쿠만고쿠. 이 부분, 제대로 서류에 적어서 신청했겠지?"

"……적었습니다. 서류를 읽어주셨는지 아닌지는, 모르겠습니다만……."

"나는 너희들이 마음에 안 들어. 마음에 안 들지만, 그래도 너희들이 신의 사도이며, 수많은 인간을 구제하는 『수녀』라는 건 믿고 있다. 그날, 아이리스의 모습을 보고 나는 그걸 믿게 됐지. 그러니까…… 지금, 나는 아이리스를 위해서도, 아카리를 위해서도, 당신들이 재크를 죽이게 놔둘 수 없어."

아미무라의 룸웰이 원인이 되어 아이리스와 알게 된 아카리는, 가정환경의 문제를 모조리 밝힌 끝에 아이리스에게 마음의 구원을 바랐다.

아카리에게 그런 인식은 없었으리라. 아이리스에게 말한 것도, 자신이 보통 대화하는 대상에서 벗어난 인물에게 마음에 품고 있던 묵직한 것을 토해내 후련해지고 싶다는 정도에 지나지 않았을지도 모른다.

그러나 수도사로서 아카리를 대한 아이리스에게, 그것은 신이 사랑하고 지키고 구하라고 정해준 길 잃은 어린 양의 위기였다.

이 경우, 아카리가 직면한 위기는 부모님의 사이가 틀어진 끝에 이혼하는 문제.

룸웰이 괴멸하고서도 틈틈이 아카리와 교류를 하고 있던 아이리스는, 아카리가 품고 있는 문제가 해결되지 않았다고 판단했다.

그리고 어제 무라오카 가족이 ZACH의 라이브에 초대를 받은 것이, 파탄 직전이었던 무라오카 가족의 인연을 아주 약간이지만 이어주었다.

만약 라이브가 개최되지 않거나, 개최되었다고 해도 훗날 재커리의 부보나 행방불명의 소식을 무라오카 가족이 듣게 되면, 인연을 간신히 이어주고 있던 『가족 모두가 좋아하는 것』을 잃게 된다. 마모된 인연은 이번에야말로 슬픔에 끊어져, 두 번 다시 돌아오지 않을 것이다.

올포트는 그저 토라키의 눈을 똑바로 바라보았다. 그것은 말문이 막힌 것 같기도 하고, 궤변을 논하는 흡혈귀를 깔보는 것처럼 보이기도 했다.

"흡혈귀가 하는 말을, 나는 믿지 않아."

"……뭐야?"

"그걸 믿은 탓에, 내 버디는 죽었다."

올포트의 압력이, 한 단계 강해졌다.

"암십자와 연관된 지 얼마 되지도 않은 흡혈귀가 잘난 듯이 말하지 마라. 네 이야기를 믿기에 충분한 증거는 없어. 암십자의 의사결정은 팬텀의 의견으로는 뒤집히지 않아."

그리고, 토라키에게 한 걸음 앞으로 나섰다.

"거기서 비켜."

"안 비켜. 지금 아이리스는 재크와 중요한 얘기를 하는 중이다."

"유라 토라키! 재커리 힐 토벌의 방해 행위로 간주하고, 처단한다."

"해봐. 내 의사결정도, 네가 뒤집을 수는 없어!"

어슴푸레한 스테이지 안에서, 그 은색 빛은 정확하게 토라키의 심장을 꿰뚫었다.

"형!"

샷건 데우스크리스의 탄환이 꿰뚫자, 와라쿠 옆에서 토라키의 몸이 날아가 벽에 부딪혔다.

와라쿠의 비명이 울렸지만, 금방 이변이 일어났다.

벽에 부딪힌 토라키의 몸에서 한 방울의 피도 흐르지 않고, 그대로 검은 안개가 되어 사라진 것이다.

"뭣이!"

"실내에서 샷건 같은 거 쏘지 마라 바보자식. 와라쿠한테 맞으면 어쩌려고."

"크!"

다음 순간, 토라키는 올포트의 정면에 나타나 데우스크리스의 총신을 제압했다.

"유라 토라키!"

올포트는 무시무시한 힘으로 토라키의 손을 튕겨내고, 또다시 토라키에게 일격을 쏘았다.

그러나 이번엔 날아가지도 않고, 그 자리에서 토라키는 검은 먼지가 되어 올포트에게 달라붙었다.

"이놈……! 어째서! 이름을, 포착했을 텐데…… 확실하게, 어째서냐!"

"네가 포착했다는 건, 이거 말야?"

검은 먼지가 올포트 앞에 검붉은 십자가를 옮겼다.

"히키 가문 특제『피의 각인』. 히키 미하루가 내 생명 반응을 추출해서 만든 술식이다. 이것도, 나란 말이지. 그리고……."

"……흡혈귀놈."

"어이쿠야……."

올포트뿐 아니라, 와라쿠도 모자를 누르면서 탄식했다.

어느샌가, 올포트를 앞뒤로 끼고서 두 사람의 토라키가 있었다.

두 토라키의 손톱에서 핏줄기가 뿜어져 나와 한쪽은 겨누고 있는 데우스크리스의 총구에, 한쪽은 올포트의 목덜미에 피의 칼날을 대고 있었다. 올포트의 다음 한 수를 봉하는 상태다.

"재크처럼 길거리에서 여러 명이 되지는 못하지만 말야."

그것은, 재커리가 조우시가야에서 암십자를 상대로 보인 분신술과 같은 성질의 기술이었다.

검은 안개가 되어 실체화하는 기술을 응용하여, 단순하게 두 군데에서 실체화하는 기술. 흡혈귀 개인의 능력에 따라서 실체화할 수 있는 수나 범위가 늘어나지만, 지금의 토라키는 이것이 고작이었다.

"자라의 피는 속이 울렁거릴 정도로 마셔도 이 정도로군. 인간의 피 같은 걸 마시면, 어떻게 되는 건지……."

"이 정도 잔재주로, 내 움직임을 막았다고 생각하나?"

올포트의 얼굴에는 조바심보다 분노가 깃들지만, 토라키

는 쓴웃음을 지으며 고개를 옆으로 저었다.

"그럴 리가 있나. 본래 당신을 이기려는 생각 따위 털끝만큼도 안 해. 나는 그저……."

두 사람의 토라키 중에서, 올포트의 등 뒤에 있던 쪽이 사라지고 정면에 검은 안개가 모였다.

그리고 그의 등 뒤에 나타난 두 명의 사람을 가리듯 서서, 말했다.

"파트너와 그 아버지가 납득할 때까지 대화를 할 수 있게, 시간을 벌었을 뿐이야…… 윽."

서 있었던 것은 한순간. 곧장 무릎에 힘이 빠져서 그 자리에 무너져 버렸다.

"유라! 괜찮아?!"

나타난 아이리스가 토라키에게 달려갔다.

"내 제자라면 하다못해 앞으로 둘 정도는 더 만들었으면 좋겠는데."

재커리는 모자를 가슴에 대면서, 주저앉은 토라키를 앞에서 가렸다.

"……시스터 예레이. ……재커리 힐."

더블 배럴 샷건 데우스크리스는 이미 두 발 다 쏘았다.

그러나 리베라시온은 아직 꺼지지도 않았고, 나무 침이 있으면 올포트는 아직 더 싸울 수 있다.

"올포트! 너는 나를 쐈다! 그러나 나는 너를 손가락 하나 안 건드렸어! 재크도 이렇게 나왔다. 그래도 아직, 억지를 부릴 셈이야?"

"유라, 괜찮아. 조금 쉬어. 이제부터 내가 할게."

밀려드는 피로에 저항하면서 외치는 토라키를, 아이리스가 진정시키고 일어섰다.

결과적으로, 아이리스와 재커리가 토라키를 지키면서 올포트와 대치하는 형태가 되었다.

"……시스터 올포트."

아이리스는 긴장한 음색으로 불렀다.

"저는 지금 도쿄 주둔지의 기사입니다. 저는 재커리 힐이 도쿄에 있는 한, 저 자신의 성무를 위해서 그를 보호하겠어요. 그가 명확하게 인간에 대한, 악의를 품고 죄를 범하는 그 날까지는."

"재커리 힐은 이미 죄인이다. 놈은 유니스 예레이를……."

"죽이지 않았어요."

그때, 애나가 날아간 바람에 망가진 테이블 하나가 객석 옆에서 무너져 떨어졌다.

하늘을 걷고, 강대한 흡혈귀를 가지고 노는 기사단장이, 그 소리에 놀란 것처럼 한순간 아이리스에게서 눈길을 떼었다. 다시 아이리스를 보았을 때 그 표정은, 아닌 밤중에 홍두깨라는 표현이 더할 나위 없이 어울리는 표정이 없다는 수준으로 눈이 동그래져 있었다.

"재커리 힐은 분명히, 어머니를 흡혈귀로 만들었어요. 하지만, 어머니를 죽이지 않았어요. 어머니를 죽인 건……."

아이리스는 미소를 지었다.

"어머니를 죽인 건, 예레이 가문이 대대로 다스린 마을, 예레이 장원의, 마을 남자들입니다."

"말도 안 돼!!"

인형처럼, 어떤 의미로 얼빠진 표정을 짓고 있던 올포트가 갑자기 흥분했다.

아이리스의 말을 믿을 수 없는 건지, 격렬하게 고개를 옆으로 저었다.

"있을 수 없다! 너는 자신이 무슨 말을 하고 있는지 알고 있나!"

"……네. 물론이죠. 10년 전 제가 한 말과, 완전히 다른 이야기를 하고 있어요."

"어째서 예레이 장원의 인간들이 유니스를 죽이지?! 아니, 어떤 이유가 있었든, 유니스가, 그냥 마을 사람들에게 쉽사리 살해당했을 리가 없어! 그런데 흡혈귀가 된 것은 정말이라고?!"

"어머니가 죽은 사건에 대해서, 2년에 걸쳐 조사에 협력했습니다. 그것 모두에서, 저는 어머니가 죽게 된 진상에 대해 거짓말을 했어요."

"어째서!"

"그게 어머니의…… 아뇨, 엄마랑, 아빠의 바람이었으니까. ……엄마랑 아빠가 정한 것을, 저 혼자서 뒤집을 수는, 없었어요."

"무슨……."

올포트가 당황했다. 아이리스가 한 걸음 나서자 이번에는 올포트가 한 걸음 물러섰다.

그대로 비틀거리면서 몇 걸음 물러난 올포트는, 소파에 뒤꿈치를 부딪치면서 그대로 앉았다. 하늘을 걸을 수 있는 올포트가 소파에 걸려 주저앉는 것을 본 아이리스는 봉인된 진실을 이야기하기 시작했다.

시스터 올포트는 잘 아실 겁니다.

엄마가…… 유니스 예레이가 어째서, 재커리 힐과 함께 살기 시작했는가를.

엄마랑 아빠는, 서로 깊게 사랑하고 있었어요.

20년 전 아이카 무로이 '토벌 작전 당시 팬텀 측에 서서 싸운 아빠를, 엄마가 붙잡았습니다. 데우스크리스에 관통되어 죽어가던 아빠를, 엄마는 어떻게든 죽지 않도록 간병했다고 해요.

처음에는 아이카 무로이를 포함한 흡혈귀 커뮤니티의 정보를 캐는 것이 목적이었다고 했습니다만, 쑥스러워하면서 말하고 있었으니 정말인지 아닌지는 몰라요.

다만 아빠에게는 전세계에 본래 인간이었던 흡혈귀 제자가 있고, 아이카 무로이의 군세에 가세한 것은 그 제자들을 위해서라고 이야기를 했어요.

저의 친아버지인 조지 예레이 또한, 처음부터 아빠의 이야기를 열심히 들었다고 해요.

아버지의 첫사랑은 위어 울프 소녀였다고 해요. 암십자 기사단 관계자였던 아버지의 가계에서 위어 울프와 교류를 하는 건 말도 안 되는 일이고, 시대 탓도 있어서 그 소녀의 인생은 불행해졌다고 합니다.

그런 배경도 있어서, 두 사람은 아빠를, 한편으로는 팬텀을 이해하는 툴로써, 한편으로는 친구처럼 대했습니다.

아빠가 저택 지하에 연금되었을 때 이미 엄마는 저를 임신한 지 반년이 지났어요. ……수도기사로서 지극히 비합리적이고 위험한 행동이라고는 저도 생각합니다.

다만 엄마도 아버지도, 전부터 팬텀을 그저 해충처럼 처리하는 잉글랜드 본국의 방침에 의문을 품고 있었어요.

네. 시스터 올포트는 처음부터 그런 제 부모님의 생각에 반대를 하셨다고, 들은 적이 있어요.

그래도 아빠를 저택에 숨기고 있는 것을 기사단 본부에 비밀로 해주신 것을, 엄마는 언제나 감사하고 있었습니다.

전기는, 제가 세 살 때. 아버지가 병으로 돌아가셨을 때였어요.

이미 아버지와 아빠는, 붙잡은 자와 붙잡힌 자라는 일그러진 관계였습니다만 좋은 친구가 되어 있었습니다.

현대 의학으로도 암십자의 지식으로도 고칠 수 없는 병에 걸린 것을 알게 된 아버지는, 마음에도 병이 걸려버렸다고 해요.

이제 막 딸이 태어난 참이고, 아직 마흔이 안 된 남성에게 너무나 괴로운 운명이었을 거라고 상상할 수 있어요.

……아버지는, 아빠에게 부탁했다고 해요.

『나를, 흡혈귀로 만들어줘』라고.

그러면 병에 지지 않고 죽지 않을 거라고 생각한 거였죠.

아빠는, 거절했습니다.

연금 생활이 길어지는 가운데 인간 측에서 흡혈을 요구하는 것이, 흡혈귀로서 얼마나 큰 유혹이었을까 생각해요. 하지만, 아빠는 그러지 않았어요.

『본래 인간이었던 흡혈귀』가 어떤 운명에 이르게 되는지, 잘 알고 있었으니까요.

아버지는 기사가 아니었어요. 결코 몸도 마음도 강한 인간이 아니었습니다.

예레이 장원의 영주로서 정원의 꽃을 가꾸고, 독서를 하는 게 무엇보다 어울리는 사람이었어요.

아빠는, 피를 빨게 하려고 유폐실을 연 아버지를 그 자리에 남기고, 일부러 엄마한테 가서 자신을 다시 유폐하라고 말했습니다.

아빠는 아버지를 성심성의껏 설득했어요. 이윽고 자신도 성십자교도였던 아버지는 자신이 신의 곁으로 가는 운명을 받아들였다고 해요.

아버지가 돌아가시고 조금 지나서, 이제 막 철이 들기 시작한 저는 처음으로 아빠와 만났습니다.

엄마는 흡혈귀인데도 불구하고, 아버지가 성십자교도로서 사람의 목숨을 다하는 길을 가도록 설득해준 아빠를 진심으로 신뢰하고 있었습니다.

아버지가 죽고 1년 뒤, 엄마는 아빠를 연금 생활에서 해방했습니다.

아무것도 몰랐던 제가, 재커리 힐을 아버지나 그에 준하는 친척 중 누군가라고 인식할 때까지 시간은 걸리지 않았어요.

아빠가 엄마나 저에게 흡혈 충동을 보인 일은, 한 번도 없었다고 단언할 수 있습니다.

시스터 올포트와 어머니의 길이 갈리게 된 것도 이 무렵이군요.

아빠의 존재를 간과할 수 없게 된 시스터 올포트가, 몇 번이고 아빠를 처분해야 한다고 주장하면서 엄마와 싸우셨던 것을 기억하고 있어요.

솔직하게 말씀 드려, 저는 그 무렵 시스터 올포트를 싫어했습니다.

아빠는 이렇게 상냥하고 멋진 사람인데, 어째서 이 사람은 이런 심한 말을 해서 엄마랑 아빠를 슬프게 만드는 걸까 했죠.

암십자 기사단이나 팬텀, 흡혈귀가 어떤 존재인지 어렴풋이 이해하기 시작한 무렵이었지만, 지금 생각하면 『경찰 아저씨는 도둑을 잡는 사람』 정도의 인식이었군요.

그래서 저는 아빠에게 말했습니다.

『나랑 아빠는 사이 좋으니까, 다른 애들이나 다른 흡혈귀도 사이 좋게 지내면 좋을 텐데.』

아빠는 슬픈 표정으로 말했습니다.

『너무 흡혈귀를 신용하지 않는 게 좋아.』

저는 놀랐습니다. 엄마와 아빠는 서로를 깊게 신뢰하고 있는 모습밖에 보여주지 않는데, 어째서 갑자기 이런 말을 하는 건지.

『인간은 인간들끼리도 서로 이해를 못하는데, 종족이 다른 흡혈귀랑 어떻게 서로 이해하라는 거야? 인간에게 흡혈귀는 적이야. 그리고 흡혈귀에게도 인간은 적이다. 그 전제를 잊으면, 서로 불행한 결과를 맞이하게 되지.』

엄마가 아빠에게 보내는 신뢰와, 아빠가 엄마에게 보내는 신뢰는 어쩐지 성질이 다르다는 것을 이때 깨달았습니다.

그래도, 저희들은 평화롭게 살고 있었어요.

시스터 올포트가 엄마와 버디를 해소해주신 덕분에, 엄마는 평소에도 집에 있으면서 저와 놀아주었습니다.

아빠는 달밤에 함께 아버지의 묘에 가서, 아버지와의 추억을 들려주셨어요.

겉으로 보기에는 이질적이었겠죠. 그렇지만 저희들은 분명히 하나의 가족이었습니다.

……그날까지는.

그래요. 어머니가 살해당한 날입니다.

그날, 예레이 장원의 팬텀용 결계에 지극히 강력한 흡혈귀가 침입했습니다. 그 팬텀은 저택의 창을 깨고 뛰어들어왔어요.

저녁 식사 시간이었습니다.

『어째서야!』

엄마가 그렇게 외친 것을 기억하고 있어요.

엄마와 아빠는 즉시 대응했습니다만, 저를 감싸면서 싸우기에는 그 흡혈귀가 너무 강했습니다.

데우스크리스를 두 발 맞고서도 죽기는커녕 전혀 물러서지 않은 그 흡혈귀……

둘이서 간신히 격퇴했습니다만, 엄마는 치명상을 입고, 아빠도 일어서기 어려울 정도의 중상이었습니다.

사용인도 몰살당하고, 기사 훈련을 받지 않은 아홉 살의 저는 아무것도 못했어요.

그래서…… 아빠는…….

아이리스는 말문이 막혔다.

이야기하는 중간부터 계속 안색이 창백했지만, 친아버지가 죽은 이야기 때부터 서 있는 것도 신기할 지경이었다.

"그래서, 아빠는…… 엄마를……."

그러나 그 말은 커다란 그림자에 가로막혔다.

"더 이상, 부모의 죄를 아이가 고백하게 할 수는 없겠지."

"재커리 힐……!"

올포트의 눈에 새로운 증오가 깃들었다. 그래도 움직이지 않는 것은, 그녀 또한 아이리스의 말에 동요하고 있기 때문일 것이다.

"내가 유니스를 구할 방법은 하나밖에 없었어. 조지를 인간으로 살아가도록 설득해서 죽게 내버려둔 주제에, 나는…… 눈앞에서 유니스가 죽는 것을, 볼 수가 없었지."

재커리는 치명상을 입은 유니스를 흡혈귀로 변화시켜서 그 목숨을 구하려 했고, 그 시도는 성공했다.

그러나 사태는 거기서 끝나지 않았다.

"저택에 침입한 흡혈귀는 2중의 함정을 준비했다……. 예레이 장원의 마을 사람들을 선동한 거지. 유니스 예레이가 흡혈귀에게 습격을 받아, 흡혈귀가 됐다. 이대로는 마을 전체가 유니스의 습격을 받아 멸망한다고."

데우스크리스를 두 발 맞았는데도 쓰러지지 않은 흡혈귀가, 예레이의 기사에게 중상을 입히고서도 마무리를 짓지 않은 이유를 잘 생각했어야 했다.

그 흡혈귀는 처음부터, 유니스를 흡혈귀로 바꾸는 것이 목적이었다.

"놈은…… 『나와 같았어』. 그래서 유니스는 나와 마찬가지로 대하면, 흡혈귀와 인간이 융화할 수 있다고 생각해 버렸지. 물렀던 거야. 놈은 그런 게 아니었지. 피와 악의를 무엇보다도 바라는 흡혈귀…… 도저히, 그게 본래 인간이었다는 걸 믿을 수가 없다."

"뭐라고?!"

이것에 놀란 것은 올포트가 아니라 토라키였다.

토라키는, 유니스 예레이와 그『파트너 팬텀』이 누구와 싸웠는지 알고 있었다. 다름아닌 그 흡혈귀에게 들었다.

"설마 아이카가…… 본래는 인간?"

고요 스트리고이.

원초의 흡혈귀라고도 불리는 그 악마가, 본래 인간인 흡혈귀라는 것일까?

"본래 인간이었다고 해도, 네가 쓰러뜨려야 할 상대이며, 지금 현재 세계최강의 흡혈귀라는 건 틀림없어. 카라스마도 그렇지만, 무엇보다 아이카와 접촉한 너희들이 무사한 것으로, 나는 인생에 남은 행운을 모조리 써버렸다고 생각한다. 놈은, 살아 있어선 안 되는 악마야."

아이카는 재커리가 유니스를 흡혈귀화시킨 다음, 마을 사람을 선동하여 저택을 포위했다.

마을 사람은 암십자 최강의 기사가 흡혈귀를 숨기고 있던 끝에, 그 흡혈귀를 통해 변화해버린 것에 공황을 일으키고 또한 흥분도 하고 있었다.

횃불을 손에 치켜들고 농기구나 삽, 새 사냥용 총까지 꺼내 예레이 저택을 둘러싼 것은, 어제까지 미소를 나누던 마을의 남자들이었다.

『도망쳐! 이대로는 유니스도 아이리스도 살해당한다!』

마을 사람들의 모습은, 도저히 말이 통할 상태가 아니었다. 도망치는 것 말고 선택지가 없었을 텐데, 그러나 유니스는 움직이지 않았다.

『당신도 흡혈귀, 나도 흡혈귀. 그런데, 아이리스는 인간. 이런 가족이 살아갈 수 있는 장소 따윈 전세계 어디에도 없어.』

『그러면……!』

아이리스도!

재커리는 그렇게 말하려다가, 슬픈 미소를 짓고 돌아보는 유니스의 얼굴에 숨을 삼켰다.

『당신이 조지에게 말했잖아. 사람으로 태어났다면 사람으로 죽어야 한다고.』

『그러면, 내 피를 빨아라! 본래 인간이었던 흡혈귀는, 흡혈귀 부모의 피를 빨면 본래대로 돌아갈 수 있어!』

재커리로서는 유니스와 아이리스의 목숨을 동시에 구하는 최후의 수단이었다.

그러나 유니스는 힘없이 웃기만 했다.

『그러면, 당신은 무사할 수 있어?』

『……!』

『흡혈귀화의 부모를 흡혈하기만 하면 되는 것이었다면, 인간이 흡혈귀가 되는 일이, 이토록 두렵고, 꺼림칙한 일이 되지 않았을 거야……. 그걸 할 수 있다면, 어째서 당신 말처럼, 본래 인간이었던 흡혈귀의 불행이 세계에 가득한 거야? 빤하지. 반대로 빨게 되면, 부모 쪽에 뭔가 나쁜 일이 생긴다. 그래서 부모는 자식에게서 도망친다. 그렇지 않아?』

『어차피 10년 전에 죽었을 목숨이야! 나는 너희들을 위해서라면 주저하지 않아!』

재커리는 죽음을 각오하고 있었다. 애절하게 바라기까지 하고 있었다.

자식 흡혈귀에게 피를 빨린 부모 흡혈귀는, 죽는다.

본래 인간이었던 흡혈귀가 인간으로 돌아가기 위해 필요한 마지막 한 걸음은, 흡혈을 통한 **부모 살해**다.

『나는, 내가 살아남기 위해 아이 눈앞에서 아버지를 죽이는 일, 못 해.』

『아이리스의 아버지는 조지다! 내가 아냐!!』

『아빠!!』

어린 아이리스가 그 다리에 매달렸다.

재커리는 말을 잃고, 그 이상 유니스의 각오를 뒤집을 말을 하지 못하게 되어 버렸다.

『나도…… 당신을 죽이는 일, 못 해…….』

그렇게, 유니스는 재커리와 아이리스를 끌어안고, 아주 조금만, 울었다.

흡혈귀인 채 둘이서 도망치면, 아홉 살인 아이리스는 누구의 지원도 받지 못한 채 햇빛의 세계에 혼자 남게 된다.

유니스가 재커리를 흡혈하여 재커리를 희생시켜도, 유니스와 아이리스는 이제 여태까지의 생활로 돌아갈 수 없다.

이 사태에 이른 원인을 암십자가 추궁하면, 이윽고 유니스가 재커리뿐 아니라 기사단이 총력을 들여 토벌하고자 한 흡혈귀와 접촉한 사실이 드러난다.

예레이의 기사로서 있을 수 없는 사태였다. 암십자에서 추방되면 데우스크리스도 리베라시온도 잃고, 유니스와 아이리스는 역대 기사들이 적으로 돌린 수많은 팬텀들의 원망을 한 몸에 받게 될 것이다.

아이리스가 혼자라도 안전하게, 싸우기 위한 힘을 익히는 날이 올 때까지 최선의 길은 하나밖에 없었다.

『……아이리스. 잘 들으렴.』

흡혈귀가 된 어머니의 손은, 그렇게 되기 전과 다름없이 따스했다.

『제인이 반드시 구하러 올 거야. 그러니까 저택의 비밀통로에 숨어서, 마을 사람들에게 발견되지 않아야 해.』

『엄마? 왜 그래? 무슨 말이야?!』

『너는 아무것도 잘못한 거 없어. 만약 제인이 오면, 이것만 말해. 엄마가, 흡혈귀가 돼서, 살해당했다고.』

어른이 된 지금이라면, 아이리스도 이때 어머니의 의도를 이성으로 이해할 수 있다.

사태가 재커리를 숨긴 유니스 한 명의 실책으로 처리되면, 아이리스는 기사단에 보호를 받을 수 있다. 어린 아이리스의 증언이라면, 올포트도 유니스를 흡혈귀화시킨 것이 재커리라고 생각할 것이다.

여기서 아이카의 존재를 밝힐 수는 없었다. 밝히면 유니스가 재커리 말고 다른 흡혈귀와 결탁하여 암십자에게 좋지 않은 일을 꾸미고 있었다는 의혹을 불러일으킬 수 있으며, 아이리스의 안전을 확보할 수 있는 가능성이 낮아지기 때문이다.

그 유니스의 생각을 재커리도 받아들이고, 아이리스의 미래를 위해 굳이 오명을 쓸 것을 결심했다.

아이리스는 울부짖었다.

엄마와 아빠와 헤어져야 한다. 그것이 아무런 조짐도 없이 바로 눈앞에 닥쳤다는 것을, 생물의 본능으로 이해했다.

사리분별이 되는 나이였다고 생각한다.

그러나 자식의 안전과 미래를 위해 자신의 목숨도 긍지도 내던지는 부모의 사랑을 이해하기에, 아이리스는 너무 어렸다.

눈물을 흘리면서 미소를 짓는 엄마의 마지막 키스 직후에 아이리스는 의식을 잃었다. 다음에 정신이 들었을 때 눈앞에는 제인 올포트의 초췌한 얼굴이 있었다.

올포트는 유니스에게 예레이 저택의 숨겨진 통로 장소를 들어 알고 있었다. 그녀는 축축한 공간 안에 누워 있는 아이리스를 발견하고, 조용히 눈물지으며 강하게 끌어안았다. 그리고 아이리스를 저택에서 데리고 나갔다.

아이리스는 혼란스러웠다.

의식을 잃기 전에 본 것이, 모두 꿈이라고 생각했다.

엄마와 아빠의 모습을 찾아서 올포트의 품 안에서 날뛰고, 그리고 아이리스는 보고 말았다.

피웅덩이 속에 있는, 엄마의 데우스크리스를.

햇빛 아래, 핏발 선 눈으로 오가는 예레이 장원 남자들의 온몸이, 재로 지저분한 것을.

남자들이 모두, 나무 말뚝을 들고 있는 것을.

『보지 마!!』

올포트의 경고는, 너무 늦었다.

엄마는 죽었다.

살아 있었다. 흡혈귀가 되어 살아났을 것이다.

그런데.

마을 남자들이.

언제나 웃으며 엄마와 나에게 인사를 하던 마을 남자들이.

『인간 남자가, 엄마를, 죽였다.』

그날부터, 아이리스 예레이는 암십자 기사단으로서 인간 세계를 지키는 운명에 놓이면서도, 두 번 다시 인간 남자를 직시할 수 없게 되어 버렸다.

※

"……믿으라는 건가? 그런 이야기를."

"믿지 못해도 상관없어, 그러나 사실이다."

"뭐든지 아이카 무로이에게 책임을 뒤집어씌울 수 있다고 생각한다면, 큰 착각이다!"

"정말입니다. 아이카 무로이 본인이 그것을 인정했어요."

올포트는 과거에 품에 안고 있던 소녀를 노려보았다.

분노와, 혼란과, 증오와, 위화감이 한데 뒤섞인 엄격한 표정이었다. 하지만 어째선지 그 표정은, 그녀가 쓰고 있던 미소와 비교하면 무서울 정도로 아무렇지도 않았다.

"설령 그 이야기가 사실이라고 해도, 재커리 힐이 과거 아이카 무로이 편에 서서 암십자와 싸운 과거는 사라지지 않아."

"그건 틀림없겠죠. 그 싸움이 어떤 것이었는지 저는 모르고, 아빠가 당시에 내세운 싸운 이유도, 말해버리자면 전쟁 중의 일입니다. 일일이 고려해달라고 말씀 드리진 않아요. 하지만…… 그것뿐이라면, 저는 시스터 올포트의 성무에 대해 새로운 검토 재료를 제시했다고 생각해 주세요. 제 이야기를 듣고서도."

아이리스는, 올포트의 감정을 정면으로 받아냈다.

"또 한 사람, 소녀를 불행하게 하면서까지, 재커리 힐 토벌을 계속하시는 건가요?"

누군가에게 보호받지 않으면 살아갈 수 없었던 소녀는 지금, 한 명의 소녀를 지키기 위한 힘을 가진 기사였다.

"…………그러고 보니, 그런 이야기였지."

올포트도, 새삼 떠올렸는지 문득 긴장을 풀었다.

"아이리스 예레이."

새삼 아이리스의 이름을 불렀다. 시스터, 가 아니라 풀네임을 부르고, 그리고 말했다.

"Swear by God."

"⋯⋯I Swear by God."

아이리스는 대답했다.

잠시 마주본 다음, 먼저 눈길을 피한 것은 올포트였다.

"⋯⋯거짓말은 아니라고 판단하는 수밖에 없군."

"시스터 올포트⋯⋯."

"이 힘에 대해서도 생각해봐야 한다고 새삼 이해했어. 10년 전, 나는 마찬가지로 이 힘을 써서, 너에게 증언을 얻었지. 아홉 살이니까, 다소의 트라우마가 있어도 분별이 되는 나이라고 생각해 버렸다. 거짓말을 정말이라고 생각하는 어린애한테 이 힘은 의미가 없군. 좋아, 기억했다."

굳이 종잡을 수 없는 분위기를 다시 두르듯 괜히 높은 목소리로 말한 올포트는, 어색하게 몸을 돌렸다.

"실례했군. 오늘은 철수하겠어. 미안하지만, 시어터의 수리 비용은 시스터 예레이를 통해서 청구해줄 수 있겠나?"

"내 목숨은 살려준다고 생각해도 되는 걸까?"

"착각하지 마라. 방금 전에도 말했지만 한 번 아이카 무로이 측에 선 죄는 사라지지 않아. 그러나, 이번 성무에 걸려 있는 용의는 유니스 예레이 살해 용의다. 그것이 분명치 게 된 이상, 성무를 즉시 집행할 수는 없어졌어. 그뿐이야. ⋯⋯그렇지 참."

그리고 올포트는 이제 생각난 것처럼 와라쿠를 보았다.

"아니면 저는 지금, 여기서 체포되는 걸까요?"

"……지금 나는 민간인이야. 현행범의 사적 체포도 못하는 건 아니지만, 늙은이한테 무리를 시키지 마. 이 상황에서 형이나 재크를 시킬 수도 없고. 극장에 사과를 하고 극장이 그걸로 납득을 한다면, 그거면 되겠지."

샷건이나 폭력 사태로 여기저기 부서진 상황에서 납득하는 극장주가 있을 것인가 하는 의문에는 재커리가 대답했다.

"블루북의 경영자는 인간이고, 팬텀의 세계 따윈 몰라. 내가 잘 구슬려보지. 빚 하나야."

"그걸 은혜로 느낄 거라 생각하지 마라. 네놈이나 유니스가 나에게 빚진 것은, 무엇 하나 받지 못했으니까!"

괜히 너스레를 떠는 재커리에게, 올포트가 내뱉었다.

"……돌아갈 건가?"

아이리스의 손을 빌려 일어선 토라키의 목소리에, 올포트는 돌아보지 않았다.

"……감시자는 늘 두겠지만, 가까운 시일 안에 토벌은 중지한다고 맹세하지. 마지막으로, 시스터 예레이."

"앗, 네."

이렇게 정면으로 본국의 결정을 무시한 것이다.

어떤 처분이 내려질까. 아이리스의 얼굴에 곧장 긴장이 드러났다.

"성무를 수행하는 건 좋다. 그러나, 네 가족이 네 가족밖에 모르는 판단을 한 것처럼, 아카리 무라오카와 그 가족이 내리는 결단이 어떤 것이든, 존중하도록 해. 알겠지?"

"……알겠습니다."

"시스터 햐쿠만고쿠."

"아, 네!"

"……시스터 예레이가 재신청한 성무 서류를 심사한다. 선샤인60으로 돌아가지."

"아, 알겠습니다!"

그 말만 하고서, 이번에야말로 올포트는 물러갔다. 일의 전개를 지켜보고 있던 유우리는 표정이 활짝 밝아지더니, 토라키 일행에게 인사를 하고 올포트 뒤를 따랐다.

"……괜찮아?"

토라키는 자연스럽게 아이리스의 어깨를 만졌다.

긴장이 풀리자 이번에는 아이리스가 무너질 것 같아서, 토라키는 후들거리는 무릎을 필사적으로 억눌렀다. 아이리스는 조금만 토라키의 얼굴을 올려다보았다.

"……고마워."

그리고 조금만, 토라키에게 체중을 맡겼다.

"무리시켜서, 미안해. 덕분에 아빠랑, 천천히 대화를 할 수 있었어."

"……수고했다."

아주 가볍게, 아이리스의 조용하고 고독한 싸움을 토라키는 위로했다.

"……응."

아이리스도, 고개만 끄덕였다. 그만큼, 무거운 싸움이었다.

토라키는 분명, 아이리스의 과거를 알았다고 해서 좋게도 나쁘게도 태도를 바꾸지는 않을 것이다.

그러나 이렇게 옆에 서주기만 해도, 흡혈귀를 또 한 명의 아버지로 사랑한 어린 소녀인 자신이 구원 받는 것 같았다.

아이리스가 작게 한숨을 쉬고, 문득 토라키를 올려다보았다.

"……유라, 나 말야…….."

아이리스는, 지금까지 토라키에게 말하지 않은 것을 전부 말했다고 생각했지만, 아직 한 가지 말하지 못한 게 있었다.

말할 거라면, 지금밖에 없다고 생각하여 무거운 입을 연 다음 순간…….

"잠~~~깐 실례할게요오~~?"

"꺄악?!"

"우오?"

갑자기 강한 충격과 함께 몸을 지탱하는 것이 사라져, 아이리스와 토라키는 꼴사납게 엉덩방아를 찧었다.

황당해서 고개를 들자,

"어머나~ 죄송합니다! 어두운 곳에서 눈에 거슬리는 짓을 하고 있기에, 무심코 몸통박치기를 해버렸어요!"

오니로 변신이라도 할 법한 미하루가 올포트 따위 비교도 안 되는 증오를 담아, 토라키의 팔을 잡으며 아이리스를 내려다보고 있었다.

"미, 미하루?! 어, 어느 틈에?"

"어느 틈에에? 라고 말을 하는 건가요! 이 도둑고양이! 어느 틈에라고 했나요! 이 도둑고양이!"

"어째서 두 번 말하는 거야!"

아이리스는 엉덩방아를 찧은 엉덩이를 털면서 일어섰다.

"어머나—! 이 은혜도 모르는 것! 이 라이브 하우스는 시스터 나카우라가 지휘해서 완전히 암십자가 포위하고 있었거든요?! 게다가 아이리스 예레이, 당신의 팔 하나 둘쯤 희생되는 걸 고려하고서 돌입 준비를 하고 있었어요! 그걸, 와라쿠 장관과 재커리 힐이 아닌 팬텀에게 손을 대면 히키 가문과 전면전쟁이라고 말해서, 몇 십분이나 막고 있었던 나에게 조금 정도는 감사를 해도 되지 않을까요?!"

"어, 야 미하루. 조금 진정하라고……."

거칠게 콧김을 뿜으며 팔을 가슴팍에 꾸우욱 강하게 대려고 하기에, 토라키는 필사적으로 떨어지려고 했지만 미하루의 힘이 그것을 용납하지 않았다.

"……그렇구나, 고마워. 미하루. 덕분에 조금, 나랑 유라도…… 그리고 아빠한테도 시간이 생겼어."

"그렇군. 네가 히키 미하루로군."

토라키와 아이리스가 부르는 이름을 듣고, 재커리는 납득하여 수긍했다.

"유라와 와라쿠가 오래 신세를 지고 있다고 들었어. 감사하지."

"네! 언제든지 토라키 님과 와라쿠 장관을 지탱하는 것은 바로 저랍니다! 어느 있으나마나 한 수녀하고는 전혀 다르다니까요!!"

곁눈질로 아이리스를 보면서, 뭘 어필하고 있는 건지.

요컨대 댁의 딸에게 분수를 가르치라는 걸까?

"하지만 앞으로는, 나랑 아빠가 유라에게 도움이 될 테니까, 유라와 와라쿠 씨가 미하루에게 의지하는 일도 줄어들 거야. 안심해."

그 딸은 초면 때와 마찬가지로, 터무니없는 말을 척수반사로 뱉어냈다.

그때 미하루는 아직 태도를 꾸밀 여유가 있었지만, 함께 보낸 시간이 길어진 탓인지 아이리스에 대한 참을성이 극단적으로 적어진 모양이다.

"작작해라마, 확 쌔리뿐다."

낮은 목소리와 함께 토라키와 떨어지더니, 갑자기 아이리스의 볼을 양손으로 잡고 누르기 시작했다.

"먀하누고야미하루!"

"이 입이가! 바보맨치로 말하는기 이 입이가!"

그대로 캣파이트를 시작하는 미하루와 아이리스를 곁눈질로 보면서, 재커리는 어쩐지 즐거운 기색으로 와라쿠를 툭 쳤다.

"두 사람은 언제나 이런 느낌인가?"

"내가 아는 바로는 뭐 그래."

그리고 두 사람은 멍하니 서 있는 토라키를 보았다.

"뭐, 뭔데……."

재커리는 함박웃음을 짓고 있었다.

"그러고 보니 유라, 너, 나한테 수련을 받고 싶다고 했었지."

"응? 아, 그래."

"그러면 내가 전에 쓰던 색소폰을 하나 주지. 내일 공연 뒤부터, 너한테 색소폰을 엄하게 가르쳐줄게."

"갑자기 뭔 말이야?"

토라키가 바라는 것은 아이카와 전투를 할 때 도움이 되는 수련이지, 재커리에게서 음악을 배우고 싶다는 말은 한 마디도 안 했다.

"취미를 가지라고 했잖아. 악기를 다룰 줄 아는 남자는 좋거든? 인기가 생겨."

재커리는 계속 투덕거리는 아이리스와 미하루를 흘깃 보면서, 장난스런 웃음을 지을 뿐이었다.

"악기를 다룰 줄 알면 인기가 생긴다는 건 요즘 세상에 초등학생도 생각 안 하거든! 갑자기 뭔데!"

"아예 지금부터 할까? 아래층에 예비 색소폰도 있으니까 연습시켜주지. 자, 이리와!"

"우왓! 이, 이봐 그만 두라고! 대체 뭐냐고!"

"네 덕분에 시간이 생겼어. 딸이랑 대화도 했지. 오늘은, 기분이 좋아!"

대흡혈귀의 힘에 거스르지 못하고 블루북으로 돌아가게

된 토라키를 배웅한 와라쿠는, 아직도 서로를 매도하고 있는 아이리스와 미하루, 두 사람을 중재하려는 애나와 찰리와 휴버트를 보았다.

"의외로, 내가 걱정이 지나쳤을지도 모르겠군."

그렇게 말하고, 자기 배를 살짝 쓰다듬으며 어깨를 으쓱거렸다.

그리고.

"이런 녀석들이랑 있으면, 목숨이 몇 개라도 부족해……."

천장의 환기구에서 플로어의 소동을 보고 있던 아미무라 쥐가, 먼지투성이 덕트 안에서 안심한 나머지 죽은 것처럼 뻗어서 쓰러졌다.

뭐가 뭔지는 모르겠지만 굉장하다. 하지만 뭐가 뭔지 잘 모르겠다.

그것이, ZACH의 도쿄 공연을 들은 토라키의 감상이었다.

악기와 음악이 살아있다고 평한 재커리가 어떤 의도로 말했는지는 충분히 이해할 수 있었다.

ZACH는 색소폰, 드럼, 콘트라베이스, 피아노가 베이스였다. 그밖에 탬버린이 들어가거나 비브라폰이 들어가거나 기타가 들어가는 등 바쁘게 다루는 악기가 바뀌는 그룹이었지만, 재커리는 일관적으로 색소폰에 생명을 불어넣고 있었다.

재즈 라이브의 특색이라는 솔로 어레인지 파트는, 흡혈귀인 토라키마저 음압만으로 몸이 밀릴 만큼의 충격을 받았다.

입으로 노래하라고 하면 절대로 불가능한, 입체적이고 농밀한 소리의 홍수에 뛰어든 지 2시간 반.

공연장을 가득 메운 관객의 압도적인 박수의 홍수에 응답하는 재커리는, 인간인지 흡혈귀인지 따위 생각할 여지도 없을 정도로 생명력이 가득했다.

문득 박수 소리 사이로 옆을 보자, 와라쿠의 표정은 크게 변하지 않았다. 아이리스도 반쯤 감탄하고 반쯤 멍한 표정을 짓고 있었다. 혼자서만 재즈의 진수를 맛보지 못한 것은 아닌 것 같아 가슴을 쓸어 내렸다.

앵콜도 끝나고 공연 종료 안내방송이 나오자, 손님이 돌아가기 시작했다. 그런 가운데, 토라키는 움직이지 않는 그룹이 다소 있는 것을 깨달았다.

모두 셔츠의 소매나 바지 자락, 혹은 가방이나 코트에 오늘의 날짜가 적힌 형광 인쇄 씰을 붙이고 있었다.

토라키와 아이리스와 와라쿠도, 제각각 같은 디자인의 씰을 옷 어딘가에 붙이고 있었다.

초대객을 가리키는 표식이며, 이것이 있으면 대기실에서 연주자와 인사를 할 수 있다.

"어쩔래?"

"미안하지만 난 이만 돌아가겠어. 나쁘지는 않았지만, 허리가 아파서 못 견디겠군. 어제 그렇게 말을 했으니, 이제 와서 이야기할 것도 없고 말이야. 재크한테는, 좋다는 감상이랑, 필요하면 내 연락처를 알려주라고……. 아이고야."

와라쿠는 빠르게 그 말을 하고, 허리가 아니라 배를 쓰다듬으며, 퇴장하는 손님의 무리 가장 뒤를 따라가 버렸다.

"진짜냐."

"와, 와라쿠 씨, 가, 같이 갈게요."

그러자 아이리스가 황급히 와라쿠를 옆에서 지탱하여 같이 가려고 하지 않는가?

"괜찮아. 아직 그 정도는 아니니까. 아이리스 씨야말로, 재크랑 느긋하게 얘기를 해야 하지 않겠어? 지금은 자신을 우선하도록 해."

"아, 네……."

약간 강하게 아이리스의 제안을 거절한 와라쿠는, 그대로 혼잡한 출입구의 인파 사이로 사라졌다.

"왜 그래? 아이리스."

단순하게 노인을 배려하는 것 같지 않았던 아이리스의 모습을 신기하게 생각한 토라키가 물었다.

"……아니, 아무것도 아냐. 지쳤다고 하셨잖아. 굉장한 소리였으니까."

"어어, 그래. 분명히 그랬지. 재크가 나한테 색소폰을 가르친다고 뭐라고 했지만, 저런 건 몇 년이 걸려도 될 것 같지가 않아. ……오."

조금씩 한산해진 객석에서, 토라키는 아카리의 모습을 발견했다.

박스석에서 아카리의 양 옆에 앉아 있는 것은 무라오카와, 이쪽에 등을 돌리고 있는 것이 아카리의 어머니일 것이다.

아카리도 이쪽을 발견하고, 활짝 표정이 밝아져서 일어서더니 이쪽으로 달려왔다.

"아이리스 씨, 토라키 씨, 안녕!"

"안녕? 아카리."

"있지, 있지! 굉장했지! 다섯 곡째 재커리의 솔로!"

그렇게 말을 해도 토라키는 어느 것이 다섯 곡째인지, 세트리스트가 없으면 금방 떠올리지 못한다. 그래도 모두 굉장했던 것은 변함이 없으니, 아카리에게 맞춰 고개를 끄덕였다.

"아~ 하지만 『애니띵 애니스윙』에서 애나의 피아노 솔로도 위험했어어. 피아노가 베이스를 부숴버리는 게 아닌가 싶을 정도로 신이 났었는걸!"

재즈를 잘 모르는 흡혈귀에게 타이틀만 말해도 난처하다.

"그렇게 정열적인 『애니띵』은 처음 들었어. 늘 그런 느낌이야?"

"응. 하지만 음원으로 듣는 거랑 직접 듣는 건 차원이 다르다고 해야 할까 말도 안 된다고 해야 할까. 아니, 음원은 음원대로 물론 뜨겁기는 한데."

아이리스는 토라키보다는 세트리스트 내용을 파악하고 있는 모양이다.

아카리의 화제에 응답하자, 아카리는 정말 기쁜 기색으로 곡의 해설을 시작했다.

그러자 그곳에, 무라오카 부부가 조심조심 다가왔다.

"안녕? 토라키."

"안녕하세요? 신세지고 있습니다."

무라오카는 평소처럼, 그리고 토라키와 초면이 되는 무라오카의 아내는, 조금 미안한 기색으로 토라키와 아이리스에게 고개를 숙였다.

"요전에 아카리가 폐를 끼쳤다고 들었어요. 정말 죄송합니다."

아카리와 많이 닮은, 밝은 생김새의 여성이었다.

입을 열자마자 사과를 해서 토라키는 조금 당황했다.

"아뇨. 저는 정말 아무것도 안 했어요. 출근한 시간이었으니까, 무슨 일이 있으면 아이리스에게 말을 해주세요."

"알았어. 그렇게 할게. 자, 아카네."

무라오카가 아내를 재촉하여 아이리스를 보았다.

부부가 둘이서 고개를 숙이는 모습을, 아카리는 조금 어색한 기색으로, 그러나 어쩐지 자랑스러운 복잡한 표정으로 보고 있었다.

아이리스는 몇 번이나 고개를 숙이는 무라오카 부부 앞에서 식은땀을 흘리며 대응하고 있었다.

남성인 무라오카가 있는데도, 아이리스는 어떻게든 대화를 이어나가고 있었다.

방금 전 와라쿠를 상대로도 그랬지만, 오늘은 평소만큼 겁먹지 않고 남성과 대화를 하고 있었다. 과거를 모조리 털어놓은 덕분일까?

그러는 동안 공연장에는 초대객들만 남고, 극장 직원이 큰소리로 주목을 모았다.

"그러면 초대객 여러분을 순서대로 대기실에 안내하겠습니다! 이쪽으로 와주세요!"

"앗! 됐다! 면회다! 엄마! 얼른 가자!"

"어머, 애 아카리! 아직 아이리스 씨한테 인사를…… 잠깐!"

서둘러서 면회 행렬에 줄 서러 가는 아카리와 아내를 보면서, 무라오카는 웃으며 조용히 말했다.

"이혼하기로 했어."

그것이 너무나 자연스럽고 매끄럽게 나왔기 때문에, 토라키도 아이리스도 한 박자 뒤에서야 그 의미를 깨닫고 무심코 소리를 높였다.

"그, 그, 그거, 아, 아카리는……."

"오늘, 셋이서 의논하고 정했어요. 그러니까, 아카리도 알죠."

"그, 그랬, 있, 었군요. 그게……."

무라오카 본인보다도 아이리스의 충격이 훨씬 커 보였다. 무라오카는 두 사람의 표정을 깨닫고, 당황하여 웃음을 지었다.

"그게, 이혼은 하지만, 계속 함께 살기로 했어요."

""……에?""

"단락을 짓는다고, 해야 할까? 이혼은 한다. 하지만, 나도 그렇고, 아내도 그렇고 서로에게 다가서지 못한 부분이 있었다. 조금 유예 기간을 두고서, 뭐 아카리가 조금 더 어른이 됐을 때. 그러니까, 성인이 됐을 때일지, 대학 졸업을 한 뒤일지는 모르겠지만, 그때도 서로 개선이 되지 않으면 정말로 별거, 완전히 남이 된다. 그렇게 약속을 했어. 지금은 그렇게 넓지도 않은 집 안에서 억지로 가정내 별거, 같은 느낌이고."

애매하다고, 말할 수 있을지도 모른다.

그러나 서류상으로라도 상황을 변화시켜서 의식이 변하는 일은, 분명히 있다.

무라오카 부부는 억지로 하나의 구분점을 넣어서, 새로운 스테이지에 걸어갈 것을 선택한 것이다.

　"그러니까, 토라키도 그 얘기. 보류해둘 테니까 긍정적으로 생각을 해봐. 안 그러면, 혹시 이번에야말로 정말, 일지도 모르니까."

　"무라오카 씨……."

　"아, 그거, 이름 말인데."

　"네?"

　"무라오카라는 건 아내 쪽 성이거든. 이혼을 하면 성이 돌아가는 건 나야."

　"어?! 그, 그랬어요?"

　"응. 내 옛날 성은, 무라타라고 해."

　"그 절묘하게 완전히 바뀌지 않는 느낌 뭔데요."

　"아카리도 그러더라. 하하하……."

　그때 행렬 중간까지 나아간 아카리가 멀리서 말을 걸었다.

　"아빠! 얼른 줄 서! 재크한테 인사를 해야지! 이제 다음이야."

　"그래! 알았어! 미안 토라키. 나중에 얘기해."

　"어어, 네. 나중에……."

　생각지 못한 충격을 받아서 토라키도 아이리스도 약간 멍해졌다. 하지만 줄에 선 세 사람의 모습을 보자, 대화를 하는 구석구석에 미소가 넘친다. 도저히 직전에 부부의 이혼이 결정된 가정으로 보이지는 않았다.

　"아카리의 마음은, 구원을 받았을까?"

"그건 분명, 아카리 가족이 아니면 알 수 없는 걸 거야. 하지만…… 내가 보기에는, 뭐 그럭저럭인 것 같네."

"그럭저럭…… 응. 그럴지도 몰라."

아이리스는 납득하고 고개를 끄덕이더니, 시트 아래에 둔 짐에서 가방과 코트를 집었다.

"유라, 이거, 바구니에 넣어둔 코트."

"아아, 땡큐…… 아."

토라키는 아이리스가 내민 잘 접힌 코트를 받고, 문득 물었다.

"그렇지. 알 수 없다는 거랑 코트로 생각났어. 그거, 결국 뭐였는데?"

"어? 뭐가?"

"너, 아카리한테 우리가 연인으로 알려지는 걸 이상하게 무서워했잖아. 미하루한테 들키면 뭐라고 하면서."

"……아아, 그거……. 어, 왜 지금 떠올린 건데?"

아이리스는 눈썹을 찌푸렸다.

토라키의 코트와 미하루를 연결하는 일 따위, 지난번 미하루가 토라키의 코트에 얼굴을 파묻고 냄새를 맡고 있던 일 말고는 생각할 수가 없었기 때문이다.

"딱히 대단한 건 아냐. 지금은 왜 그런 걸로 흠칫거린 걸까 싶기도 하고."

"내가 그거에 얼마나 휘둘렸는지 아냐? 영문을 몰라서 여러 가지 의미도 없는 신경을 썼잖아. 가르쳐줘도 되지 않아?"

"어어?"

아이리스는 자기 코트를 걸치면서, 당혹한 표정을 지었다.

"그렇게 말해도, 어제 시스터 올포트와 이야기한 다음에는, 일일이 설명할 만한 게 아닌데 말야……."

아이리스는 코트 소매에 팔을 넣고, 자기 자리 앞의 테이블에 둔 잔을 집었다.

콜라가 들어 있던 잔의 바닥에 녹아서 남은 옅은 다갈색의 얼음물을 가볍게 목으로 흘려 넣으면서, 토라키에게서 눈길을 돌리고 주위를 둘러보았다.

"엄마랑 아빠 이야기는, 어제 했잖아."

"그래."

"엄마 일 이후로, 암십자 기사단은 팬텀과 인간의 연애를 극도로 경계하고 있어. 그야말로 엊그제까지 시스터 올포트의 귀에 그런 이야기가 들어갔으면, 유라는 묻지도 따지지도 않고 죽었을지도 몰라. 그게 무서웠어. 뭐, 어제부터 시스터 나카우라와 만나질 않았으니까, 시스터 나카우라는 지금도 뭔가 액션을 일으킬지도 모르지만."

"그 시점에서 암십자에게 알려지면 난처하다는 건 알았는데, 미하루가 상관이 있냐?"

"그거야 미하루잖아. 그렇잖아도 교토에 가서 협정 깬 걸로 약점을 잡혔는걸. 그 이상 미하루 눈에 거슬리는 짓을 했다가, 시스터 나카우라에게 밀고라도 하면 어쩌나 생각하니까, 제정신이 아니었어."

"응...... 응?"

아직, 뭔가 요소가 부족한 것 같았다.

미하루가 아이리스에 대해 어떤 약점을 잡고서 나카우라에게 보고를 해야, 유니스와 재커리 건에 저촉되는 난처한 사태가 된다는 걸까? 토라키의 감각으로는 그걸 알 수 없었다.

그거야말로 연인『행세』니까, 설명하면 이해 못할 미하루가 아닐 텐데.

아직 납득 못한 토라키의 내심을 짐작했으리라.

아이리스는 이제 거의 안 남은 잔 안의 얼음물로 다시 한 번 목을 축이고, 신중하게 잔을 테이블에 놓더니 토라키와 마주보았다.

"미하루가 평소에 그렇게 여러모로 말을 하는데도, 아직 모르겠어? 지금도 암십자에게 알려지면 징벌을 받을지도 몰라."

어슴푸레한 공연장 안에서는, 아이리스의 볼이 상기되어 있는 것을 깨달을 수 없었다.

잔을 둔 아이리스는 토라키의 코트 옷깃을 붙잡더니, 억지로 끌어당기고, 자신은 약간 발돋움을 했다.

한순간 닿고 떨어진 입술은, 의미한 콜라 향이 났다.

"내가 당신을 좋아하는 게, 행세가 아니고 진심이니까. 교토에 따라서 간 이유도 그거. 미하루한테 질투가 나서 그래. 미하루는 교토에서 눈치챘어."

"......어, 아?"

기습으로 머리가 멈춰버린 토라키는, 끌어당긴 자세 그대

로 멍하니 눈만 깜박거렸다.

　그런 토라키의 반응이 마음에 안 들었는지, 아이리스는 기분이 틀어져 눈썹을 찌푸렸다.

　"……혹시, 『외국인』은 키스를 당연한 인사처럼 한다고 생각하는 거 아니지."

　"아, 아니…… 그런, 건……."

　"피는, 못 속이는 걸까?"

　아이리스는 대기실 입구 통로로 사라지는 아카리 가족을 다시 한번 보고, 다시 한번 토라키 쪽을 돌아보았다.

　"유라는 정말로 둔한 것 같으니까, 전부 설명할게. 이 마음은, 장래에 당신과 가족이 되고 싶다는, 그런 마음이야. ……이 정도까지 말했는데, 아직 내가 하려는 말을 모르는 건 아니겠지?"

　"……그래."

　토라키는 어떻게든 평정을 되찾고자 했지만, 끌어당긴 코트의 옷깃을 제대로 고치지도 못하고 있었다.

　"와라쿠 씨가, 걱정할만하네."

　"어? 와, 와라쿠가 무슨……."

　"이제 그만 가자. 꾸물대고 있으면, 대기실에 못 들어갈지도 몰라."

　토라키가 캐묻는 것보다 빠르게, 아이리스는 좁은 객석 사이로 발 빠르게 걸어가 버렸다.

　혼자 좌석 앞에 우두커니 선 토라키는 자기 입술에 살짝 손을 댔다.

"……어떡하라는 건데."

아이리스의 뒤를 따라가려 했지만, 발이 앞으로 나가지 않는다.

그것은 마치, 오늘까지 토라키가 살아온 인생의 모습을 상징하는 것 같았다.

고백과, 행동에 대한 대답을 하면 된다.

그런 건 알고 있었다. 그러나.

한 명의 여성으로서, 최대한의 용기와 성의로 단숨에 마음의 거리를 좁혀온 아이리스에게, 어떻게 대답해야 그 성의에 응답할 수 있는 걸까?

누가 뭐래도, 미하루라는 선례가 있다.

거부를 표명하기만 해서는 불성실한 것 같기도 하고, 단순하게 물러나줄 것 같지가 않았다.

"저기, 손님. 이 플로어, 이제 곧 철수작업을 시작하니까, 대기실로 가실 거면 어서 가셔야 합니다."

우두커니 서 있던 토라키는 직원에게 재촉을 받아 대기실 문 앞에 섰다.

이미 자신 말고는 안에 들어가거나 밖으로 나가버렸는지, 대기실 앞에서 기다리는 사람은 아무도 없었다.

타이밍으로는, 지금 마침 아이리스가 재커리와 면회를 하고 있을 것이다.

대체 어떤 표정으로, 이 문을 열면 되는 걸까?

반대로 지금 이 순간에 아이리스가 문에서 나오면, 어떤 표정으로 그녀에게 말을 걸어야 할까?

고작해야 방화문 하나 너머의 거리가 이상하게 멀다고 느껴졌다.

그렇게 생각한 때였다.

"멀다…… 멀다……?"

그때 토라키의 뇌리를 스친 것이 있었다. 재커리와 연관된 여러 가지 일 와중에, 햐쿠만고쿠 유우리가 『아이리스를 도쿄에서 떼어놓기 위해서』라며 두고 간 20만엔 어치 여행권의 존재였다.

— 끝 —

■작가는 언제나 후기의 화제를 찾고 있다
—— AND YOU ——

롱 슬리퍼에게 필요불가결한 능력은, 무엇보다도 화장실 가는 걸 참는 능력이라고 생각합니다.

과거에는 매일 10시간 이상 잠을 안 자면 몸이 개운하지 않고, 자칫하면 한여름에 18시간 이상 태연하게 잠든 적도 있는 와가하라입니다만, 최근에는 6시간 자면 반드시 화장실을 참지 못하고 눈이 떠지는 몸이 되어 버렸습니다.

그러면 6시간 수면으로 충분하지 않느냐고 할 수 있지만 결코 그렇지 않으며, 그저 자신의 몸이 깨어나 버려 매일 수면부족에 시달리는 상태가 이어져서 점점 수명이 줄어드는 느낌이 드는 요즘.

오랜만입니다. 와가하라 사토시입니다.

6시간 수면이 정형화되어도 밤낮 역전 체질이 낫는 것이 아니라는 게 또 난처합니다.

예를 들어 밤 9시에 잔다고 해도 6시간 뒤인 오전 3시에 눈이 떠집니다. 그대로 계속 깨어 하루를 보내고, 저녁 때 죽을 정도로 졸립지만 일이 있으니까 잘 수도 없어요. 그러는 동안에 밤 11시를 지나서 24시간 뒤인 오전 3시가 되면 이번에는 하이해져서 잠들 수 없는 일이 일어납니다. 아무리 생각해도 몸에 좋을 리 없죠.

코로나 사태 와중에 체중이 남에게 말할 수 없는 수준으로 격하게 늘어나기도 하는 등 건강면의 불안요소가 마구마구 쌓여가고 있는 현재, 이제 그만 수면 외래 같은 것도 도전해야 하지 않나 고민하고 있습니다.

다만 그러면 역시 예전에도 말했던 것처럼, 세상의 의사 선생님들이 일하는 시간에 외출할 수 없다는 야간형 생활이 고비가 됩니다.

최근에 『밤낮이 역전된 생활을 보낸다』를 영어로 『Live the vampire life』라고 하는 것을 알았습니다. 그렇군, 나는 진작에 흡혈귀였던 건가…….

본서는, 이미 흡혈귀였던 작가가 흡혈귀를 둘러싼 『가족』을 그리는 이야기입니다.

딱히 이유도 없이 야간형 생활이나 밤낮 역전 생활을 보내고 있는 분들 대부분은, 주간형 생활의 가족에게 꽤 부담이 되는 법입니다.

혼자서만 생활시간이 어긋나 버리면, 그것만으로 가족과 온갖 교류가 격감하고, 인류사회의 최소 단위인 가족 안에서 고독을 누리게 되어 버릴 수 있습니다.

작가는 몸 상태의 변화도 있고, 까놓고 말해『노화』의 발소리가 들리는 무렵입니다. 이제부터는 남들보다 훨씬 건강에 신경을 쓰고, 더 이상 누군가에게 폐를 끼치지 않으며 일의 퀄리티를 보장하고 싶어요.

정말로! 절실하게!
그러니, 또 다음 책에서 만나요.
그럼!

■역자 후기

"밤잠이 모자라면 낮잠을 자면 될 텐데."

21세기 한국에 사는 신원미상의 역자가 한 말입니다. 이 역자는 이렇게 방심하며 낮잠을 1시간 정도 자려다가, 서너 시간씩 자버린 끝에 울면서 일을 더 하게 되어 버렸다는 슬픈 설화가 만들어지고 있습니다.

참고로 낮잠이라기에는 잠깐 자는 시간이 심야거나, 새벽이거나, 이른 아침 등이기도 합니다. 낮잠이라는 게 과연 뭐였더라? 우리는 낮잠의 정의에 대해서도 다시 한번 여러모로 생각을 해봐야 해요!

불초역자 돌아왔습니다!

일단 적절한 낮잠이 건강에 도움이 되는 것 자체는 사실이라고 생각합니다. 유럽이나 남미권 국가에서는 기후 탓에 햇살이 강한 오후에는 쉬면서 낮잠을 잔다고 합니다만, 사실 그렇지 않더라도 점심을 먹은 뒤 좀 지나 졸릴 때 잠깐 낮잠을 자는 것은 업무의 효율성을 늘리는 것에 도움이 된다는 연구 결과를 어느 책에선가 본 적이 있습니다. 실제로 체감을 해본 바도 있기 때문에 역자는 이 연구 결과를 상당히 신뢰하고 있어요.

다만 한 가지 문제가 있다면, 그러다가 너무 오래 자버리면 꽝이란 거죠. 하하하하하하.

진짜로, 낮잠을 오래 자지 않도록 조심해야 돼요. 적당히 잠든다면 피로도 풀리고 활력을 되찾을 수 있지만 오래 자게 되면…… . 뭐 다들 짐작을 하실 겁니다. 그나마 역자의 경우는 너무 잤으면 그만큼 더 깬 상태로 일을 하면 되긴 하지만, 그러면 또 식사를 언제 해야 하는가? 얼마나 더 일을 하고 놀아야 하는가? 등등의 고민이 생기게 마련입니다.

밤잠(한낮에 자기 일쑤지만)을 푹 자기 위해서 필수적인 것은 사실 자기 전에 언제 식사를 했느냐라고 생각하거든요.

당연히 생리적인 작용으로 화장실 가고 싶어지는 것도 있습니다만, 단순히 수분이 아니더라도 잠들기 얼마 전에 지나친 음식 섭취를 하면 수면 리듬이 망가져서 결과적으로 자다가 깨어나 화장실에 가게 되는 일이 생기죠!

역자가 생각하는 자기 직전 가장 좋은 상태는 조금 출출해서 뭔가 먹어야 하나 말아야 하나 고민스런 상태라고 생각합니다. 그럴 때 피곤하고 졸립다! 그러면 그때가 제일 좋아요. 그럴 때 재빨리 양치하고 누워서 잠들어 버리면 대개 7시간은 가뿐하게 잘 수 있는 것 같습니다.

만약 아직 할 일이 남았는데 너무 졸립다 싶을 경우에는, 낮잠보다도 짧게 20분 정도 자는 걸 추천합니다. 고작 20분으로 피로가 풀리려나 싶기도 하겠지만, 뜻밖에 20분 정도 눈을 감고 있기만 해도 잠들지 않더라도 피로 경감과 능률

향상의 효과가 있어요. 미스버스터에서 봤습니다.

정말 졸릴 때 20분만 자고 일어날 수 있는 정신력을 가지고 싶습니다.

진짜요! 절실하게!

그러면 역자는 물러갑니다!

또 만나요!

드라큘라 야근! 4

초판 1쇄 발행 2022년 8월 10일

지은이_ Satoshi Wagahara
일러스트_ Aco Arisaka
옮긴이_ 박경용

발행인_ 신현호
편집장_ 김승신
편집진행_ 권세라 · 최혁수 · 김경민 · 최정민
편집디자인_ 양우연
관리 · 영업_ 김민원

펴낸곳_ (주)디앤씨미디어
등록_ 2002년 4월 25일 제20-260호
주소_ 서울시 구로구 디지털로 26길 111 JnK디지털타워 503호
전화_ 02-333-2513(대표)
팩시밀리_ 02-333-2514
이메일_ lnovellove@naver.com
ㄴ노벨 공식 카페_ http://cafe.naver.com/lnovel11

DRACULA YAKIN！ Vol.4
ⓒSatoshi Wagahara 2021
Edited by 전격 문고
First published in Japan in 2021 by KADOKAWA CORPORATION, Tokyo.
Korean translation rights arranged with KADOKAWA CORPORATION,
Tokyo through Korea Copyright Center Inc.

ISBN 979-11-278-6514-6 04830
ISBN 979-11-278-6283-1 (세트)

값 7,800원

©Ghost Mikawa 2021 Illustration : Hite
KADOKAWA CORPORATION

의매생활 1권

미카와 고스트 지음 | Hiten 일러스트 | 박경용 옮김

고교생 아사무라 유우타는 부모의 재혼을 계기로,
학년 제일의 미소녀 아야세 사키와 남매로서 한 지붕 아래 살게 됐다.
너무 다가가지 않고, 대립하지도 않으며, 적절한 거리감을 유지하자고 약속한 두 사람.
가족의 애정에 굶주린 고독 속에서 노력을 거듭해왔기에
다른 사람에게 어리광 부리는 방법을 모르는 사키와,
그녀의 오빠로서 어떻게 대해야 할지 몰라 당황하는 유우타.
어쩐지 닮은 구석이 있는 두 사람은,
같이 생활하면서 차츰 편안함을 느끼게 되는데…….
이것은 언젠가 사랑에 빠질지도 모르는 이야기.

**완전한 남이었던 남녀의 관계가 조금씩 가까워지며
천천히 변해가는 나날을 적은, 연애 생활 소설.**

프리 라이프 이세계 해결사 분투기 1~6권

키가츠케바 케다마 지음 | 카니빔 일러스트 | 이경인 옮김

이세계 생활 3년째인 사야마 타카히로는
해결사 사무소《프리 라이프》의 빈둥빈둥 점주.
하지만 사실은, 신조차도 쓰러뜨릴 수 있는
세계 최강 레벨의 실력자였다!
게으름뱅이지만 곤란한 사람을 내버려 둘 수 없는 타카히로는
못된 권력자를 혼내주거나,
전설급 몬스터에게서 도시를 구하는 등 대활약.
사실은 눈에 띄고 싶지 않은데
개성적인 여자아이들에게도 차례차례 흥미를 끌게 되고?!

대폭 가필 & 새 이야기 추가로 따끈따끈 지수 120%!
이세계 슬로우 라이프의 금자탑이 문고화!!